骨董狂想曲

骨董狂想曲

◉王湘琦／著

聯合文叢
589

目次

自序

對臺灣人而言，所謂的「官方說法」經常就是個笑話！雖然這種令人發噱的感覺，有時和氣得想吐血差不多，但臺灣人就是愛笑！我們的祖先都是勇敢的移民，差別只在於早晚先後罷了！「移民」往往意味著「逃脫」，而「逃脫」自古以來就是臺灣老百姓最大的「夢想」！

「小說」作為一種文學創作形式，可真、可假，可長、可短，可悲、可樂，就是不可寫成了「官方說法」！這點很難！我太太就常說：「看你寫的小說常令我有點想吐血的感覺！」也罷！也罷！人生苦短，文藝無窮！不寫不行！不寫不行！

「魔幻寫實」、「黑色幽默」的學理，老實講——我不懂！但「平鋪直述」的表達方式有時不但興味缺缺，還常會讓寫作的人意外地被關進牢籠裡去！這冷酷的現實問題，古今中外皆然！於是乎，自古以來，讀書人有歸隱山林的、有裝瘋賣傻的，這其實不失為一種品格高尚的好傳統！《骨董狂想曲》是一部完全虛構的長篇小說，既然全是「無中生有」，又為什麼要掰得這麼長呢？我也不知道！我只能說——讀書人憋了多長的氣，小說就會有多長！如此看來，像我這種半調子的讀書人，應該頂多只會被判「緩刑」！

其實，將一切抗議的矛頭都對準官府，確實也不盡公道！有怎樣的人民，就有怎樣的政府！有怎樣的人性，就有怎樣的人世！這——始終是令讀書人汗顏的老生常談！「批判現實主義文學」，我完完全全不懂！若問重點到底是在「批判」還是在「現實」？那可能就變成了個永遠無解的問題了！

不認識我的人常會覺得我太嚴肅，認識我的人又會感覺我太無聊，其實，我只是無趣！我覺得——活在當今人世，官員講話無趣，官越大就越無趣！電視節目無趣，收視率越高的就越無趣！朋友聊天無趣，越親近的往往就越無趣！「無趣」簡直就是當今人世最大的「流行」了！怎麼樣才能減少一點「無趣」呢？我覺得或許

「文學」能幫上一點忙！因為，在我們的社會中，文學一向「收視率」最低！純粹靠文學創作吃飯的人，百分之九十九點九不是肯定會餓死，就是只剩半條命連腳步都踏不穩！這——總算是個還算「有趣」的現象了！哀哉！哀哉！

「象徵主義」是人類文明的一扇窗，透過這扇窗，文學有了自我療癒的特質！創作者大可輕鬆地躺下身來仰望天際，不浪費力氣在大聲疾呼上，或許會讓飢餓的感覺好過一點吧？

故事的源頭

滎鎮位於北臺灣某山區，東、南環繞著芒草叢生的群山峻嶺，西、北敞開向河濱緩緩降低，是個狀似畚箕的小山城！這種地理據說能藏風聚氣、招財進寶，是做生意旺市發財的好風水！的確，這裡的人愛做生意，做起生意來個個鬼靈精怪，就像在變戲法似的！這山區自古游移著一種靈怪的氣流——突然刮起的粉紅色的風，有時聽來像笑聲有時又像是嘆息，據說打從人和鬼神彼此依戀的歲月開始，這怪風就始終在此地兜轉不去！滎鎮人樂於與山區的眾鬼神為鄰，不介意和他們口中親切喚著的「魔神仔」往來，普遍認為這樣的選擇至少比去和官府打交道有趣得多！這畚箕內的風一年四季沒固定方向，不管是西北風還是東南風，吹到了這裡彷彿就成了怪風！風和山巒既然纏綿於此地，縈迴的濕氣便滋潤出一方適合樟樹生長的水土！倘佯在這多樟樹的山城裡，人們慣常在樹蔭下用感覺來衡量時光，耽樂於懷想那一代代先人留在老樹幹皺紋裡的美夢！

「近山多刁民！無理可講！」——這是三百年來官府對此地的評語，實際上那只意味著某些令人噴飯的印象！「笑死人！誰人頭殼壞去還難講呢？」榮鎮人不以為然地反唇相譏，「顧自己的生活需要那麼多規矩幹嘛？難道連吹牛的自由都不能有嗎？」這樣的對話，三百多年來，就像那永遠沒固定方向的風，已成了此地的一種傳承！來自唐山泉州安溪的祖先們，一泡起茶來就忍不住要吹牛說笑，樂於與土地上游移的一切生靈對話，就是不愛跟官府打交道！「做生意」是他們擅長的營生方式，「自由減稅」則是他們引以為傲的「戰果」！於是乎，三百多年來，他們發展出了一套獨門的「說笑生意經」！在番薯豐收的時節，他們說起笑來特別帶勁，在吹牛的段落間還會加上放屁的音響效果！

三條清麗的河流蜿蜒過榮鎮的沃野，饒富想像的濕氣滋養出許多追夢的人！他們在說笑間做生意，將累積財富視為一種創作！「這安溪佬！這安溪佬！鬼！

鬼！」外地貨商搖頭讚嘆，「賺錢就像變戲法似的！」外商進出此地已有三百年歷史，「奇怪？談笑間，口袋裡的銀錢就飛了！」他們笑著調侃自己，「怪了！就是愛來這裡！來過，就像會上癮似的！」他們無關褒貶地乾笑著，忍不住多吸了幾口自由的空氣。雖然偶而有人因殺價不成而開罵：「德性！閒情逸致地，就想賺錢？真不急錢，乾脆關張玩耍去！」但多數的外商還是很公道地下了總評：「利害！談笑間掙錢！利害！這鬼精般的安溪生意人！」「無影啦！無影啦！恁不忍嫌啦！偶們鄉下人憨慢！憨慢！」榮鎮人常如此回應，嘴角卻揚起一絲詭異的笑意，「沒賺！真沒賺！叫我詛咒也敢！偶們這裡的人，做生意純粹只是圖個爽快！純粹是在服務社會！」他們很謙虛地說。

這是個適合作夢的地方，游移的風將人們的渴望連結成美夢，也沖淡了苦難、哀怨的情緒！這是個充滿風與水傳奇的地方，一切活力據說都源自於崇山峻嶺之間！「魔神仔」是山野間一種沒固定形象的「神靈之物」，雖說在外地也曾聽聞過，但榮鎮的魔神仔似乎特別親近人和好管閒事！「真的！很多人見過！不要鐵齒不信！」榮鎮人一講起魔神仔就嘴角起沫，「粉紅色的矮人從風動的芒草叢裡浮現，官府不管的事祂統統管！快餓死的小民在絕望中，見到了冒煙的雞腿和比豬油還香的蒸飯！就這麼請人吃免驚！免錢吃免驚！不信？」「誰信？愛說笑！許多人其實吃的是一嘴牛糞！」鐵齒的人往往如此反駁。「這不能怪魔神仔！」榮鎮人大聲說，「根據科學理論，『飼人飽』本來就和『落大肥』差不多！哈哈……」長久以來，榮鎮人不但不怕魔神仔，受苦難的人還巴望著祂早點來！榮鎮人深信魔神仔就是曾與祖先們相知相惜的貴人，一旦這貴人化身的粉紅色風吹起來，任何美夢都能成真！

二十世紀某個夏日，一個憤懣的年輕男子在河岸邊徘徊，猛踢著鵝卵石出氣！「這黑暗的社會！不公平！不公平！」他高呼詛咒，「這吃人的世界該全部毀滅重建！」他在風中揮拳打自己，好幾次作出了跳河自殺的標準動作！他就這麼來回試了好幾回，卻總是在最後一刻雙腿癱軟地放棄了！他茫然地望著河岸邊的芒草遐想，傻笑著起了個孩子氣的念頭。「給我個美夢吧！拜託！給我個美夢吧！」他雙手合十說，「好運照輪流的，也該輪到我了吧？」突然間，河上吹拂的氣流有了變化！一種看似粉紅色的風薄霧般地挨近了年輕人，哼唱起了宛如井底回音似的笑聲「嘖嘖嘎嘎嘖嘖嘎嘎」！年輕人的臉因興奮而轉為粉紅色，「憋了這麼多年的鳥氣，讓我痛快一回不過分！」他用做生意的口吻說，蠕蟲似地匍匐在地上追索牛糞大餐的氣味。

不一會兒，年輕男子看見幾個粉紅色的矮人從芒草間探出頭來，「大仙！求您作主了！我這是跳還是不跳呢？」他指著湍急的河水說，聲音宛若貓叫般嗲聲嗲氣。「咳！小事情！好說！好說！」芒草唰唰作響起來，「嘖嘖嘎嘎！嘖嘖嘎嘎！靠我吧！傻孩子！靠我就好辦！」粉紅色的風輕聲呼喚著，像一隻溫暖的大手輕撫過年輕人的頭皮。「要什麼代價？我可要先看看公不公道嘛！」年輕人機靈地問。「代價？代價！這是個俗氣的問題！」粉紅風搔著年輕人的頭低語，「有代價就是沒代價！懂嗎？」「那不行！沒那樣的生意！」年輕人說，「我喜歡『公平交易』！說清楚吧！我這處女座就愛那樣！」舉起手來搔了搔頭。「公平？公平？」

粉紅風像在打轉，「別傻了！孩子！天地間從沒『公平』那種神話！嘖嘖嘎嘎嘖嘖嘎嘎……我的代價就是孤獨！只有孤獨！自由、痛快的代價就是『孤獨』！」「咳！咳！咳！」年輕人咧嘴笑起來，「這簡單！這簡單！」他說，「我一向就是獨來獨往的人！這我懂！我懂！就是如膠似漆的情侶，辦完了事還不得分開各自過日子！總不可能黏著身子過日子吧？」年輕人說著朝芒草叢磕了個不響的頭。「是嗎？是嗎？想清楚啊！」粉紅風瞬間停止了流動，「代價不菲啊！不菲啊！可不要反悔喔！不要反悔喔！」粉紅色的薄霧翻騰著化作清風飄散，四周的氣溫彷彿瞬間驟降了十度！

粉紅風在蒼穹邊緣游走，轉眼間數十年如喧鬧一場！祖師廟前是榮鎮從不寂寥的地方，廟埕上空永遠飄蕩著妄想和祝願交織成的夢！這也算是個「交易場所」，因為榮鎮人慣常用做生意的念想向祖師公祈福。「祖師公啊！您若助小的做成了這生意，小的就殺一隻豬公還願！若做成了更大的生意，小的就就殺兩隻豬公還願！若是大、小兩件生意都做成了，小的就殺五隻豬公外加三天歌仔戲謝您！好不好嗎？小的一定說到做到，絕不食言反悔！好不好嗎？」生意人撒嬌似地和祖師公討價還價，溜滑的唇舌一刻不停！在這樣的場合裡，紅鼻乩童總是特別期待美酒的滋味。他披散著一頭亂髮等機會，一旦興起就指天跺地地大聲說：「人生啊！像風中柳絮！依靠在哪兒？依靠在哪兒？」「咳！在你的酒瓶裡吧？聽你在叭逋！」祈福的生意人冷笑回應，眨著眼提醒他多少得給祖師公留點面子！「不！答案是在咱祖先的記憶裡！」紅鼻乩童跳到一張石桌上開示，「三百年前，咱祖先熟識了一種會和梅花鹿一起跳舞的怪風！那怪風有粉紅色的面容和輕霧般俐落的身手，說來就來說走就走，解人危難就親像是玩笑一場！那風，就是魔神仔！」「嘖嘖嘎嘎！嘖嘎嘎！」廟埕上空突然響起了陣陣笑聲，瞬間飆起的氣流讓人幾乎睜不開眼睛。「看哪！這風！就是這風！粉紅的風！魔神仔來了！魔神仔來啦！」紅鼻乩童指著天空驚叫起來，漸漸縮小的身軀散發出粉紅色的光芒。「騙肖！見鬼啦！想拐咱出酒錢嗎？」有人模仿紅鼻乩童的聲音說，作出快暈倒的動作。「很久很久以前，魔神仔教了咱祖先做生意的好功夫！祂喜歡在山區做生意的人，喜歡他們『輸贏算清楚，做伙不吃虧！』的德性，喜歡他們隨意釀出的粉紅色好酒！於是乎，魔神仔有了胭脂般的臉色，三百年來都沒褪色過！」紅鼻乩童講起了歷史，踉蹌地跳起了慶豐收的舞步。「沒新步！這肖話，咱聽過幾百遍了！臭腥啦！」廟埕上抗議聲不絕，帶著溲腐氣的氣息瞬間衝上了天空。

「看嘔！就是這風！作是這風！」許多人開始學乩童表演，雙手朝天扭起屁股來。「阿娘喂！都起乩啦！都起乩啦！這酒瘋還真會傳染呢？」祖師廟的廟祝跳出來罵人，「大不敬！大不敬！」他說，「祖師公面前也敢講魔神仔？不怕被打屁股嗎？」眾人掩鼻竊笑，有人用老鼠般的聲音回答：「怕是怕……但偶們還等著聽紅鼻的教好功夫呢！那魔神仔不知是教咱祖先畫唬爛的功夫呢？還是唸酒話的功夫？」「反啦！反啦！乾脆房間內的功夫也拿出來講吧！」廟祝的鼻孔噴出氣來，「大不敬！大不敬！都是一群討皮疼的傢伙！」他指著眾人大罵，如匕首般的食指微微顫抖起來。「頭頭人！」紅鼻乩童牙齒打顫起來，「偶偶是在講咱榮鎮的歷歷史！偶絕不敢在祖師公面前說一句假話！」他縮短了脖子說，像一團麵疙瘩似地從石桌上滾落地面。眾人紛紛放聲大笑，許多人朝廟祝點頭說：「還是祖師公靈！還是祖師公靈！」廟祝撚起嘴角的鬍毛，兩片薄唇一開一合：「看到了吧？不敬祖師公的人，馬上就屁股痛！」他調頭走回廟裡，邊走邊嘟囔，「咱安溪人的祖師公是最高明的醫仙！地上那個屁股痛的，等一下記得來廟裡討一杯符水喝！」

廟祝走了，留下的笑聲仍逗留不去！「風又來了！就是這風！就是這風！」有人突然尖叫起來，張大了嘴迎接低空中慢慢靠近的粉紅色霧氣。「嘖嘖嘎嘎！嘖嘖嘎嘎！」粉紅風發出嗩吶嘶鳴般的笑聲，「祖師公太忙，求我比較快！求我比較快！」一串宛如銀元落地的聲響頓時讓眾人近乎耳鳴！「是誰在講話？誰在講話？」眾人在風中面面相覷，紛紛用手圈起了雙耳傾聽。「嘖嘖嘎嘎！嘖嘖嘎嘎！」粉紅風發出低沉的笑聲，「蠢蛋！竟沒一個人懂我的好意？」那風聲宛如失望的阿公對著傻兒孫喘大氣！「我懂！」突然間一個白髮蒼蒼的老人從人群中走出來說，「我懂！我……懂！」他用一種掙扎的口氣說。「是你啊！院長大人！久違了！久違了！」粉紅風凝重得像耳語似的，彷彿憶起了一個久遠的故事。「總算想通了？要再求我幫忙？你要知道——你真的已經很老了！你那間療養院這回是非關門不可啦！」粉紅風發出一聲長嘆，壓著老院長的頭頂兜圈子，「不是早跟你說了？靠我就行——這是信仰，絕不是妄想！想靠人腦來治好魂靈的病，才是真正的妄想！嘖嘖嘎嘎……」老院長漲紅了臉，仰望著天空喘氣，「魔神仔……真真能治精神病嗎？真真能嗎？」他已經這麼問了幾十年了，每一回都噙著淚水忍不住激動起來！「當然能！就怕你不信！嘖嘖嘎嘎！嘖嘖嘎嘎！」粉紅風的笑聲忽冷忽熱，吹得老人霜白的髮絲像凝結了似的！「我信！我信！」紅鼻乩童趴在地上朝天空磕起頭來，「換我作院長吧？給我個搖擺的機會如何？」「您說！您說！精神病……到底能根治嗎？」老院長像在哀求，飲泣的聲音一陣急似一陣，「我這次真要求您了！我的時間已經不多了……若是您還在怪我的話……我也無話可說……也罷！也罷……」他吃力地摀住雙耳蹲下身來，「我不該再被誘惑了！不該……」他開始大聲對自己喊話，「我不想再走錯路了！我不能……」

老院長堅決地離開了廟埕，心中鎖定了「為何療養院」的方向！數十年來，那裡就是他的家，是他唯一能去和想去的地方！「嗚嗚……我這醫生……只會用鎮定劑，就這麼用了幾十年了……」他嘗試用昂首闊步來壓抑想哭的衝動，深信眼前這條路——就是這條沿著山麓走過千百回的曲折鄉道，就是閉著雙眼也一定能到達目的地！「醫療是需要堅持的事業！只有朝這方向繼續走下去，才不會再走錯路！」他雖然一再對自己喊話，卻覺得周遭的一切似乎越來越陌生，暮色蒼茫間嗅到的盡是越來越濃重的山嵐氣！

魔神仔從沒有固定的形態，當祂變作粉紅風的時候，顯得特別親近人！這樣的傳說在榮鎮流傳了三百多年，為這方從不寂寥的沃野增添了許多笑語串成的樂章！人們樂於在吹牛和作夢之間過日子，將苦短的人生欣然延伸，直到永遠！

第一章　古怪的病人

二十一世紀初，某夏日午後，一輛警車駛進了榮鎮邊緣的「為何療養院」。這所精神病院多年來帶著神祕色彩，圍牆內的世界幾乎與世俗無涉！警車穿過巨大的鐵門，停在診間和庭院之間的水泥大道上。一個警官跨出車來，朝迎接的護士揮手招呼，「午安！」他說，轉頭看涼亭的方向，「久沒來了！這裡的病人真好命，睡完午覺就唱卡啦ＯＫ！」身材豐腴的護士指著涼亭後的一棵老樟樹說：「院長正在樹下下象棋！」「嚄！那樹變得真老啊！」警官睜大了眼說，「上回見它，好像還不到百年嘛！」他乾笑了兩聲，側耳傾聽那頭涼亭下響起的囈語般的歌聲，長長吁了一口像起霧了似的氣。「我記得沒錯的話，這歌至少有六十歲了！」警官抿嘴哼唱，向正在唱歌的男子眨了眨眼。唱歌的男子作秀似地扭屁股，朝警官拋送了幾個飛吻。「這裡感覺真好！」警官低聲對胖護士說，「老樣子！好像什麼都沒改變似的！」「嗯……但願如此！」胖護士露出不捨的神情說，「我已經待了二十多年了！這時間快得也真不留情……」她將一句完整的話卡在喉嚨和嘴唇之間，偷偷拭去了眼角快滴下的淚水。警官機警地注視著老樟樹的方向，放輕了腳步從涼亭旁繞了過去。

老院長很清楚眼下正發生的事，知道那個古怪的病人早晚會來的！多年來，他就是過著這種等待新病人的生活，在榮鎮算是個從不麻煩人也不想被人麻煩的隱士！早些年，他還會去計數接新病人的日子，近三年多來，他覺得時間漸漸變成了一團糊在一起的印象，心裡清楚那最後的一個病人可能就快來了！此刻，他和病人之間的棋局已進入了殘局，終場勝負正隨著警官那宛如惡房東敲門似的腳步聲逐漸逼近。「該來的，遲早是要來的！」老院長對自己說，「問題是……這棋，可有其他的下法？」他緩緩立起身來，緊捏著手中未下的棋子。「院長好！」警官大聲說，誇張地行起了舉手禮，「上班能下棋！叫我幹一百年也甘願！」老院長抬頭看老樟樹初黃的樹梢，抿著嘴搖了搖頭。警官脫下大盤帽搔頭，輕聲說：「報告院長！我要說病情！」「怎麼？你要住院？」老院長開口問，注意到了不遠處的警車。「其實咱倆熟識很久了！我是老李啊！」警官苦笑著說，「多年前咱倆還合作過……」他刻意壓低了聲音，像在哄孩子似的。「那……你是來抓人的嗎？」老院長瞪著警官問，雙臂平展開來。「不！不！您老誤會啦！」李警官哈著腰說，「我只是來關心老朋友罷了……現在上頭的長官也都很關心這事……」「Case在哪兒？」老院長問。李警官聳聳肩，指著警車的方向說：「哪！我同事也來了！」這時一個睡眼惺忪的警員朝這頭匆匆走來，「嘔——我都想來這裡住院了！」他邊走邊說，「像度假似的生活！」「我看也快了！不是嗎？」李警官對警員說，「為何老是遲到？」

老院長朝警車走去，聽到有人貼著他的耳朵報告新病人的背景資料——「新病人念過歷史研究所，曾在榮鎮國中任代課老師。他對古董、文物有些研究，是個介於古董商和收藏家之間的怪咖！」他覺得李警官正用腳步聲在他身後打暗號，

「三十二歲未婚男性，一年前在熊洞山失蹤，據說是被『魔神仔』牽走的！昨天被發現時，嘴裡正吃著牛糞，受驚似地胡言亂語不停！看來精神狀態完全不正常！」

「受驚？」老院長側身問，「有吃有玩，受什麼驚？」「是唷！是唷！」睡眼警員笑說，一副很榮幸的表情，「我知道很多人不怕魔神仔，但我就是會作惡夢，連今天午覺也沒睡好！」他說起話來像在唸布袋戲臺詞，「若是牛糞這麼好吃，買便當的錢就可以省下了！瞧這Case被找到時的德性，牛糞少說也已吃了一年多了！」

「你住口！」李警官用打雷的聲音說，「噓！再多嘴，調你去熊洞山任巡佐！」

「院長啊！這樣的Case滿稀罕，不找您找誰呢？」李警官哈著氣說，吐出淡淡的牛糞味來。老院長走過巨大的樟樹蔭下，思緒飄忽不定：「這古怪的病人……終究還是來了！」

新病人浮現在緊閉的鐵門前，身上一套過大的運動服像戲服似的。「那原是我的衣服！」李警官說，「他的故事比大戲還精彩！」「咳！這Case本來真是髒得嚇人！我還得用噴槍清洗才行呢！」睡眼警員湊過來說話，滿口牛糞味薰得老院長很火大。「住口！別再說了！你是來亂的嗎？」老院長大聲說，揮手用力撩撥空氣。他想掙脫的還不只是這牛糞味，長久以來在他看病人之前，習慣性地一定要奮力甩脫所有俗不可耐的惡氣！老院長腦中的後照鏡此刻浮現警察們用食指比劃太陽穴的動作，「哼！俗不可耐！」他搖頭苦笑，耳中響起警員老鼠竊笑般的聲音——「對！對！別惹這老傢伙！他現在若是真把病人全放了，我們就是忙到不睡覺也抓不完！」

老院長在「為何療養院」行醫已數十年，近三年來，他開始在風中窺知了更多的祕密——其中還包括他自己在警察局裡的祕檔紀錄！「張行家，男，七十三歲（也有人說其實是七十八歲？）已婚，精神科專科醫生，在本鎮行醫數十年，是『為何療養院』的院長。為人低調神祕，不愛與人交際！戒嚴時期，曾一度被懷疑『思想有問題』，後來證明只是『孤僻外加一點白目』罷了！」老院長對這樣的褒貶並不服氣，「渾蛋！」他罵起來，「低級趣味！」「是渾蛋！是渾蛋！」兩個警察爭相發聲，擠眉弄眼地比出禁聲的動作。「多年前，據說張院長曾是個鐵腕醫生，病人見了他就像見到鬼似的！因此，那時許多精神病人常在廁所牆壁寫下『為何集中營』幾個大字！後來不知什麼原故，在一個多風的夜晚之後一切就完全改變了！」這是祕檔中的祕檔，眼下老院長已能坦然面對，「老院長對待精神病人變得像老朋友一般！他不是個健談的人，但總能與精神病人聊得很開心！事實上，根據非正式的統計，他每日和精神病人說的話量是對一般人說的十倍以上！於是，榮鎮的小政客們開始心懷妒嫉地編排他：『這肖醫生自己應該好好去檢查一下了！人家去拉票，他理都不理，卻只顧著和異常的人有說有笑！』『偏心！作什麼醫生？』憤憤不平的政客曾破口大罵，有人乾脆直接投書調查局說：『這院長說不定是匪諜？因為他對民主政治好像很感冒似的！』當然對這樣的看法，反對的聲音也有──『張院長帶土味的笑話，一聽過就像會上癮似的！他是個認真的醫生，除了叫病人吃藥、打針，也曾嘗試用文藝來復健治療，說是要治人生的蠢病！』據說他分居多年的太太曾數度警告他：『寫小說本身就是蠢事，寫多了不是住進瘋人院，就是要被押到火燒島去勞改！』有些環保人士請他別再多製造垃圾，好意勸他：『何必自找罪受呢？應該學我們去噴過農藥的草坪打高爾夫球才對！』據說張院長唯一的回應是：『我寫作是在還願！不寫不爽！不寫頭腦會不清楚！』『怪咖！隨他去吧！』榮鎮人趣味地說，『誰也別想改變樟樹的怪氣味！』他們終於下了中性的評語，比劃著太陽穴搖頭苦笑。」此刻，老院長邊走邊想，忍不住罵了一句：「無聊！司丟比特！」此刻，他努力藉老樟樹的氣味讓自己清醒一點，輕拍著自己的臉頰對自己說：「哎！別提了！那些祕檔連廁所扯淡文學的水平也沒有！」

「放開我！放開我！」老院長突然聽到新病人的叫喊聲，隨即衝著警車大吼：「解開！將那些刑具統統解開！」「哇塞！發作啦！」一個警察從警車裡跳了出來，朝李警官飛奔而來，「支援！支援！」他對著無線電話筒說。「卸掉！卸掉！統統卸掉！」李警官眨著眼說，「院長都出面了，哪哪個病人還敢不乖呢？」他扭轉著脖子，一張嘴像中風似地歪斜起來！老院長快步走向診療室，像個奔向陣地的戰士！

「你放心！這是我構築的堡壘！這裡保證安全！」老院長用低頻的聲音說，在一張從不冰冷的旋轉椅上坐下來。「我們又見面了！」老院長仰望著天花板說，「我其實有預感……也該是時候啦！」他瞇起雙眼傾聽自己的心跳聲，嘴角無聲地泛起了一絲笑意。「同理心，到底能延伸到什麼程度呢？」他玩味著窗外警察們逗笑的模樣，將旋轉椅的兩條把手緊緊握在手中。「這是我一定要固守的堡壘！」他對自己說，轉身注視端著一杯開水走進來的胖護士。「兩杯！Please！」老院長說，用手指頭在桌上輕敲了兩下。胖護士挨近老院長略顯僵硬的身軀，凝視著老人家失焦的眸子，「好！好！兩杯！兩杯……」她拍了拍老人家倔強的胳膊說。

老院長覺得新病人的影像越來越清晰了，「事情不是他們說的那樣！這我懂！」他安撫新病人，聽到李警官在窗外廊下說悄悄話——「我看……暫時沒什麼暴力狀況，哄著、順著也就沒事了！再聯絡吧！」李警官的聲音顯得很乾燥，兩個警員則發出刮玻璃似的笑聲。「沒同理心！」老院長向窗外大吼起來，「沒同理心才是最嚴重的精神病！」他腦中浮現一頁頁泛黃的影像，感覺那些精神病人陳舊的吶喊聲令他耳膜咚咚作響。這時，警車的引擎聲響起來了，「吼一吼！還好！還好！只要不傷人、不做傻事……就隨他去吧！」李警官的口氣像個宦官，「畢竟他老人家待在這裡……也實在太久了！咳……嘿嘿……」「放屁！蠢豬們，撞車去吧！」老院長大聲說，想起了一個跌得狗吃屎的臃腫身影，「蠢豬！把頭腦撞清醒了，再來這裡說三道四吧！」他用年輕三倍的身手衝出了診療室，迎著陣陣粉紅色的霧氣奮臂疾呼。「嘖嘖嘎嘎！嘖嘖嘎嘎！」風聲來了，風中一切奇蹟都將發生得簡簡單單，「老朋友！老朋友！讓我來吧！讓我來吧！事情其實很簡單！很簡單！你知道的？」老院長突然停下了腳步，像在跟自己拔河似地渾身僵硬起來，「不要！不要！」他猶豫地搖起手來，似乎在用力掃開逼近到眼前的迷霧。掛號小姐快步走上前來，「要再報警嗎？」她用想哭的聲音問胖護士。「你們聽！你們聽！」老院長指著院門外的天空說，矇矓的眼神一片蒼茫！「吱——嘰——砰隆！嘶——」院外不遠處突然響起了一聲巨響，晴天霹靂似地拉出了長長的尾音！「哇唷！撞車啦！是警車撞上電線桿了嗎？」掛號小姐尖叫起來，隨即從大門旁的側門衝了出去。「嘖嘖嘎嘎！嘖嘖嘎嘎！老朋友！這不是很容易的事嗎？」老院長聽見風的笑聲在頭頂盤旋，無奈地苦笑起來，「打電話請人來拖車吧！」他輕聲說，然後拖著洩氣似的身軀慢慢走回了診療室。

「沒意思！沒意思！我追求的，不是這樣！」老院長試圖將思緒再聚焦起來，在坐了幾十年的旋轉椅上讓心情儘快平靜下來。「新病人還在嗎？」他閉著雙眼問，「我知道……你或許不以為然……不過，除了逞一時之快，人還是得走自己的路……」老院長想讓自己的聲音年輕一點，將旋轉椅慢慢轉向了桌上的電腦，「其實，真偽不是重點，像這電腦裡的世界就很難講……」他說，「總之，最重要的，還是人的價值！」他用堅定的口吻說。

新病人的眼睛看來越來越清晰了，冷怒的眼神令老院長驚心。「電腦最大的好處就是……」老院長開始敲打鍵盤，「這啪搭啪搭的聲響，有安神作用！」他想到這部老電腦裡留存的許多故事，突然覺得所謂的「真實」不過就是如此的面貌罷了！「理性的面貌總是很平淡的！」他望著電腦說，下定決心繼續記錄下所有細節，「一切真相其實就存在於細節中！」「細節太多！囉哩囉嗦，小孩沒耐性看！」他揮之不去的是多年來太太對他作品的評語，感慨一切決心終究只能一個人孤獨地面對！「耐性是理性救贖的必要功夫！」老院長轉身對新病人說，口氣堅定得像在下醫囑，「我相信……鎮定劑絕不是唯一的解答！耐性才是！」

天花板的老式風扇不知何時慢轉了起來，扇葉間流動的空氣帶著鼾聲似的韻律。老院長孤單地坐在電腦前，思緒從鍵盤延伸到了極遠的山谷。「是魔神仔引我來這裡的！」新病人吹氣似地說，剛才激動的語氣變成了扇葉慢轉的節奏。「你說！你說！」老院長用很有耐性的口吻說，「少了你的故事，我的解答就缺了一塊！」他開始更虔誠地敲打鍵盤，宛如隔了一世紀的歲月，他終於勇敢地與這古怪的病人四目交會！

「就姑且用『孫行家』這假名吧！『維護隱私』永遠是探索病人魂靈的捷徑！」老院長靦腆地笑起來，「渾沌、荒唐、亂七八糟，一切都因古董而起！」他嘆了一口氣說，「古董是進入夢想的門！門後的世界可能什麼都沒有！和古董的年紀比起來，人世苦短！怎能不大失所望呢？怎能不慘賠呢？」「再短，我也不想在鎮定劑和電擊棒之間混吃等死！」新病人用吶喊聲回應院長，有力的聲波直接衝上了天花板，也延伸進了老院長內心深處朦朧的山谷裡！

第二章 放牛班的歡呼

在一個日光暈散的夏日午後，流浪教師孫行家在河畔與芒草達成了公平交易。剛才他還賴在地上像隻無脊椎動物，現在轉眼間就像個男子漢似地站起了身來！「就……碰碰運氣吧！」他覺得這一切很不真實，「不過……也只能看看囉！我這種沒背景的人想混口飯吃，本來就是碰運氣的事！不是嗎？」他苦笑起來，「若魔神仔真那麼靈驗，乾脆直接派我去當校長吧？當總統更好！魔神仔真有那麼神嗎？」他忍不住笑出聲來。「荒唐！這偽善的社會！不靠魔神仔還真不行！只靠自己可能嗎？」他一想起昨日榮鎮國中代課老師甄選就有氣，所有想殺人的怒氣都聚集在一張豬頭似的胖臉上。「早內定了人選！內定就內定吧！至少也不必把人家耍得像豬頭似的嘛？哈哈哈哈！」孫行家放聲大笑，下定決心不再咬牙切齒地折騰自己的牙齦，「在這偽善的社會裡混，不說謊騙人還真肥不起來呢！」他又想起了那個油水攝取過量的胖主任。「其實，大家都很優秀嘛！成績都非常接近嘛！就只能錄取一個人嘛！就多了零點零零一分嘛！」那個胖主任說起謊來像唱歌，耍花腔就像在背書似的！「嘛！嘛！嘛！我還嘛你個屄呢！齷齪的肥豬！」孫行家發出土狼式的笑聲，腦中駁火似地劈啪作響，有一種立刻吃烤全豬大餐的衝動！昨夜，他已咒罵了一整夜，罵出了一腔玉石俱焚的決心！此刻，他的決心竟成了痞子般的笑容，「死諫？我還逼諫呢！有魔神仔當靠山，我怕你個鳥！」他將衣袋裡的「死諫控訴書」掏出來，直接捏成了一團廢紙。

孫行家渾身爽快得飄飄然，感覺腦袋像吹汽球似地脹大了好幾倍。「現在就請我去上班！」他指著稍早被扔在地上的行動電話下命令，「大爺我可考慮免你進烤箱！」他揮舞著拳頭說。突然間，他那分期付款買來的超貴行動電話牛蛙似地噗叫起來。「哇！真難聽！比比鬼叫還傷耳朵！早該先將它扔進河裡去才對！」事實上他一見到那黑磚機子就有氣，那是他淪落為「隨時應召業」的鐵證！他一邊在心裡罵髒話一邊抓起了手機，「喂！您好！我是孫行家老師！請問鈞座有何指教？」

他被自己的聲音搞得當場想吐，突然懷疑自己其實更適合去演A片。「嘿嘿嘿……聽好啦嘛！」手機裡傳來豬公發情的笑聲，「孫老師你好！好嘛！認得我嗎？我就是那個嘛……榮鎮國民中學的教務主任嘛！你好！好嘛！現在嘛我要告訴你一個天大的好消息嘛！你一定要注意聽——這消息說不定會改變你的整個人生嘛！那個原來甄試入選的人臨時決定不來啦！我嘛立刻就向校長大人鄭重推薦你，嘿嘿嘿哈哈……我說嘛——孫行家老師才是真正誨人不倦、有教無類的最佳敗類！喔！不不！當然是最佳人選才對囉！我還嘛特別提醒校長大人——這個孫老師看來忠恕、老實、誠懇、溫馴、可愛、下流……不聘請來狼狽為奸實在太可惜啦嘛！喔！對不起！對不起！口誤！口誤嘛！不請來好好誤人子弟一下……實在是太可惜啦嘛！哎呀！瞧我這張嘴，一說老實話就一直要打結！我是要說——非請這孫行家老師來化育英才不可！沒有他不行！」胖主任像含著滿口蜂蜜說話似的，一連串「啦嘛啦嘛」幾乎令孫行家的心臟停止跳動！孫行家摀著胸口差點哭出聲來，「嗚嗚……謝謝謝……感感感恩……」他憋住氣連聲致謝，跪下身來朝河岸的芒草叢拜了又拜！「化作糞土吧！掰掰！」孫行家一口吞下那團「死諫控訴書」，突然覺得口裡那團正被痛快咀嚼的憤怒竟像某種甜澱粉似的！「愚蠢的正義感！爺我不會再犯傻了！不必啦！」他大聲說，發出陣陣變態的笑聲。

孫行家初嚐贏家滋味，連著幾天都笑得合不攏嘴！「原來走好運這麼簡單！」他想著往後的生活，「只要有靠山，別說是代課老師，就是不用上課的校長爺，我也有機會！」他中氣十足地對自己說，感覺整個人充氣似地膨脹了三倍！開學日前一晚，孫行家將自己從頭到腳反覆清洗了三遍，裸身站在鏡子前駐留良久。在他租住的套房裡，有一間不成比例的大浴室，大梳妝鏡裡映照出一個發育不均衡的身影。「頭太大？四肢細小？那話兒又太大？」孫行家端詳鏡中的自己，想起了那如同集中營裡的青春歲月。他早早躺到床板上對自己催眠，腦海裡一大片蜂巢似的亂葬崗卻揮之不去。去年一整年，他在南部山中鬧鬼的學校裡度過，到現在仍罹患著一種對墳氣過敏的鼻病。此刻，他突然又覺得鼻孔裡酸刺發麻，忍不住對著天花板罵道：「媽的！沒背景的可憐蟲……不卡到陰也難？」他揚起了手臂，貼著鼻孔嗅了再嗅。「嗯……毛孔裡好像還有絲絲墳氣？」他不安地扭起腰來，想立刻衝進浴室再清洗一次！現在，他不再孤苦無依了，只要時時記得魔神仔對自己的承諾就行！「靠我吧！靠我就好辦！」他像唸經似地安撫自己，「卡到陰又怎樣？只要能混得好，就儘管多卡一些吧！」他邪門地狂笑起來，一時間幾乎認不得自己的聲音了。

孫行家躺在床板上等睡意，鼻孔裡的墳氣才稍褪去，就又嗅到了幾天前去學校報到時胖主任的臭屁。「可悲！這人世，嗅覺太好還真不行！」孫行家調侃自己，腦中浮現報到那天胖主任在他面前刻意撐大了的身子。那天，胖主任用古董收音機才有的聲音說個沒完，從教育的天方夜譚一直講到鬼才信的國家責任，講到嘴角的唾沫已堆積成了鐘乳石，還不肯讓唇舌稍稍歇息一下！孫行家兩隻耳朵被轟得嗡嗡叫，憋著氣計數自己點頭的次數，真想立刻用一口濃痰替胖主任的訓話劃上句點！他的頭像裝上彈簧似地上下震盪，腦中的記數器至少已被點擊了一萬次以上！

「是！是是！是是是——」孫行家嘗試說服自己喜歡這種語法，全神貫注地留意胖主任每一個有快感的反應，直到他的脖子達到幾近抽筋僵硬的程度。那天，胖主任似乎越說越起勁，完全就是一副誨人不倦的大教育家德性，「我簡單明瞭地講吧！關於這個教育的綱要，我扼要地再講三個鐘頭就好……」他噴著口水繼續說。「你你你給我住口！屁話一堆！要人家當場昏倒才甘願嗎？」孫行家在心裡吶喊起來，真想直接喊救命，「大神救我！救命！救命！這肥豬再這麼叫下去，我沒死也只剩半條命啦！」他終於別無選擇地呼喚起他的靠山，只想求一個不至於僵硬報廢的脖子！幾乎是隨傳隨到般的效率，突然間「嘖嘖嘎嘎嘖嘖嘎嘎」的風聲響了起來，就像一列救護車衝進了開著冷氣的辦公室裡！孫行家興奮得毛孔緊縮，兩隻眼睛緊盯著胖主任的嘴巴看！「叭噗！」胖主任先用一聲響屁作了回應，然後眨巴著雙眼拍拍屁股說：「關於這個教育綱要嘛……就下次嘛再說吧！」「呦呼！」孫行家在心中歡呼起來，瞬間達到了一種類似高潮的境界！他注視著胃腸突然失調的大教育家扭曲的嘴臉，擠出了比土狼還諂媚的笑容說：「那就太太太可惜啦！改天我一定再受教！」「別……別客氣嘛！找一天嘛有空，我再來講一整天嘛！」胖主任用呻吟般的聲音說，隨即放了個更響的臭屁作句點！報到那天，胖主任終於依依不捨地趕去上廁所了，翹著屁股仍不忘再次交代：「記住！上課嘛最重要的是管秩序！該罰就罰！該打就打嘛！絕不可讓那些放牛仔嘛跑到走廊鬧嘛！知道嗎？」「謝謝！謝謝！感恩！感恩！」孫行家連聲致謝，心裡想的卻是那風聲中信守承諾的大神。

開學日的陽光總是顯得格外刺眼，一片光耀中長串的訓話照例搞昏了好幾個莘莘學子！孫行家當導師的班級，並沒有人昏倒，因為他們全是「放牛班」的牛仔！「我告訴你——教放牛班數學就是叫他們不要講話！懂嗎？睡覺也行！」胖主任的交代刻在孫行家腦中，「我一看到你，就知道是個管秩序的人才，肯定沒問題的嘛！」孫行家此刻心頭還是有點輕飄飄的，心想：「那當然！既然有大神罩我，我還怕什麼放牛班？就是放虎班也沒在怕！」他邁開八字步在走廊橫著走路，冷不防竟撞上了轉角的粗廊柱。「唉唷！這學校裡還有機關呢！」他撫摸著額頭哀叫，抬頭望著廊柱上的標語——「有教無類，誨人不倦！」「笑話！鬼才信！標語掛在轉角，是怕人看到嗎？」他搖頭苦笑起來，「這種標語……也算是古董級的笑話啦！」他突然覺得兩耳發熱得嗡嗡作響起來，聽到幾聲像是「咕咚咕咚」的迴響。「什麼意思？笑我老古董嗎？」孫行家遍尋不著聲音的來源，卻嗅到一股熟悉的墳氣迎面襲來，恍然大悟那廊柱上的標語牌原來是件出土文物！他覺得墳氣一直往鼻孔裡鑽，一顆心頃刻間狂跳起來，「怎麼回事？到處都是亂葬崗嗎？」他問自己，不由地加快了腳步，朝放牛班疾行而去。

走廊盡頭的樓梯間飄散著陣陣尿溲味，想必是樓上邊角處的那間廁所超過十年沒好好清掃了！「三年十四班！到啦！」孫行家掩著口鼻喘氣，「好地點！上廁所方便！」他說，「這氣味至少比墳氣好聞多了！」他深吸了一口氣說。「老師來囉！老師來囉！噓——」教室入門處響起了警報聲，裡頭瞬間起了一陣騷動，就像路邊攤販躲警察似的！「嗯——有點人味了！」孫行家笑說，扭著屁股走進了教室。「起立！敬禮！坐下！」同學們垂頭喪氣地行禮，一副要上刑場的模樣！「免啦！免啦！」孫行家搖搖手說，「以後打聲招呼就好！就說——『老師好』吧！」

「那可不行！上課不行禮比睡覺還嚴重！」一個同學抖著肩膀說，「被主任抓到的話，可能就畢不了業啦！」他說著用肩膀吊起了書包，一骨碌地站起了身來。

「嘿！怎麼啦？老師才來，你就要蹺課出走嗎？」孫行家說，心想和放牛仔對話可難不倒我。「開課第一天，不是都要換座位嗎？」同學們喪氣地說，像部隊一般整齊劃一！「每個導師都嘛這樣！」抖肩同學說，一身訂製制服看來挺招搖。「都嘛怎樣？」孫行家揚起下巴問，心想：「我可不是好唬的菜鳥！放牛班都帶過好幾屆了！」抖肩同學兩眼亮了起來，「老師！我叫張得旺，叫我『阿旺』就OK！叫我麥可旺，我更高興！我這人是實話實說──換座位根本就是找碴！就是下馬威！」他噘起了嘴，一副很憤慨的模樣。「這怎麼說呢？」孫行家皺起眉頭問。「咳──都嘛是這樣！那愛坐窗邊的，導師就故意把你調到中間去！喜歡坐後排的，就偏把你換到前排來！你若是鼻子過敏，那就鐵定會被安排到垃圾桶旁邊去！每個導師都嘛是這樣！不是嗎？」阿旺氣呼呼地說，表演得非常生動！「就是嘛！就是嘛！就是嘛！都嘛是這樣！」全班同學幾乎同聲一氣地大吼起來，頓時震得玻璃窗嘖嘖嘎嘎響！

「不必啦！免啦！」孫行家搖著頭說，「我不會那樣找碴！因為找碴也是很累的事！」他說著輕輕按摩自己的胳臂，「我頂多會把不聽話的同學打到吐血！」「耶──水啦！水啦！」同學們齊聲歡呼起來，四下響起了秀場才有的幾聲口哨聲。「我是講義氣的人！」孫行家用江湖大哥的口吻說，「人不犯我，我絕不犯人！這樣公平、合理嗎？」他真誠地詢問全班同學。「好！好！超公平！超合理！」同學們紛紛豎起大拇指叫好；「哇靠！這老師超讚的！讚啦！」阿旺敲著桌子大叫，旋即作了個三百六十度迴旋舞步！「這這這才是真正有愛心的老師！」許多同學用幾乎哽咽的聲音說，「就是被打到吐血，偶們甘願！」

孫行家覺得同學們晶亮起來的眼睛像露珠，心中暖暖地升起了一種五味雜陳的感慨。「我們還是來看看數學課本吧！」他說，希望自己能對得起這裡每一顆年輕的腦袋！「哎──喲──喂！」同學們當即爆出一片慘叫聲，許多人甚至又睡眼惺忪地趴倒在課桌上。「哇塞！原來這麼嚴重！」孫行家在心中暗自叫道，「要是真勉強講起數學，搞不好當場昏死幾個也說不定！」他壓抑住想笑的衝動，故作輕鬆狀說：「咳！這數學其實是教人賺錢的！屌吧？你們當中……有不愛賺錢的，舉起手來給我看看！」他用詐騙集團常用的口吻說，覺得自己兩條耳根烘熱得像剛被烤過了似的！「講白的！你們既然不升學，不學賺錢難道要學作乞丐嗎？」孫行家繼續主動進擊，不信自己治不了同學們的恐懼症。「唬爛！鬼才信！嘻嘻……」臺下有人小聲說，引來陣陣竊笑聲。「誰說的？」孫行家板起臉問，「校長特別聘請我來教大家賺錢，以免以後有人變成乞丐還要怪學校！」他大聲說，聽到自己發出了幾聲腸胃失調似的排氣聲。「是要推銷數學參考書吧？」臺下有人細聲詢問，其他人紛紛用鼻孔噴氣的笑聲響應他。「哼！好笑嗎？沒錢作乞丐，喝西北風去？」孫行家忍著笑說，「老師教學生賺錢不對嗎？教育一定要教大家作乞丐才對嗎？」他捲緊了數學課本，用牧師傳教的口氣大聲說。「嘿嘿嘿嘿嘿！」同學們笑得像哭似的，許多人皺起眉頭盯著老師看，久久說不出一句話來！

「知識就是力量！有錯嗎？知識創造財富！有錯嗎？」孫行家轉身在黑板上疾書，其間又聽見了幾聲「古董古董」的耳鳴。「別鬧！」他對窗外的風說，「課堂是孔夫子管的神壇，尊重一點！」「老輸！教偶賺大錢吧？」前排一個瘦小的孩子眨著眼說，「偶很想賺錢！偶家的錢總是不夠用！請老輸教偶好嗎？」他清淨的聲音透出一種明顯的渴望，簡直就像在哀求似的！「這這個嘛……」孫行家感覺舌頭像掛了秤錘似的，心想：「我怎會知道呢？我要是真知道怎麼賺大錢，還需要在這裡裝瘋賣傻嗎？」他突然覺得腦中一片空白，耳膜震得「咕咚咕咚」響！「其實很簡單！」孫行家脫口而出，就像個被操控的布袋戲人偶似的，「找到古董，就能賺大錢！」他納悶自己怎麼突然變成了一具全自動的發聲器！「有——可能嗎？」後排有同學用上揚的尾音問，其他同學紛紛頭抵著課桌竊笑起來。「笑吧！笑吧！」孫行家揚起下巴冷笑，「因為沒知識，將寶物當垃圾扔掉，才是最最可悲的！」他抖著雙眉說，不以為然地聳了聳肩。「騙肖！那是不可能的事！」一個瘦高的同學突然站起身來反駁，「我有個親戚賣過古董，現在人住在精神病院裡了！聽說就是買了超貴的假古董害的！」他說，「那親戚到現在都還痛恨古董生意，動不動就講：第一了尾是古董！假古董會賠錢，真古董不是賣不出去，就是賣到當場哭出聲來！這是很多人都知道的事！就連祖師廟前的乞丐，也有好幾個以前就是賣古董的！」「對！對！對！」許多同學點頭附和，「假貨太多了！還是別碰保平安！」「咳！沒知識的人真可憐！」孫行家搖頭苦笑，「請問——貴親戚知識夠嗎？數學課有認真上嗎？」他拱手問高瘦同學，驚覺自己的臉皮竟比牛皮還厚！「眼巴巴看別人賺大錢，還要自我安慰——該載！該載！」他晃著腦袋繼續說，「真是最可悲的事！」同學們溜轉著眼珠靜默下來，半信半疑地盯著老師看。「要是免本錢撿到的——全賣全賺！這生意不是不能做！要是碰到外行又愛買的人，可能還可以賺更多！」阿旺抖著肩說，露出一副精明生意人的嘴臉。「哼！那你放學後到垃圾堆撿撿看嘛！看會不會找到古董？」高瘦同學小聲嗆阿旺，逗得四周同學蟯蟲蠕動似地笑個不停。「別不信！老東西裡頭，的確有寶物！」孫行家說，「就怕你傻傻地不識貨！」「老輸！怎樣才能識貨呢？」前排瘦小的同學巴望著孫行家問，純真的表情像晨曦中的花朵！「要要要先懂歷史……懂歷史……然後呢……這這個……要充實知識！充實知識！」孫行家像在說夢話，腦中彷彿只剩下一張不斷跳針的破唱盤！「知識就是財富！多讀書肯定賺大錢！這就是標準答案！」他突然咬著牙根大聲說，就像在和自己吵架似的！瘦小同學應聲鑽入課桌下，隨即從桌下取出了一疊舊報紙來。「誰信？老梗！哎喲——又來這套！」同學們哀聲連連，「古董肯定比賭博還難賺！」許多人瞬間洩氣似地癱軟在座椅上。

「知識就是財富！永遠用不完的財富！」孫行家在黑板上疾書，身後響起了陣陣竊笑聲。「一斤多少錢？偶阿嬤撿廢紙，都是算斤賣的！」前排瘦小的同學細聲說，將課本遮住了大半個臉。「嗯——提問很好嘛！」孫行家說，「別害臊！你叫什麼名字？」他望著孩子清水似的眼睛問。「偶偶叫李榮水！」孩子說，露出了整張清秀的臉龐。「老師！叫他『阿水』就好啦！大家都這麼叫嘛！」同學們起勁地叫起來，「他會賺錢喔！他很會賺錢喔！」「怎麼個賺法？」孫行家板著臉問。「偶偶是撿這舊報紙來賣的！偶絕不會偷錢！」阿水急著答話，兩隻小手忙著在課桌下整理散落的舊報紙。「哦——你怎麼把廢紙也拿到學校裡來了？」孫行家問，盯著課桌下一堆泛黃的紙張。「上學路上撿的！」阿水紅著臉說，「老輸！偶絕不會偷拿學校的報紙！」加速眨眼了十秒鐘。「對啦！對啦！他邊上學還邊賺錢！」同學們點頭聲援，「阿水是古意囝仔！不會騙人啦！」「是喔！」孫行家用扁扁的聲音說，「我信！我信！我帶的班級本來就是模範班嘛！」他忍不住乾笑了幾聲，覺得孩子們瞪大的眼睛就像受驚了似的！就在這時，教室右邊窗外迅雷似地傳來了幾聲殺豬似的慘叫聲，刺耳的聲波就像是直接從屠宰場裡傳出來的似的！「阿娘喂！現在學校也兼做殺豬生意嗎？」放牛班同學驚叫起來，紛紛立起身朝聲音的源頭行注目禮，「大家看那邊！」有人大喊，用顫抖抖的食指指向中庭對面「精英衝刺班」的方向。孫行家朝中庭對面的教室望去，看見那「精英班」教室裡似曾相識宛如酷刑的戲碼呈現眼前！一長列蒼白、溫馴的精英生排在講臺前，滿臉感恩似地翹起了屁股等著挨打，連發出的慘叫聲都顯得秩序井然的！

孫行家腦中浮現支離破碎的回憶，一顆心像被緊揪著往下拉！「你你們看看人家！」他說，瞧著放牛班孩子們原本烏亮的眼睛都像瞬間蒼白起來了似的。「大家坐好了！」孫行家老師說，「我我……我們也該來衝刺一下！」他用中氣不足的聲音說。「老──老師！那那種衝刺法會會出人命的！」一個同學哭喪著臉說，拜拜似地雙手合十起來。其他同學頓時放聲大笑，許多人笑得幾乎要跪下雙膝來。「老輸！偶們要衝刺什麼？」阿水突然用貓叫的聲音問，「偶們又不會讀書！偶們是放牛班……」他的聲音像哭，喉嚨就像被橄欖卡住了似的。「衝刺放牛吃草吧？咱是放牛衝刺班！」阿旺笑著說，跳起身來抖動雙肩，好像想要飛上天去似的。「白痴！放牛吃草？你一個人去吃草吧！」孫行家瞪了阿旺一眼說，挺起胸膛鼻孔噴出氣來，「我們不是放牛班！我們是『就業班』！就業班就是要來衝刺賺大錢的知識！」他對著空氣掄拳比劃，像個大老闆似的。就在這時，精英班那頭又響起了幾聲慘叫，看過去好像有精英生被打得昏倒在地了。放牛班同學紛紛縮短了脖頸喘氣，「阿娘喂！真的快出人命啦！」阿旺歪著嘴說，翻起白眼裝出快昏倒的模樣。「其其實……不不必如此嘛！安啦！」孫行家盯著空白的天花板說，擔心放牛班這頭也會嚇倒幾個同學也說不定！「其實許多很發達的人只念過小學！」他漲紅了臉說，耳道裡熱烘烘地又響起了「嘖嘖嘎嘎嘖嘖嘎嘎咕咚咕咚」的呼聲。「大家注意！注意！」孫行家突然朝臺下大喊起來，「咱一起來尋寶吧！尋到了珍寶，還怕發達不了嗎？」「被一般人看作是垃圾的老東西裡，本來就可能藏著珍寶！這是自古以來大家不明講的祕密！所以不怕找不到寶，就怕沒眼力識得寶貝！」他像吹法螺似地拉高了音量，驚覺放牛班同學們這回竟服氣似地完全說不出話來！

放牛班難得靜默了整整十秒鐘，阿旺突然潑猴似地指著阿水的座位說：「老師！阿水就有老東西！您看！」「哇塞！阿水尋到寶啦！要發達啦！」同學們溜轉著眼珠子笑看阿水，許多人摀著嘴笑到幾乎趴倒在課桌上。「老輸，偶的舊報紙算不算古董？」阿水低聲問，還抱著已搬到課桌上的一疊舊報紙。「老師！您最好不要拿阿水的報紙來包油條，那樣吃了最少會連拉三天肚子的！」高瘦同學提醒老師，揚起手掌在鼻前猛搧風。「是唷！是唷！」其他同學點著頭附和，「那種爛報紙聞多了就會想吐！絕不能靠近餐桌三公尺以內！」孫行家突然有一種奇怪的感覺，眼中一頁頁泛黃的舊報紙彷彿開始向他說話似的。「這……到底是什麼報紙呢？」他弓起了身子問自己，嗅出了絲絲類似鈔票的氣味。「這……我……你幹嘛把垃圾拿到學校裡來呢？」他吞了一口分泌過多的口水說，注意到阿水正盯著他看。

「我的大神！珍寶說來就來了嗎？莫非我的財運到了？」孫行家興奮得渾身僵硬起來，腦中倏地浮現一片芒草搖曳的河岸。「我是不是中邪了？」他甩著頭提醒自己，兩眼卻緊盯著舊報紙不放。「只要我有錢，什麼問題不能立馬解決？」孫行家咬牙切齒地想，用力咀嚼腦海中那揮之不去的未來丈母娘鄙視的臭臉。「男人沒自己的房子，有什麼資格和女人交往呢？」他一想起丈母娘的喝令就有氣，一把心火倏地衝上了腦門。「我呸！」他在心中飆起髒話，「也行！也行！只要能發財，叫我吃屎也行！誰還怕中不中邪呢？」他對著空氣輕聲說。「嘔！誰要吃屎？」阿旺舉起手來問老師，「我——才不要吃屎呢！」他扭著屁股說。「嘔！嘔！嘔！」同學們紛紛掩著口鼻偷笑，個個都像是突然變得很有潔癖的樣子！「嘿！這是日據時代的舊報紙耶！沒錯的！」孫行家突然覺得眼前一亮，看出了令他驚喜的眉目。

「這是第一手史料！難得！難得！」他伸手輕輕翻動那堆舊報紙，興奮得渾身微微顫抖起來。

「老師！有人跑到走廊！」一個同學突然大喊起來，將孫行家發燙的思緒瞬間拉回了現實。「我的媽呀！這還得了？」孫行家受驚似地跳了起來，猛然記起了胖主任再三叮嚀的「教學目標」！「不能跑到走廊！只能在教室裡玩，不能跑到走廊！不能！不能！」他朝走廊揮手大喊，像牛仔追牛似地瞬間衝出了教室。兩個嬉鬧的同學在走廊相互追逐，前頭的突然煞住腳步指著中庭對面大喊：「大家看！大家看那邊！」孫行家向對面精英班的方向望去，驚覺此時正有一長列頭綁白布條的孩子跪在那頭走廊上喊救命。「拚囉！拚囉！衝囉！衝囉！」精英生們發出低頻的哀號聲，像被俘虜的阿兵哥似地雙手高舉，緊盯著那「精英師長」手上宛如武士刀的長藤條。放牛班同學爭相看好戲，有人甚至一個箭步攀上了窗檯。「哇塞！嚇死人的精英超人！還會呼口號呢？」一個放牛班同學晃著腦袋說，身旁頓時響起了陣陣粉絲叫好的口哨聲。「老輸，你豬到嗎？精英班每天都要考試，從第一節考到最後一節，考完兩節課才准出來放尿一次！他們簡直就是超人學生嘛！真是利害！」阿水挨著孫行家說。「像這麼拚下去，不會出人命吧？」晃腦袋的同學吐著舌頭問；「難講喔！難講喔！」其他同學吁著氣說，憋不住似地發出了幾聲乾燥的笑聲。「屁啦！精英超人？」阿旺突然鼻孔噴著氣開口說，「我認識一個念精英班的，他除了會讀書、考試，其他什麼都不會！有時候吃飯還要媽媽餵呢！噓——我才不屌他呢！那種人，簡直就是欠扁！」他抖著肩膀說話，發出長長的排氣聲。

就在這時候，「看喔！超人出來放尿囉！」放牛班同學叫起來，每雙瞪大的眼睛像在看表演，「哇塞！放尿還這麼屌！像在走星光大道！」精英生們魚貫而出，踏著幾近相同的連螞蟻也踩不死的步伐，踩高蹺似地朝著廁所的方向齊步走！「哇塞！超人的姿勢果然不得了！讚喔！讚喔！」放牛班有同學尖叫起來，讚嘆聲此起彼落。「哼——誰不會呢？」阿旺用怒吼的聲音說，「誰不會？誰不會？」他一個箭步衝上了講臺，隨即起乩似地跳起了踩高蹺舞。「像不像？屌不屌？」他大聲問觀眾，抖著一身訂做的制服朝臺下觀眾擠眉弄眼。「像！真像！真像起乩！」有人小聲說，隨即摀著肚皮放聲大笑起來。「好！好啦！快下來！你可以轉去精英班了！」孫行家揮著手說，忍不住搖頭苦笑。「咳！笑死人！起乩就能上精英班嗎？誰不會？誰不會？」同學們一個個立起身來朝講臺嗆聲，許多人也踩起了踩高蹺似的舞步。放牛班教室瞬間成了「歡樂秀場」，爆笑聲震波似地旋即衝到了對面精英班前！

「照過來！照過來！」阿旺朝臺下回嗆，「真正最屌的表演來啦！」他抓起了板擦當麥克風，屁股就像裝了馬達似地前後擺盪起來！「哇塞！魔神仔附身啦！」臺下同學放聲大叫，「痔瘡發作也沒這等的身手！讚啦！讚啦！喔嗚……偶像！偶像！」許多人吶喊著扭起屁股來，轉眼間便將講臺圍了個水洩不通！阿旺對著板擦吹風，揚起陣陣乾冰似的效果。「各位艱苦人！我要來教大家真正賺大錢的功夫！」他說，像陀螺似地轉了兩圈，「帥吧？屌吧？」「行了！行了！快下來！快下來！」孫行家噴著口水說，「吹牛！裝模作樣就能賺大錢嗎？別傻啦！」他用力招手示意阿旺趕快下臺來。「老師──拜託！拜託！」同學們紛紛央求起來，「先別鬧啦！我們要偶像！我們要嘛……」他們個個雙手合十，就像在拜拜似的！

阿旺朝臺下粉絲們深深一鞠躬，突然直挺挺地跳躍起來，扭曲的雙唇瞬間擠出了聲聲電線走火似的尖叫聲。他雙眼迷濛呆滯，四肢關節扭轉得宛如潤滑不足的機械手臂，一個側身之後夾緊了屁股作出公豬交配的動作！「水啦！水啦！」同學們嘶吼起來，「這才是正港超人！阿旺！阿旺！我咧哩精英生！精英生！」他們個個像得了腦性麻痺似的，彎曲扭轉的四肢抖得幾乎站不住腳了！阿旺踮著腳步走，宛如漫步在雲端。「比莉金，嗯買樂！噓假釋特格兒……」他突然用憋氣的聲音哀號起來，起乩似地隨著每個音符頓足抖動。「麥可！麥可！」臺下粉絲們扯開嗓門吶喊，「比莉金嗯買樂阿嗯哀恩惹玩……」合唱聲此起彼落。「怪了！怪了！你們怎都會唱？」孫行家說，訝異竟只有阿水一個人聽到了他的話。「當然囉！」阿水噘起嘴說，「老輸！你不豬到？這個麥可比美國總統還出名呢！」「那……你懂歌詞的意思嗎？」孫行家皺起眉頭問。「不豬道！」阿水聳聳肩說，「偶就只豬到跟著喊麥可麥可！」「噓──惦惦！惦惦！」許多同學轉過頭來罵阿水，「偶們要聽麥可唸歌！不要吵！不要吵！」「阿嘿！」阿旺突然用比吵鬧還大一百倍的聲音叫起來，旋即朝精英班的方向狠狠踢出了一腳。他似乎越跳越起勁，踢出的無影腳才一落地，就又邁出了彷彿能超越地心引力的滑步！「喔嗚！喔嗚！」放牛班同學發情似地哀號起來，「麥可！麥可！我愛你！愛你！愛你！」那是一種青春苦悶攙合著奔放爽快的吶喊聲，從教室裡瞬間爆出的音量比那訓導處擴音器的效果至少大上了十倍！阿旺在臺上來回走了幾趟「月球漫步」，突然間一屈膝裝出了「跛腳月球漫步」的模樣，還不忘歪起嘴巴逗笑觀眾！「繼續！繼續！跛腳繼續！」放牛班同學們盯著阿旺大叫，許多人樂得嘴巴都笑歪了！就在這時候，走廊上遊蕩的同學突然大喊：「大家看那邊！看──超人班那邊！」放牛班教室彷彿被迅雷轟擊了似的，不到三秒鐘所有同學都像老鼠般地竄回了座位！每一雙歪斜的黑眼珠旋即朝窗外警戒起來，機靈得就像是訓練有素的「精英部隊」！「去──誰喊的？不要亂喊嘛！我還以為胖豬主任來了！」一個率先明白過來的同學說，轉著頭殼四下張望。這時候，精英班那頭也起了騷動，許多蒼白的超人趴在走廊圍欄上不肯回教室裡去，「麥可！麥可！偶──像！偶像！」他們中氣不足似地喊著，朝放牛班這頭輕飄飄地揮起手來。那陣陣呼救聲隨風而來，宛如從集中營鐵絲網後射出了許多紙飛機似的！「奇怪耶！奇怪！」阿水搔著小小的頭殼細聲說，「感覺……今天好像偶們變成精英班了？」他笑得雙頰瞬間泛紅起來。

孫行家覺得阿水的笑容令他想哭，不禁想到這孩子在輔導室裡的個人資料——「父親嗜賭離家，下落不明。母親自殺身亡，由祖母撫養，現住本鎮『窟仔底』！注：窟仔底是本鎮的風化區！這個案屬於高風險家庭！」「王八蛋！高你個頭！寫這種注的地方才叫風化區！不是嗎？發明『放牛班』的博士大人，應該統統被槍斃一百遍！」他忍不住在心裡咒罵起來，隨即抬頭挺胸地對著空氣大聲宣告：「老師相信——我們才是真正的『精英班』！偶們就是精英班！」「煽丘！煽丘！」阿旺朝精英班的粉絲們揮手致意，「煽丘！賣哩罵去！屌吧？屌吧？」他抖著雙肩說，似乎很享受對面精英班暴衝過來的陣陣掌聲！「哇塞！我們這班真屌！那個麥可傑摳遜說不定也是放牛班畢業的？像他那樣，才叫精英超人嘛！賺錢比火箭還快！」放牛班同學揚起了下巴說，有人還朝精英班的方向比出「耶！」的手勢。「賺錢

快，真好！」阿水摀著身前的那疊舊報紙說，一雙眼睛宛如剛淋過雨的玻璃彈珠，

「為為什麼偶阿嬤撿破銅爛鐵……賺錢親像田螺爬？」他斷斷續續的聲音倏地揪住了放牛班每個人的唇舌，四下裡靜默得就像結凍了似的！「喂！喂！那個麥可呢？我們還想看麥可！」精英班那頭突然傳來幾聲催促，一陣急似一陣的。「等等！等等！」放牛班這頭有人隨口應著，「以後看表演要繳錢！」有人大聲說。

「嗯──這阿旺的確有點天分！」孫行家望著阿旺說，「可惜啊！跳的只是模仿的舞步！」「不對！不對！」同學們叫起來，「阿旺還會更精彩的！他會自創的『殺豬舞』！」幾個同學朝臺上擠眉弄眼，「快表演給老師看吧！快啦！」他們催促著臺上的阿旺，「讓老師心服口服吧！」「可以是可以……」阿旺噘著嘴說，視線飄向走廊，「但……你們得幫我把風才行！」「OK啦！OK啦！快嘛！快嘛！」走廊上的遊騎兵探頭進來說。「肥豬！肥豬！別跑！別跑！」阿旺開始唱了，弓著身雙臂往前伸，「放牛班拚出來、拚出來，要把肥豬綁來拜祖師公！拜呀拜！拜呀拜！四腳開開綁好囉！嘴巴塞個大鳳梨！旺來好呀！旺來好！喔呀唷！

喔呀唷！」他邊唱邊跳，蹲、蹌、踐、蹁變化多端，一會兒屠夫一會兒肥豬公！「嗄！這唱的是誰呀？亂七八糟的！」孫行家皺起眉頭問，下巴瞬間墜落了十公分。「老輸！你真的不豬道肥豬是誰嗎？真的嗎？」同學們揚起眉頭逗老師，有人還裝出豬公中風的模樣。

就在這時候，一個豬公似的身影突然閃現在走廊上，悄沒聲地像一片烏雲覆蓋而來！「幹什麼東東？你們老師呢？」胖主任的吼聲像打雷，那重低音的部分透出豬公要咬人的威嚇。孫行家縮著脖子衝出教室，顫抖抖的雙腿好像在跳「跛腳月球漫步」！「我不是嚴正警告、耳提面命、再三交待過嗎？」胖主任噴著口水說，匕首似的胖手指瞬間逼近孫行家的鼻頭，「上課不准讓同學跑出來！不准！不准！不准！這麼簡單扼要，聽不懂嗎？隨便！胡鬧！反啦！像什麼話？」他很簡單扼要地罵人，口水噴得像機關槍子似的！「這……我我……」孫行家搖頭晃腦忙著閃避口水，輕拍胸脯慶幸自己有個輕巧的身材。即使如此，他仍然覺得脖子漸漸緊繃起來，心想：若胖主任再這麼簡單扼要地罵下去，他肯定會抽搐倒地不醒了！此刻，孫行家忍不住又在心裡禱告起來：「大神救我！大神救我！」他覺得自己的意念正飛向一條湍急的河流，一心期待著「嘖嘖嘎嘎嘖嘖嘎嘎」的笑聲。「真靈！聽見了！聽見了！救兵說到就到！」孫行家突然對著胖主任頭頂的空氣說，興奮得差點笑出聲來，「靠山來啦！」「說什麼呢？」胖主任瞪大了眼問，「什麼靠山不靠山？你們這裡有黑社會嗎？」他縮短了脖頸說，暫停了口水攻勢。「當然……我的靠山就是主任嘛！老師不靠主任要靠誰？」孫行家眨著眼說，「有有主任靠，什麼刁民敢造反？」他擠出滿臉笑容，在心裡直罵自己：「無恥！無恥！」「我想也是的嘛！」胖主任顯得並不謙虛，「怕什麼嘛？國有國法，校有校規嘛！咳……」他脹大了脖頸說，從鼻孔噴出了幾聲乾笑。孫行家哈著腰點頭，慢慢轉過身去，瞪著走廊上兩個學生大吼起來：「我不是嚴正警告、耳提面命、再三交待嗎？我不是已說過一百遍了嗎？不——准——跑——出——教——室！我……要槍斃你們兩隻笨豬！把你們作成有機肥料！」胖主任被這突如其來的巨響嚇得倒退了三步，哆嗦的雙膝彼此碰撞了五次！「這這……孫孫老豬！你你你不不要這麼大聲嘛！」他結巴地說，雙膝幾乎跪落地來。兩個學生抿嘴偷笑，用綿羊般的聲音說：「主任、老師，遵命！遵命！偶們錯了！下次不敢囉！不敢囉！」胖主任僵硬地笑起來，細聲說：「孫孫老師，我看你嘛還勉強罩得住嘛！」他渾身軟趴趴的像個布袋戲人偶似的！孫行家憋住想笑的衝動，運足了丹田之氣再次大吼：「還不快滾回教室去！等著出人命嗎？」胖主任瞬間摀住了雙耳，用脖子縮進胸腔裡的聲音說：「孫孫老師，孩子知道怕了嘛，就好嘛！就就好嘛！」他虛軟地趴下身來，就像剛被雷公重擊了似的！

就在這時候，胖主任注意到了對面走廊正在觀望的精英生，立刻鼓起了腮幫子伏地挺身似地立起身來。「孫老師！你要搞清楚嘛！你班不必用功，人家還要拚狀元呢！」他指著精英班的方向說，「科舉考試就快到了！不是嗎？」「喂！麥摳呢？怎不跳了呢？」精英班那頭有人回應他。「摳什麼鬼？還不快念書！」胖主任大聲說，脖頸又瞬間脹大了起來。這時，放牛班教室裡響起了幾聲怪裡怪氣的笑聲，同學們立著顛倒過來的數學課本縮著脖子笑個不停。「笑什麼？你們還有臉笑嗎？」胖主任轉頭朝著放牛班教室大罵，「孫老師！孫老師！」他似乎完全恢復了主任的神氣，「給我管一管！管一管！帶你們班，管秩序比講道理重要一百倍！那些不想聽課的，睡覺也可以嘛！知道嗎？就是睡不著覺，也不准再給我跑出教室來！」胖主任將匕首似的食指逼近孫行家的鼻尖，隨即又發動了陣陣口水攻勢！孫行家感到自己一張臉一下子被打壓成了平底鍋底似的，撇過頭去正好瞧見走廊上兩個孩子強忍住爆笑的表情。「知道！知道！遵命！遵命！咳咳……」他像叩頭蟲似地哀鳴起來，心想若再不求大神可能會有人笑得昏倒在地！「大神救我！叫這傢伙快滾吧！至少也該跌個狗吃屎吧？」他的思緒再次在風中吶喊，「嘖嘖嘎嘎嘖嘖嘎嘎」地笑個不停！

「知道也得牢記嘛！」胖主任大聲說，手指頭敲著自己的豬頭皮，「這這次嘛……我就暫時不向校長報告了！但是嘛……下──不──為──例！」他用突然增大的聲音終於結束了訓話，順便又賞了孫行家一臉的口水沫！

胖主任拍拍自己臃腫的屁股，跨出了有風的步伐，旋即又放了一串掌聲似的響屁。「大神救命！」孫行家幾乎要跪下身來，忍不住開始在心中默唸起來：「一二三四五……」胖主任走路就像豬公扭屁股，一搖兩搖三搖五搖，突然間他像正面滑壘似地搖出了一個標準狗吃屎的動作！「唉喲！什麼鬼？叫我吃屎嗎？」他親吻著地面大叫起來，凸出的口吻部瞬間被壓成了鍋底似的！「耶——」放牛班同學紛紛探出頭來觀摩，「真屌！真屌！這該是麥摳的新舞步吧？」有人細聲評論起來，隨之而起的爆笑聲迅速擴散到了對面精英班的煉獄！精英超人們拉長了脖子往這頭瞧來，許多人頓時笑得幾乎要掛在窗櫺上了！

孫行家用月球漫步的速度衝到了胖主任身旁，「主任！主任！您摔得，有嚴重嗎？」他用歌唱的腔調問，伸手作勢要攙扶主任。「不用！不用！不疼！不疼！」胖主任搖著手說，撐起圓滾滾的身子苦笑，「嘿嘿！人胖不怕摔嘛！」他從牙縫裡擠出聲來，就像想咬人似的！「還笑？假惺惺！」孫行家在心裡開砲，閃身到主任身後，作了個踢皮球的假動作。「嘿！你幹什麼？」胖主任突然轉過身來尖叫，見鬼似地舉起了雙手。「我這不……也差差點滑了一大跤嗎？」孫行家說，「急急著來扶您，幾乎就煞煞車不住啦！」「是喔？」胖主任狐疑地說，「那……就先謝謝你啦！怪了……走過千百遍的走廊，怎突然變得像溜滑梯似的？」他小心翼翼似地伸直了雙腿，隨即壓低了聲音說：「孫老師，你好好管秩序！明年甄試，我叫校長內定給你！『內定』，懂吧？你知道就好，不要跟別人說喔！」他鼻孔噴著氣說，放出比放屁還難聞的口氣！孫行家感到心頭一陣刺痛，就像又給人捅了一刀似的。

「感──恩！感──恩！」他幾乎要搗著胸口才能說話，真想立刻用拳頭封住眼前那張腐臭的嘴巴，「謝謝主任栽培！謝謝！謝謝……」他緊縮著脖子恭送眼前重新膨脹起來的身軀，揣摩著放牛班的歡呼聲將這傢伙吹得滿地打滾的模樣！

第三章　人性生意

「神蹟！神蹟！」孫行家咂著嘴說，「我——出運了！」他踩著麥可傑摳遜的舞步走回教室，一眼瞧見阿水正垂著頭計數桌上的舊報紙。這孩子看來面有鹹菜色，正掐著細小的手指頭唸唸有詞。「怎麼了？老師跳得可好？」孫行家問，挑起眉頭想逗樂眼前這有點憂鬱的孩子。「我在想……」阿水皺起眉頭說，「要要是這些舊紙可以賣到三十元，我阿嬤今晚半夜就不必出門撿酒瓶了！」「賣三十元，有那麼困難嗎？」孫行家恍惚地說，感覺內耳深處「古董古董」地直響。「這些報紙……哪裡撿來的？」他吃力地用問話將自己的思緒聚焦起來。「沒有！沒有！偶沒有偷拿學校的舊報紙！真的！」阿水搖著頭急說，「都是校外老房子扔出來的！真的」「真的！真的！我信！我信！」孫行家安撫受驚似的孩子，感覺自己的聲音像鼻塞了似的。孫行家的視線停在桌上的舊報紙上，「莫非這就是『古董報紙』？」他突然在心裡問自己，腦中一個小小的光點變得越來越大越來越大！「是不是太舊了？嗯——」阿水撫摸著舊報紙說，小大人似地輕嘆了一聲，「偶也想撿好一點的，但搶不過那些大人！」

孫行家用指尖翻動課桌上的舊報紙，兩隻眼睛越睜越大，「怪！怪！《臺灣日日新報》、《臺灣新聞報》、《民報》……」他唸著一串陌生的報紙名，「這是……林茂生教授辦的《民報》嘛！連創刊號都有呢！怎會有人還收藏著這種東西呢？怪！怪！」他猛吞了一口口水，發出驟然升溫的聲音。「實在太舊了！唉……可能賣不到二十元？」阿水嘆了一口氣說，渾身瞬間失去了活力。「好機會，來啦！」孫行家抿著嘴想，舌尖微微顫抖起來。「那就三十元賣給老師吧？免得你不能專心上課！」他說，「今晚你阿嬤也能睡個好覺了！」「喔！不！不！」阿水跳起身來說，急搖著一隻素淨的手，「只可以送給老輸！絕不能收老輸的錢！偶阿嬤交代過的……」孫行家耳根發熱起來，「也也好……」他說，「老老師有有個朋友專專門在研究舊報報紙的『價格』！喔！不！不！不！是專門在研究老報紙的『學術價值』才對！」他喘著氣說，真想立刻賞自己一巴掌！「耶——真好！」阿水叫起來，一臉晨光似的笑容，「偶阿嬤今晚出門前，一定會歡喜地誇獎偶好幾遍！」孫行家覺得自己像個騙子，「生意就得這麼做的嗎？我要是老老實實地把這些報紙的價值說出來，這孩子還肯將這報紙給我嗎？」他在心裡問自己，撇過頭去不敢直視孩子的眼睛。「如果有一天老師賣了這些報紙，一定立刻把貨款拿來給你！否則我就是裝肖維，甘願永遠被關在『肖人院』裡！」孫行家低著頭喃喃自語，差點咬到自己的舌頭。「免啦！免啦！」阿水說，興奮似地聽著驟然響起的下課鐘聲。

開學日一向漫長如牛步，這一天卻飛快地到了下課時分。孫行家呆坐在辦公桌前，出奇地並不覺得疲憊。他隱隱覺得有個叫「夢想」的東西在心頭跳動，「有夢真好！」他對自己說，伸起左手搔頭，「夢想，才是活下去的動力！」右手一總地揮開了眼前那疊幾乎堆成垃圾山的空表格。「媽的！填不完的表格！幹——」他真想罵出一句完整的三字經，「現在那些做決策的教育大員，不是白痴就是腦殘！要嘛就是單純的心理變態？難道不是嗎？逼老師寫這麼多資料，什麼意思？怕人家薪水領得太輕鬆嗎？像這些『性向評量分析表』、『家庭背景調查表』、『家人互動評量分析記錄』、『家庭訪視作業流程表』、『學生服裝儀容規範執行記錄』、『學生問題行為處置分析記錄』……媽的！統統是脫褲子放屁！簡直就是在訓練老師瞎掰說謊嘛！一個老師每天搞這些屁就夠了，哪還有工夫真正去關懷學生呢？那些博士大頭們搞出這麼多名堂，是怕人家不知道他們很有學問嗎？變態！應該統統抓去給魔神仔再教育一下！」孫行家罵出了絲絲黑色的膽汁，苦苦地嗅到了些許亂葬崗的氣味。他倏地抓起了一張空表格摺紙飛機，然後直接朝牆上那幅最高領導人的玉照射去！此刻，他唯一想做和能做的事，就是立刻拎起阿水送他的那疊舊報紙，儘快逃離這墳氣逼人的亂葬崗！

孫行家在路邊攤買了個四十元病死豬做的便當，騎著嘰嘰歪歪作響的機車回到了蝸居的斗室。這間私娼寮般的小套房位在一棟斑駁的五樓公寓裡的四樓，樓下那永遠鎖不緊的大門後飄散著人畜共有的尿臊味。孫行家掩著口鼻飛奔到家門前，「發財的祕訣就是要靠一把正確的鑰匙！」他悄沒聲地轉動著手上的鑰匙，有一種竊賊闖空門的快感！他推開了隔音不良的木門，一骨碌地坐到窗邊那張書桌兼餐桌兼泡茶桌前。「先扒飯吧！至少這不是人肉作的！」他對自己說，一手愛撫著飯盒旁的那疊舊報紙，「有了這古董……吃五百元的便當也不遠啦！」他邊吞飯邊翻閱舊報紙，感覺就像在點數千元大鈔似的。「什麼鬼？招募『慰安婦』，月金三百圓！」他唸著報上的一則「廣告」，口裡的餿飯差點吐了出來。「幹！叫你媽去賺吧！」他對著泛黃的紙張大罵，像看黃色小說似地豎起了汗毛。「哇塞！這些日本鬼子也真行——好端端活了數千年的神木，偏要把人家斷手斷腳加剝皮！去你的！文明大國？」他氣得內耳深處隆隆作響，彷彿又見到阿里山初現的蒸氣車頭強姦似地插穿了紅檜、扁柏美麗的故鄉。孫行家有一種虛懸悒悒的心境，想起了老人家說過的——日本人用刺刀在某個山村裡幹出的蠢事！他冷笑著欣賞《臺灣日日新報》裡一幕幕意氣風發的鬧劇，吃力地讓自己一點感覺都沒有！他揣摩自己也在某種刺刀般刀銳的軍樂聲中前進，「馬來之虎」山下奉文得意的笑聲令他驚心！那個囂張的光頭大將揚起下巴仰望新加坡宛如失血了的天空，一向自命優越的英國佬在他腳下爬行。「那時，他可曾想過自己正走在通往絞刑臺的路上呢？」孫行家的思緒像蹣跚的步伐，一行跳過一行、一頁跨過一頁，最後癱軟在林茂生教授憔悴、無言的身影前。他搖頭苦笑，納悶那《民報》化作留白的喟歎聲為何仍如此刺耳？「這是咱臺灣的身世！有價值的史料！」他憋著氣說，「一定要好好保存下來！保存下來！絕不可就這麼輕率地賣了這珍貴的文獻！」他抿住雙唇，打定了主意！

孫行家覺得口裡的飯菜嚼出了漿糊的味道，視線突然停在一則奇怪的報導上。「榮鎮熊洞山——超級神風的祕境！」他睜大了眼睛往下唸，「死而復生——玉碎前最後一搏！」「神風啊神風！到底是什麼怪風？」他搔著頭皮直冒冷汗，內耳深處突然響起了「嘖嘖嘎嘎嘖嘖嘎嘎」的笑聲。「敗就敗嘛！搞什麼裝神弄鬼的？簡直是鬼打架！」他輕搖著頭說，用食指敲打自己的鼻頭。就在這時候，「砰砰砰砰砰」一陣急似一陣的敲門聲突然響了起來，好像有隻野豬在木門外想立刻衝進來似的！孫行家盯著顫抖不已的門板，耳中響起了一個令人作嘔的聲音。「孫老豬兒！孫老豬兒！」房東太太缺舌的叫聲越來越大，比那屠宰場豬仔的哀號還難聽十倍以上！「來啦！來啦！還沒穿好褲子……」孫行家憋著怒氣說，咬牙切齒地吞下了一塊橡皮似的死豬肉。「歡迎！歡迎！」他擠出一臉笑容拉開了木門，感到一陣被鐵鎚打到似的震波迎面襲來。房東太太攤開雙臂擋在門口，臃腫的身軀幾乎封鎖了整個通道。「警察臨檢也不必這般工夫嘛！怕人跑路嗎？什麼爛房子！」孫行家氣得在心裡大罵，嘴笑眼笑地加大了聲音，「嗨！My Dear！歡迎！歡迎！請進！請進！」「孫老豬你好！英語偶聽無啦！」包租婆開口了，「這裡，住得習慣嗎？」她探出豬頭關注她的寶貝套房。「習慣！習慣！習慣得舒服極了！」孫行家哈著腰說，心想：「老豬？老豬！也不自己先去照照鏡子？」「嘿嘿嘿……套房比較方便唷？」包租婆舔著口水說，「不過，如果多一個人住的話……一定要先講一聲喔！」她露出老娼般精明的眼神，倒吸了一口聚積在嘴角的唾沫。「方便什麼？下流！什麼東西？難道方便房事也要向妳報告嗎？」孫行家只能用想像力還擊，

「是！是！遵命！遵命！」他諂媚地說，「這套房真是方便得舒服極了！」他緊盯著包租婆亂了方寸的表情，玩味著一種令他汗顏的快感！「咳！下月房租雖還差幾天……我碰巧經過這裡，方便的話……就順便一下吧！」包租婆聳著肩說。「方便個屁！怕人跑路嗎？這麼搞法，是要逼人去搶銀行嗎？如此兩光的套房也敢每月要一萬二，簡直是搶錢！現在，幹妳娘的，又要提前索錢！」孫行家在心裡破口大罵，「方便！方便！應該的，大家都方便嘛！」他咬著牙筋說，心想：「再這麼心口不一地對話下去，自己可能要精神錯亂了！」「我是不是已被這社會磨出病來了？」他輕聲問自己，突然有一種莫名想哭的感覺。「有病就快去看醫生！不要把病菌帶回這裡喔！」包租婆緊張地說，不安分地跨進了房門。她邊走邊用貪婪的豬眼掃瞄四下，「不能隨便釘釘子喔！不可以亂貼紙……尤其是那種光屁股女人的圖片……」她加強了語氣叮嚀。「我還釘妳的豬頭呢！」孫行家無聲地詈罵，攤開雙臂示意肥婆停在原地，「我這就去拿錢！去拿錢！」他說。「放心！偶不會偷看你藏錢的地方！」包租婆說，誠實地將頭撇向一邊去。「不能偷窺喔！我要開金庫啦！」孫行家故意大聲說，然後從一個避難所常用的塑膠衣廚裡挖出了十二張千元大鈔。他挖了又挖，著實給嚇出了一身冷汗，「我的媽呀！只剩零錢啦！」他發出了一聲魔神仔才聽得到的慘叫，連膽囊都收縮起來了！

「貪財！貪財！」包租婆一把抓下整疊鈔票，立刻用胖手指反覆清點了三遍！「這裡就你一個人住吧？分租一定要講喔！」她邊數錢邊說，賊般的眼睛突然注意到了床頭的雙人枕頭。「孤枕難眠嘛！枕頭一次得買雙只——我阿嬤說的！」孫行家噴著口臭氣說，「好啦！好啦！偶的閨房不愛給人看透透！」他用太監般的怪腔調下逐客令。「這偶知道！知道！但是……若是多一個人同居，不管是男生還是女生，都要跟偶說一聲喔！豬到嗎？」包租婆仍步步進逼，露出一副討打的模樣。「廢話！不然還等妳這肥豬來同居嗎？快滾吧！再不走，一腳把妳踢出去！被妳掃得只剩零碎錢，養我自己一個人都困難，還能再包養幾個辣妹嗎？」孫行家在心中發狂似地大罵起來，「這壓迫人的社會……不得精神分裂症也難？」此刻，他只能無聲地搖頭，盯著包租婆膨脹起來的鼻頭苦笑，用想像力一拳將那豬鼻打腫成三倍大！

「其實，偶這房租已經算你便宜啦！老豬！」包租婆緊捏著鈔票說，「那些臺北市掃出的私娼，曾出偶兩萬元呢！偶沒答應，因為怕她們把什麼花柳病毒帶來這裡！偶這個人，是最愛環境衛生的！豬道嗎？」她噘起口吻部說，好像施了什麼大恩似的！「放屁！是最愛錢才對吧？」孫行家斜睨著包租婆的胖臉頰想，估計那層皮最少有三寸厚。「咦！」包租婆倒吸了兩口氣說，似乎嗅到了什麼不尋常的氣味，「垃圾不可以帶回這裡來！豬道嗎？」她拉高了音量說，「廢紙、保特瓶、鋁罐……統統不可以拿回這裡！」「豬啊！這俗不可耐的肥婆！不請出大神對付對付，還真治不了妳那張豬嘴啦！」孫行家在心裡禱告起來，「是的！是的！遵命！遵命！」他巴望著天花板說。「不過！」孫行家突然神祕兮兮地笑起來，「那些舊報紙可不是垃圾啊！」他倏地跳到了桌邊，雙手護著桌上的舊報紙說，「這是文物珍寶！比金錢還貴重得多得多！嘿嘿嘿……」「真的？」包租婆張大了嘴巴說，「那那很很值錢的喲？」「俗不可耐！俗不可耐！」孫行家真想將剛吃下的死豬肉統統吐進眼前的血盆大口裡，「怪！怪！這世上怎會有俗氣得如此徹底的人呢？這死錢嫂不會也是另一種古董珍寶吧？我真是……欽佩！欽佩！」他輕搖著頭想，「嘿嘿嘿」地笑個不停。「嗯──的確是值不少錢！」孫行家雙手合十朝桌上的舊報紙拜了又拜，「妳不要跟別人講喔！」他壓低了聲音說，「像妳這級的豪宅套房……至少要十間才換得到這堆寶貝！嘿嘿嘿……」他笑得嘴角都扭曲起來了！「真的！」包租婆鑲金的假牙差點噴出口來，一心一意向前衝的軀體幾乎跪倒在地！「喂！喂！控制一下！控制一下！」孫行家攤開雙手說，板起臉來攔住了包租婆，「像這級的珍寶，外人看一眼，我就要收他五千！今天妳真是賺到啦！」「謝謝！謝謝！」包租婆退回到門口，雙手仍扒著門框不放。「不行！不行！再給妳這麼免費看下去，我就虧大了！」孫行家大叫起來，差點當場笑出聲來！就在這時候，一陣怪風突然從窗外直接灌了進來，「砰」的一聲將房門板重重地闔上了。「唉唷喂！」包租婆瞬間發出一聲慘叫，「死啦！死啦！偶的矽膠鼻！偶的矽膠鼻！」孫行家聽到一種比被倒會還淒厲一百倍的哀號聲在樓梯間響起來，眼前彷彿浮現包租婆滾落階梯的狼狽模樣。他頓時痙攣似地狂笑起來，跺著雙腳跳起了阿旺發明的「殺豬舞」，心想：「這舞步早晚會大紅才對！」

孫行家傾聽著包租婆的哀號聲漸漸遠去，一顆心也隨著窗外的夜幕慢慢低沉下來了。「往後一週，我要吃豬屎過日子嗎？」他苦笑著問自己，視線停在那疊舊報紙上，「去他的臺灣史料！賣了吧！」他突然覺得那不過是一堆舊紙罷了！「豬道嗎？肚子餓的時候，這能當飯吃嗎？真的咬上一口，肯定不會比豬屎好吃！」他用包租婆似的口氣說，懷疑自己剛才是不是不小心吞下了那肥婆的口水。「噁心！」他吐著舌頭說，「賣了吧！不然還能怎樣？不賣這些『破報紙』，難道要我賣身不成？」

孫行家堅定地站起身來，大聲說：「說賣就賣！就在今夜！」他找來一條綁垃圾的紅塑膠繩，不到三十秒便將那疊舊報紙綑綁好了。「務實是生存之道！」他咬著下唇想，「作奸商，誰不會？看我賣出個天價來！」

孫行家拎著舊報紙衝出門去，感覺眼前一片昏天暗地！「去老街！去老街！」

他把穩了機車龍頭，有一種發燒起來的感覺。「無奸不成商？這話當真？」他一路上反覆問自己，「榮鎮那些鬼精的安溪商人，我有能耐搞定嗎？讀書人有可能鬥得過生意人嗎？」他一顆心像虛懸在黑色的霧裡，突然覺得實在一點把握都沒有！

其實孫行家早已聽講過古董生意，他那好賭的生父在他小時候跟他提過好幾次。「古玩！古玩！虎穴龍潭！」他想起生父說過的話，「要不是拿家裡免本錢的老東西去變賣，恐怕連本都掙不回來！」「哼！賭鬼！不負責任的傢伙！」孫行家一想到生父就有氣，忍不住在晚風中罵了起來，不敢再去回憶母親苦苦看守住老東西的緊張模樣！「古董生意其實和賭博差不多！」生父曾說，「那就是一群投機者、騙子和蠢蛋間的混戰！想贏的話，哼！絕不能心存善念！」「放屁！我這事，不要你管！」孫行家突然對著夜空怒嗆起來，處女座的性格絕不讓自己成了個徹底墮落的魂靈！

孫行家來到榮鎮老街時，兩排紅磚店鋪已關了大半以上。「嘿嘿！白天的生意白天做，晚上的生意晚上做！」生父的陰影在暗處說話，鬼魅似地緊跟在孫行家身後。孫行家嗅到了一種傳奇似的氣味，感覺那累積了三百多年的夢想仍在廊柱間流動。「這條老街的確出過不少富商！那是一種終其一生嗅著錢味過活的無聊滋味！」他玩味著老輩人講過的話，心裡揣摩著：「錢，可以做很多好事，也可以做很多歹事，『古董生意』不知該算是好事還是歹事？這種古老的生意特異於百業之外，既有賭博投機的刺激性，又能滿足有錢人附庸風雅的虛榮心，簡直就像是另類公然賭博嘛！不是嗎？」「買對了貨，養活一大家子！買錯了貨，跳樓都來不及！」孫行家咀嚼著老輩人的諄諄告誡，突然覺得自己已走在一條晃動不安的鋼索上了。

這時，他嗅到絲絲遊民的氣味迎面而來，驚覺自己已陷入了幾乎沒有退路的經濟困境中。「哇！死啦！死啦！」他突然叫出聲來，「月月底前……還得繳一萬元的會錢哪！」記起了幾天前一時衝動參加的互助會！那天，他的小女友春華傳她媽的聖旨說：「沒有房子，就不准再交往了！女人要的是保障！」「保障？屁話！屁話！」孫行家大聲抗議，「誰又管我的保障呢？難道沒房子的人就只能出家吃素去嗎？」他突然覺得自己在這社會中不過也是個流浪漢罷了！「標會！標會！頭期款不就有了嘛！」那時春華說得挺輕鬆，好像標會就是慈善救助似的！「啊……最氣這種『要保障』的人了！自己拉屎，卻叫別人擦！」孫行家吐著惡氣說，第一次感受到了一種被綁票似的悲哀。「呃……千萬不要……被女人或是房子綁死死！呃！」他突然聽見廊下暗處傳來醉醺醺的聲音，納悶自己的生父好像也說過幾乎完全相同的話！「走就走吧！恁爸才不願被女人和房子綁死死！」生父最後一次跨出家門時如是說，從此就沒再出現在家裡過！幾天前那時的場面，孫行家可沒如此瀟脫，他只敢對著自己的腳尖大吼：「請妳媽放他媽的一百個心！我娶她寶貝女兒的時候，一定去搶銀行來買豪宅！OK？」此刻，孫行家邁開大步繼續向前走，冷笑著挺直了腰桿，決心將心中生父的陰影一掃而空！

孫行家貼著「亭仔腳」內側走，深怕在這時候撞見認識的人。「怕什麼？又不是去上窯子！」他極力安撫自己，一顆心七上八下的。不久，他停在一間明亮氣派的古董店前，瞇起雙眼注視著那高級玻璃櫃裡散放出的金光。「怕什麼？越高級越好價嘛！」他深吸了一口氣激勵自己，「衝吧！沒退路了！」他用想像力跨起了踩高蹺似的步伐，像闊佬似地晃進了店門。「歡迎光臨！歡迎光臨！歡迎！歡迎！」年輕掌櫃禿鷹似地聒絮起來，尖利的雙眼上下打量著來客。「找什麼寶貝嗎？」他哈著腰問，擠出一臉令人頭皮發麻的笑容。「隨便看看！」孫行家憋出老太爺似的腔調應答，「有什麼高一點的？可以斟酌斟酌……」他冷冷地說。「有！有！本店專做高檔貨！高——檔貨！」年輕掌櫃咧嘴笑，彎腰超過了九十度！「老闆！請坐！請坐！」他宛如唱起歌來，「先這裡奉茶！我再慢慢跟您報告！報告！」他用小太監叫春似的聲音說。「嗯！」孫行家點點頭，伸了個員外般的懶腰在一張四出頭官帽椅上坐了下來，隨即斜眼瞧著玻璃櫥窗內的粉彩花瓶。「敝姓張！叫我『小張』就可以啦！請多多指教！多多指教！」年輕掌櫃說個不停，熟巧地泡茶就像在變魔術似的！店鋪裡飄蕩著一股不尋常的薰香氣，「不會是迷魂香吧？」孫行家想，警覺地拱起了鼻頭，「笑話！你一個窮光蛋，迷你幹嘛？若是真用這種迷法，掌櫃的豈不自己也要中毒嗎？笑話！笑話！」他在心裡咯咯笑起來，開始盤算開價的策略。年輕掌櫃執起一只紫沙壺說：「這是頂級普洱茶，超過一百年的！不知老闆您喝得慣不慣？請！請！請品茗！請品茗！嗯喔……像這級的普洱茶，現在大陸一市斤已炒到了一萬元人民幣以上！還常缺貨買不到呢！」他溜轉著眼珠子說，眼角幾乎要榨出油來了。「是嗎？這價位還好嘛！」孫行家淡定地說，「巧唷！我有幾個好朋友正巧也在找這等級的普洱茶！唉……不好買唷！原來是連大陸都缺貨了！」他拉開了闊佬的架式，晃著腦袋輕啜了一口茶。孫行家將那黑漆似的茶湯才送入口裡，就覺得從舌頭一直到胃壁幾乎要痙攣起來了。「呃！」他差點當場將一口茶全吐在掌櫃的臉上，強忍著一股上衝的臭曝味幾乎令他飆出淚來！「我的媽呀！要命！要命！這是哪門子的頂級茶？」他抿著嘴在心裡喊救命，用比哭還難聽的聲音說：「嘔！嘔！真是絕品好茶！好——茶！難得呀……難得！」他突然想起了臥薪嘗膽的歷史典故，旋即又逼著自己連灌了兩大口臭曝茶，整個人頓時幾乎昏癱在官帽椅上。

「怎麼樣？怎麼樣？」年輕掌櫃黃鼠狼般地笑問，似乎正納悶客人怎麼沒馬上昏死過去，「瓷器有興趣看看嗎？瓷器是中國古董的主流，內行人最愛玩！」他吹著氣說。孫行家當場真想賞眼前這黃鼠狼一巴掌，卻故意輕蔑似地笑說：「是嘔！精緻的細瓷，是可以拿來瞧瞧！至於那些粗瓷破碗盤，我可沒興趣看！至少也要是明、清官窯的才夠看嘛！那些民窯的格調、工藝水平都不夠！」「真的！哇塞！那那您真是大行家了！」年輕掌櫃睜大了眼睛說，久逢知己似地樂得跳起身來，「找官窯？本店正好專做這路精品！敝店從來就只做官窯的生意，絕不拿粗碗盤來浪費時間！嘿嘿嘿……」他笑開了大嘴，就像要開始吃人似的！「你瞧！」年輕掌櫃指著櫥窗裡的一只粉彩花瓶說，「這這正是大清『乾隆』官窯奉旨監造的絕上精品！大行家！可有興趣上手玩玩？最近有客戶出到兩百萬，我還捨不得讓呢！好東西得留給格調夠的行家，否則就太可惜啦！」他舔著嘴唇說話，將「乾隆」唸成了「甘隆」！「天呀！兩百萬？」孫行家吐出了半截舌頭，心想：「我就是把那三十萬的會標下來買，也還差了一大截呢！這……」他警覺地抿上了嘴唇，瞧見年輕掌櫃飛揚起來的眉毛。「這好說！好說！」掌櫃的輕聲說，露出了慈善家般的笑容。「貨跟有緣人嘛！」他搓揉著手指頭盯著孫行家看，「誰都有方便不方便的時候，不是嗎？真的碰上了識貨的好客，小店就是賠錢做生意都爽快！這就是格調嘛！」他舔著嘴角溢出的唾沫說。「哼！生意經！來這套？」孫行家提醒自己，極力穩住翹翹板似的心情。他誇張地朝櫥窗裡斜睨了一眼說：「那瓶子水平是還可以，但類似的早玩過好幾只了！」他再次在心裡提醒自己：「今晚我是來賣貨的，可別反而中了這小子推銷的道！」就在這時候，店門外突然起風了，陣陣涼風鬼魅似地竄進了店裡來。「假如此刻有魔神仔幫忙，我的『舊報紙』說不定可賣個兩千萬！但……想得美唷！嘿嘿哈哈……」他想著想著，忍不住笑出聲來。「無論如何，貴店收的玩意兒，格調是夠的！」他哈著氣說，露出了諂媚的笑容。

孫行家笑得兩頰僵硬起來，心想：「做生意竟比演戲還累人！」他深吸了一口氣脹大肚皮，擔心好不容易撐起的派頭會走了樣！「是啊！是啊！大師的品味真真夠格調！我該叫一聲『師傅』啦！」年輕掌櫃說，抓起了「臭曝茶」壺頻頻點頭。「嗯！嗯！過譽！過譽！」孫行家搖著手說，有種飄飄然的感覺，「我是研究臺灣歷史的學者！」他揚起下巴說，「現在有一批保存得很完整的文獻資料，想拿出來照顧照顧有心收藏的人！不知貴寶店可有這等有格調的客戶？」他搖頭晃腦地朝年輕掌櫃拱拱手，將帶來的那疊舊報紙擱在櫃桌上。「就隨便開個五萬元吧？」孫行家在腦中盤算起來，「他要是想殺價，我就嗆他——『不識貨！』」「什什什麼？原原來是要賣貨！」年輕掌櫃像在飆髒話，瞬間板起了臉來，「去！去！去！去！去！」他用鼻孔連續發聲，重重地擱下了「臭曝茶」壺。

「阿彌陀佛！來這套？」孫行家勉強穩住了思緒，「想殺價嗎？唬誰啊？」他想，「罷了！罷了！誰稀罕你那要命的頂級茶？」年輕掌櫃噘起嘴來不說話，索性點了根香菸，連吐了十幾口的毒氣。他用斜眼看了「臺灣文獻」一眼，就揮彈著手掌說：「賣舊貨去別家！我這兒是精品店！」「還沒看東西，怎知不是精品呢？」孫行家苦笑著說，「難得呀！難得！真正一手的歷史報導！」他隨手攤開了那疊舊報紙，「細看內容……你就明白啦！多難得的臺灣記憶啊！這是有生命的文獻資料！」「唉呀喂！垃圾別靠近茶水好不好？髒死啦！你沒聞到那股臭曝味嗎？

我剛吃的大餐都要全嘔吐出來啦！可惜了我這極品好茶啦！」年輕掌櫃摀著口鼻說，驅趕蒼蠅似地猛甩手掌。孫行家總算清醒過來了，一股寒氣幾乎瞬間在他心頭結出霜來！「總不好把『臺灣文獻』說成是垃圾吧？」他嘆了一口氣說，「那……就隨緣吧！官窯貴重，臺灣史料也很重要！抱歉打擾了……」他用有尊嚴的聲音告辭，順便安慰自己：「也好！也好！在我被馬尿臭曝茶毒死之前脫身，也好！反正我可沒害人的意思！」

年輕掌櫃像屁股著火似地跳起身來，宛如受盡委屈似地破口大罵：「害人家白花了頂級普洱茶，還說沒害人？奧客！奧客！」孫行家著實嚇了一跳，縮起脖子逃出了店外。他用雙手護著那疊舊報紙，感到掌櫃的口水正像飛鏢似地襲來——「什麼跤數？假內行！一副窮酸樣，還想看官窯？不要得肝病就不錯啦！欺人太甚！」「這……這是什麼世界？」孫行家幾乎哀號起來，一張嘴巴唸經似地一開一合，「大神助我！大神助我！這勢利眼實在欺人太甚！」突然間，彷彿魔神仔一直就在他身旁似的，他覺得四周空氣起了陣陣漩渦，耳中響起了「嘖嘖嘎嘎嘖嘖嘎嘎」的笑聲，緊接著年輕掌櫃的慘叫聲也傳進了他耳裡——「我的媽呀！肚子疼死啦！哇唷！哇唷！腸子打死結了！我的我的臭曝屎拉在褲襠裡啦！」孫行家回過頭來欣賞「神蹟」，見年輕掌櫃正雙手摀著肚皮滿地打滾。那勢利鬼哭得像鬼似的，用男高音般的唱腔叫起來：「大神！大神！饒了我吧！饒了我吧！拜託！拜託！」他額頭抵著地面苦苦哀求，「我招！我招！」他說，「我那臭曝茶真他媽不是人喝的！但小民不過是想騙口飯吃，並沒有害人的歹意！真的！真的！我自己不是也喝了好幾口嗎？您看到的不是？」年輕掌櫃溜轉著眼睛趴在地上喘著，停頓了一下又忸怩地說：「大神公道！大神公道！其實也不能全怪我嘛！我罵人是不對！但奧客喝了茶又不肯上當，難道不該被罵嗎？他做生意那麼精明難道很公道嗎？」他滿腹委屈似地說個不停。孫行家瞇起雙眼優雅地轉身離去，好讓那市儈掌櫃狗吃屎的慘狀能在腦中停格得更久一點！他很有尊嚴地挺起了胸膛，扯開嗓門說：「誒！真爽！比賺了一百萬還爽！」頓時笑得幾乎落下頦！

孫行家護著下巴走在硬冷的石板路上，心想：「光賺到『爽』還是沒搞頭！」

他突然憂慮起來，「這裡的店家不會都是這般水準吧？嘿嘿……」他搖著頭苦笑，嚐到了絲絲膽汁的味道。「勇往直前吧！」他拎著舊報紙踢起了正步，以免自己當場軟趴在地上。「喂！少年仔！」突然間一個流浪漢在亭仔腳下朝孫行家招手，「報紙沒用，給偶鋪地睡覺！」「睡！睡！睡！就知道睡！都睡成流浪漢了，還睡？」孫行家在心中罵起來，「媽的！平實一點吧！免得變成和這傢伙一樣！」「平實一點吧！」他再三提醒自己，「夢想的兩千萬不如到手的兩百塊！」他冷冷地緩下了步伐，不覺間來到了一間正播放著俗氣音樂的「平實古董店」前。「這是古董店嗎？」孫行家遲疑地站在店門口，探頭瞧見裡頭人影晃動宛如夜市一般！他猶豫再三才像小媳婦似地跨進了店門，「哇塞！堆積如山！簡直像垃圾場嘛！」他幾乎叫出聲來，行進間吸入了好幾口夾雜著香港腳氣味的臭曝味。這時，店裡正有幾個獐頭鼠目的客人低頭翻找東西，他們個個看來心猿意馬欲罷不能，好像很享受周圍的空氣似的！「有啦！有啦！」突然間有人在垃圾堆中吹起了口哨，一把抓起了到手的「寶物」緊緊攬在心窩裡。看來六十出頭的老闆坐在柑仔店似的玻璃櫃檯後，穿著一身老式的內衣褲招呼客人。「加減看喔——保證臺灣全省最俗的古董！」他摳著踩在太師椅上的光腳丫子吆喝，「保證比跳樓大拍賣還便宜！這裡就是卡卡實實的『俗就好古董店』！」「這間『店』……算是夠平實的啦！」孫行家想，忍不住無聲地笑了起來。

老闆叼著香菸抖動著腳丫，吐出的毒煙比他吸入的至少多了三倍！「請問……」孫行家靦腆地問，納悶老闆嘴角輕叼的菸管怎不會掉下來，「這這裡是古董店嗎？」他哈著腰漲紅了臉，下巴幾乎撞到玻璃櫃檯。「也是啦！你說是就是，說不是就不是！偶又沒讀過書，怎知道什麼是古董？偶只要會賣就好啦！偶若是真懂忒多，早在大學裡教學生啦！還需要在這裡說這些五四三嗎？」老闆輕鬆地說，隨口仍跟著伴唱帶哼唱不停。「夜市仔買的伴唱片，三片一百！滿清晰的！」他指著電視螢幕說，又摳起自己的香港腳來。「是喔！實在！實在！」孫行家豎起大拇指說，心想：「怎麼一家比一家水準低？這算哪門子的古董店嘛？魔神仔看了恐怕都會搖頭想吐！」「哪！你看偶的招牌！」老闆豎起拇指倒指著櫃檯後的一塊木板說，「俗就好古董店！」「哇！真是太平實了！」孫行家搖頭讚歎，望著瓔木板上鬼畫符似的六個大字，「太太平實了！我的珍貴臺灣文獻在這裡……能賣個五百元就要偷笑啦！」他露出了排泄困難的表情。

就在這時候，一個客人大爺似地擠到櫃檯前，將一只青花罐子扔菜頭似地擱在櫃檯上。孫行家識趣地閃到一旁，裝模作樣地盯著牆上的一幅老畫看。「這罐仔要多少？」客人直截了當地問。「兩千五！」老闆大聲說，好像在叫賣豬肉。孫行家著實又給嚇了一跳，「真坦白？平實又坦白？」他搔著頭想。「太貴了！古董不能賣這麼貴！一千賣不賣？」客人毫不客氣地回嗆，凶悍地殺起價來。「不行！賣一千不夠瓦斯錢！瓦斯最近漲價了！燒出這罐，瓦斯最少要兩桶！」老闆說，抓起罐子倒轉過來，「看——大清乾隆年製！這是官窯！官窯賣一千是殺頭的罪！穩死不活的！乾隆皇帝會氣得從棺材裡跳出來幹譙！」老闆摳著他的香港腳說，大聲將「乾隆」唸成了「甘龍」！那客人並不示弱，立刻又大聲回嗆：「屁啦！還說官窯呢？莫得肝病就偷笑啦！」老闆縮短了脖頸，擠出龜公般的笑容說：「麥啦！

麥啦！你是內行的，多少也給阿伯賺個便當錢嘛！你也知道偶沒讀冊，都是亂賣一通！我跟恁講白的——我看到瓷器就說是官窯，看到木器就說是紫檀，看到圖畫就說是唐伯虎！我就是只會講這些，我絕不欺騙社會！」看似精明的客人哈哈大笑，「好啦！好啦！看你閒閒坐著也是滿辛苦的！便當錢是應該讓你賺的，就算一千五吧？」客人主動加碼，宛如施了大恩似的！「好啦！好啦！就是在欠便當錢嘛！」老闆嘆了一口氣說，「官窯賣一千五！無怪大清皇帝會倒！不倒都不行！」客人掏出皺巴巴的兩張千元鈔票說：「好啦！好啦！甭假仙了！找我五百吧！」他很有把握地說。「內行的！」老闆一把抓起撒在櫃檯上的兩千元說，「哪——五百塊找你！開個市也好……生理真難做，就算交個朋友吧！」客人嘻皮笑臉地抱怨：「你這家從不泡茶請人客！生意這麼好，待客也該周到一點嘛！」老闆嘟囔著應道：「官窯賣一千五不夠茶水錢！」客人搖搖手說：「無礙！無礙！下回不請喝茶，還要再扣一百！」他邊說邊拿起罐子要走人。老闆叫住他說：「等一下！包還是得包一下的，國寶可不能在大街上招搖！」他隨手抓來兩張舊報紙熟練地把罐子包好，然後將它裝在一個垃圾袋裡交給了客人。客人連聲致謝，像拎著金塊似地咧嘴笑，臨走前還好心地對愣在一旁的孫行家說：「你內行，知道來這家！這間貨可以買，買到賺到！」

精明客才跨出店門，一個看似斯文的客人也開口了：「頭家！這筆筒是什麼材料的？」他邊問邊用放大鏡察看緊抓在手上的黑色筆筒。「紫檀！」老闆看都不看一眼就說，兩眼仍盯著螢光幕上的肉彈女歌星。「騙肖！唬爛！欺騙社會！」客人笑嗆，用鼻子嗅了嗅黑筆筒。「木材類的，我就知道說紫檀！我絕不欺騙社會！」老闆心平氣和地說，笑瞇瞇地指著螢光幕，「嚄！這奶子有夠大粒的！」客人大笑：「你不欺騙社會？你是熟識食厝內！」他將黑筆筒直接摜在櫃檯上，比劃著手指說：「好吧！既然你便當錢已賺到，這個應該便宜一點了吧？報實價！」老闆翹起抖動的二郎腿說：「兩千五！兩千五而已！」客人臉色一沉，立刻跳起身來嗆聲：「嘴紅紅要吃人啊！便當錢都賺了，怎還是兩千五？」老闆嘆了一口氣說：「囝仔大陣！沒辦法！我吃飽了，伊們還在等米下鍋呢！」客人又大笑：「利害！

利害！這麼會做生意！我看你應該是『某大陣』才對！看你爽得活跳跳！好啦！一千可以嗎？」老闆從鼻孔噴出兩管羶氣說：「一千的筆筒，用菜頭刻也刻不出來！」客人頻頻點頭，拱手拜道：「都講安溪人會做生意，果然名不虛傳！好啦！好啦！一千五有賺啦！你剛才官窯才賣一千五嘛！找五百來！」客人扔下了兩張千元鈔票，將黑筆筒緊緊抓在手裡。老闆冷笑著搖頭，「唉唷！紫檀我賣一千五，同行會雇殺手找偶！」他眨著眼說，探頭朝店門外看了一眼。客人漲紅了臉回嗆：「官窯你都敢賣一千五，為何紫檀就不敢？」老闆嘆了一口氣，攤開雙手說：「沒辦法！賣紫檀的同行比較凶！賺錢有數，性命要顧！」兩人像打太極拳似地議價起來，一進一退、一推一讓，纏鬥了數十回合，最終以兩千元成交了！客人噘起嘴巴，欲求不滿似地說：「你不肯找五百，至少得送我一顆壯陽藥！」老闆大笑：「不早說？偶賣威力丸不是做生意，純粹是在做功德！從不賺一毛錢，偶敢對天發誓！啊——人生在世，暢快還是最重要的！咱查甫人要記得——千萬別像鎮上的田僑仔炮仔陳，年到七十才來手摸叭餔目屎流！」「哼！」客人斜視著老闆說，「莫說得那麼粗魯嘛！還好我沒帶囝仔一起來！」他邊說邊用快手收下了老闆遞上來的藍色藥丸，隨即透爽似地笑出聲來！斯文客人喜孜孜地拿著黑筆筒往店外走，經過孫行家身旁時低聲說：「這間店真俗！轉賣一定能賺！頭家這老仙角太利害，別人賣假貨會出人命，伊賣假貨生意卻搶搶滾！伊的客戶一個都跑不掉，久沒聽伊講那些五四三，歸身軀就像走筋迫病似的！買伊的假貨，沒賺到錢也一定能賺到爽！懂我的意思嗎？嘿嘿……」「好啦！好啦！」老闆搧著手掌說，一副很得意的模樣，「好啦！講忒多幹嘛？看好病就快走！換別人掛號啦！」

孫行家等店裡客人都散去了，才怯怯地來到櫃檯前說：「我不是來買貨的，我是想賣貨……」他直截了當地表明了來意，用雙手將自己帶來的舊報紙擱到櫃檯上。「這是我的收藏，真正的老東西！」孫行家說，「裡頭有《臺灣日日新報》、《臺灣新聞報》，連臺灣第一個哲學博士林茂生辦的《民報》都有！文字報導和寫真照片都很精彩，應該有參考研究的價值！」他突然覺得自己話說得可笑，腦中浮現方才一幕幕滑稽的交易鬧劇。「哎呀！講這些幹嘛？研究價值有個鳥用！」他抿住了嘴想，「真到缺錢時，文獻可能還不如一顆藍色威力丸？」「就隨便開個便當價碼吧？」孫行家想，突然覺得那疊舊報紙變得像廢紙似的！

老闆看了舊報紙一眼，吊兒郎當的表情一下子凝重了起來。孫行家伸手將舊報紙攤開來，想展示自認為最有價值的部分。老闆搖著手制止他，正經地說：「不必！不必！這麼看就可以啦！」他搓著下巴沉思了片刻，用一種向心儀女子道別似的口吻說：「唉……可惜啦！可惜啦！」「什麼可惜？」孫行家細聲問，「都是真正的老東西……不是嗎？」「咳！」老闆搖頭淺笑，「貨沒問題！很開門見山的東西！」他停頓了一下，望著孫行家說：「人也沒問題！你是個規矩守法的君子！我看得出來！我不是說貨不對，我是覺得這樣的貨在我這裡出手，實在是可惜啦！對正派的人，我一向實話實說！」老闆端坐起來說話，一雙香港腳踏實地踩在地上。「這……」孫行家感動得說不出話來，覺得鼻頭酸酸的有種想哭的感覺，連忙朝老闆拱手拜了又拜。「別！別！」老闆揮著手說，慌張地站起身來答禮，「別別這麼客氣！我是粗魯人……」

老闆取來麥仔茶請孫行家喝，自己率先喝下了一大口，然後抹著嘴角說：「請用！請用！止嘴乾又不礙胃！」孫行家覺得兩眼矇矓濕熱起來，點著頭說：「謝謝！謝謝！感激不盡！感激不盡！您這好意……是無價的！」他輕撫著舊報紙，半晌才用近乎囁嚅的口吻說：「這樣吧……要是您有生意做……估個價，我就放了！」他低垂的頭額幾乎撞到了櫃檯。「嗯——」老闆眼中倏地閃現一抹短暫的驚喜，「利害！利害！你這是叫我先開價嗎？」他笑瞇瞇地說，長長地吁了一口氣。

「看你這麼有誠意……」老闆似乎欲言又止，「那我就實話實說了……」他抬起頭來仰望斑駁的天花板，「咱這古董生意，自古以來就是不傳的祕法！各家有各家的作法、各家有各家的生意經，我們彼此不聯絡也不准對別人的生意說好說歹！這就是行規！」他說著低下頭來，環視店內雜陳的貨品，「像像我這些垃圾……既不能吃也不好用，為什麼會有人買呢？」他就像在自言自語，「偶也不豬到！」老闆用剛才摳香港腳的手指隨意點指著自己的貨品，「好玩？貪心？作夢？人性弱點？無理可講！嘿嘿……」他搖著頭說，發出幾聲乾笑聲，「既然無理可講，咱這生意就純粹是『歡喜甘願！趣味就好！』就是這麼回事！」老闆吐著舌搖頭苦笑，「見笑啦……或許你會認為我不上進吧？其實，我只是無可奈何罷了！因為我的客層就是這種水準，我不賣這種阿沙不魯的假古董行嗎？我不裝瘋賣傻逃避現實行嗎？」他停頓了一下，胸口微微上下起伏。「好東西我不是看不懂，看得懂又有什麼用呢？這社會……大多數人就是有病嘛！」他幾乎哽咽起來了，彷彿唱起了歌仔戲的哭調仔！「不過……」老闆突然吃力似地挺直了腰桿，「至至少我也讓人家的夢作得便宜一點，這不算欺騙社會吧？」他凝視著孫行家的眼睛說。

「是啊！是啊！」孫行家一派正經地說，「老闆並沒鼓吹人買嘛！客人們個個也買得嘴笑眼笑，不是嗎？」「哈哈哈哈哈！」老闆放聲大笑，「好！好！好生意本來就該笑著做的！不簡單哪！不簡單哪！」他說著朝孫行家拱手致意，露出了孩子氣的笑容。兩人相視而笑，享受著麥仔茶不含咖啡因的清甜。「買東西真不能貪心！」老闆用師父的口吻說，「這世上，最不能信的，就是某人向你保證買某件東西穩能賺錢這件事！」「噓——那種人鐵定是個騙子！小心！小心！那就是真正在欺騙社會！千萬別被他騙啦！切記！」他突然降低了音量，銳利的眼光掃瞄著店門外的石板路。孫行家感動得鼻頭陣陣酸澀，真想乾脆就將他的舊報紙雙手奉送給老闆算了！他勉強咬住舌尖，用一種連自己都嫌惡的聲音笑說：「咳！錢本是身外之物，再多錢也抵不上老闆對我的指教！但眼前我的經濟問題還是得解決的，不是嗎？所以……您方便的話就請估個價吧！」「哈！利害！利害！這是叫偶先掀底牌嗎？」老闆凝視著孫行家笑說，似乎極力想用笑臉掩飾僵硬起來的眼神。他眨著眼沉默了片刻，突然啞然失笑起來：「實話實說了！小店偶收貨，不論好壞，最多五百塊！就一口價五百吧？」「這……」孫行家叫起來，下巴瞬間墜落了近十公分，「哇塞！老闆的生意，最少三倍利？真狠！」他勉強壓抑住想罵人的衝動，對老闆剛才談笑間獲取的暴利驚嘆不已。「嗯嗯……」孫行家擠出一臉感恩的表情，抿著嘴搖了搖頭。「不好！不該這樣出貨！強摘的瓜不甜嘛！」老闆瞇起雙眼說，「委屈了這貨啦！委屈啦！」「哈哈……」他如釋重負似地笑起來，「我不該做這樣的貨！不該……」他用篤定了的口吻說，「便宜了我那些無聊又沒品的客人，沒意思！」他笑得像惠風似的，熱絡地又替孫行家斟滿了麥仔茶。「你到靠街尾的那間『愛臺灣古董店』出這貨吧！那應該對你最有利！我願意打電話幫你義務推薦一下！」老闆啜滿了整口麥仔茶說，笑得就像做成了一筆好生意，「偶混江湖，也是有原則的！」「嗯嗯……」孫行家感動得說不出話來，面見菩薩似地屈身抽泣起來。「老老闆不不愧是行家中的行家！」他抽抽噎噎地說，「聽您一席話，勝讀十年書！大師！大師！」「免褒啦！免褒！」老闆驚慌失措似地說，「聽你講文雅話，我會驚到！哈哈……」他仰頭大笑起來。

兩人邊喝麥仔茶邊談古董生意，孫行家覺得那茶香回甘無窮，真有種欲罷不能的情趣。「師父！」他突然搔著頭問，「這古代的古——『古董』和骨頭的骨——『骨董』，到底哪一種用法才對呢？」老闆晃著脖頸笑起來，「老實講，偶不會去煩惱這種無聊的問題！」他搖著手說，旋即瞬間收起了笑容，「應該都對！肉腐骨存，保留精華的意思嘛！所以，『骨頭』的『骨』應該是比較正式的用法！不過，『古代』的『古』簡單明瞭、用的人多，也很好嘛！」他用教授般的口吻說。「欽佩！欽佩！老闆不愧是社會大學畢業的高材生！」孫行家起身再拜，讚嘆得合不攏嘴來。「不！應該是社會研究所的博士才對！」老闆抖起了香港腳說，隨即放聲大笑，和孫行家彼此簡單介紹了自己。「偶這姓是跟養父來的，是偶一直感到光榮的標誌！他一個外省老兵，窮得只能抽新樂園散菸，竟然就靠著撿破爛養活了偶們一家人！你相信嗎？」金老闆兩眼泛著淚光說，長長地吁了一口氣，「垃圾變黃金絕對是可能的！誒！這生意趣味賺錢又無人知，你應該好好去體會體會！」他破涕為笑似地咧開了嘴來。

孫行家離開金老闆的「俗就好古董店」時，一顆心輕飄飄的像在作夢：「談笑間，三倍利！這老東西的價錢到底是從何算起的呢？」他朝街尾快步走去，思緒一刻不停：「知識到底一斤多少錢？一百年的歷史又該值多少呢？」他忍不住在昏暗中笑出聲來，一會兒便看見了「愛臺灣」古董店的招牌。這是間靜悄悄的店鋪，就像是快倒閉了似的！「有人在嗎？」孫行家輕聲問，「該不會已經掛點了吧？」他想得心裡發毛起來，彷彿又嗅到了絲絲墳氣。「要進來就進來吧！」一個陰森森的聲音突然響了起來，冷風驟起似地吹得孫行家打了個寒顫。「什什麼鬼地方？金老闆真愛說笑！」孫行家暗自心驚，「回頭吧？五百元出手算了！」他想，覺得連心包膜都冰涼得沾粘起來了！就在這時，一顆白髮蒼蒼的頭突然出現在孫行家眼前，那張老人的臉上沒一絲笑意，一副十多年沒做到生意的模樣！孫行家想逃也來不及了，硬著頭皮說：「『俗就好古董店』的金老闆介紹我來的！」「嗯！是啊！」老先生上下打量著孫行家說，凌人的眼神好像人家欠了他會錢似的！「擺什麼臭架子？又是間不平實的黑店？」孫行家在心裡罵著，朝老人家拱拱手說：「我因為經濟困難，想出售一批收藏品，叨擾老闆過目看看……冒失打擾，萬望海涵！」他決定直截了當地賣貨，一心只想儘快離開這冷冰冰的鬼地方！「喔——是一批臺灣舊報紙嗎？金老闆剛剛電話裡說了！」老先生的聲音有了些暖意，「金老闆誇你是正派人也！那好！那好！本店只和正派人往來，絕不和詐賭郎中交手！」他用賭徒般的口吻說。

老先生請孫行家在櫃檯前一張靠背椅上坐下來，隨即攤開舊報紙檢視起來。他面無表情地翻閱，細巧的手指頭劃過一頁又一頁泛黃的報紙。約莫過了一刻半鐘，他仰頭吁了一口氣說：「很好！很好！難得的臺灣老紙版！這麼完整，實在不容易啊！這應該擺在『臺灣文史館』內保存才對！」他停頓了一下，兩眼緊盯著孫行家的眸子看，「若是被拆散或是給毀損了，那就太可惜啦！」他搓揉著指尖說，「難得！難得！那……先生現在打算怎麼出這珍藏呢？」他平靜地瞇起眼來，注視著客人所有的反應。「又是個裝模作樣唱高調的？」孫行家想，彷彿坐在一塊大冰塊上，渾身給瞧得起雞皮疙瘩了。「也罷！也罷！『愛臺灣古董店』？你愛臺灣，我愛臺幣！」他有種厭煩的感覺，索性橫起心來說：「五萬！這是我對『臺灣文獻』最起碼的敬意！」孫行家倒吸了一口氣，心想：「文物就得有文物的尊嚴，就是賣不成也不該像青菜蘿蔔一般賤賣！」「我是想賣五萬！因為它們值這個價錢！」他用一種壓扁的聲音說，回看老闆的眼睛。這時，一個老婦人正好從店舖後走出來，她一聽到五萬元就噘起嘴說：「嘖嘖！太貴啦！你當初收進來的價錢，應該也是很便宜的吧？」孫行家原本有些自得的表情瞬間僵住了，覺得舌根好像卡在喉嚨裡完全說不出話來。老先生微笑著看了孫行家一眼，突然轉頭對婦人厲聲說：「生理場面，查某人麥插嘴！唸什麼肖話？人就是免錢撿來的，有價值還是有價值嘛！若是沒價值的垃圾，一百萬買來嘛是垃圾！」老婦人沒答腔，收拾了桌上的水果盤，弓著身子退下了。「阮查某人亂講話，你多包涵！」老先生朝孫行家拱手致意，「就我看——這些珍貴資料，就是十萬二十萬也值！」他輕聲說，「但……你去探聽一下就知道——敝店的生意一向是全老街最差的一家！哎……這該怎麼說呢？我始終堅持正派經營，反對任何像詐賭似的生意！但……這樣的信念……似乎已經和這時代不合啦！」老先生抿起嘴來搖頭，結束了自言自語似的告白。「感恩！感恩！」孫行家起身拱手致意，「聽老前輩一番教誨，已是收穫滿載！感激不盡！感恩不盡！」他開始整理櫃桌上的舊報紙，準備立刻告辭走人。「請坐！請坐！」老先生上下擺動著右手說，左手輕巧地拉開抽屜取出了一疊千元鈔票。「先生！這裡是兩萬元！如果你還能接受的話，咱就高興地成交了！否則，你可以再多問幾家，或是再擺一擺，不一定要急著出手！別委屈了這好東西啦！」他說，突然間壓低了音量，「拿到好牌，就一定要賺到！否則連魔神仔都要責怪啦！」孫行家像被高壓電電到似地癱坐下來，弓起了身子說：「可可可以的！感恩！感嗚……」他幾乎控制不住自己的唇舌，當場發出一種哭笑不得的呻吟。老先生哈哈大笑，拱拱手說：「別這麼客氣！咱這種生意，是我該感謝你才對！好東西難得，錢再賺就有！」

兩萬元的交易完成了，順利得像什麼事都沒發生過！老先生輕手輕腳地將那疊舊報紙收入一個樟木箱裡，隨即取出一組古雅的紫沙茶具，輕鬆地說：「陪我喝茶聊聊！我的茶不會引起失眠！」「喔！喝茶唷？」孫行家眨著眼說，想到了「乾隆窯」的臭曝茶。「我我習慣喝普通的臺灣茶！臺灣普通的茶就好！就好！」他急著說，撫摸著肚子笑起來。「你大概先去了『乾隆窯』？」老先生笑瞇瞇地說，「他們那種高檔茶，還是少喝為妙！」兩人會意似地相視而笑，同時打住了「乾隆窯」相關的話題。老先生流暢地泡好了茶，全程專注的神情就像在寫毛筆字。孫行家遲疑地啜了一口老先生斟來的茶湯，覺得一股醇厚熟悉又溫平和暢的感覺順喉而下瞬間布滿了全身，就像服了什麼仙丹妙藥似的！「哇！這茶好！真好！」他說，豎起大拇指猛點頭，「不知這是何種佳茗？」「安溪鐵觀音！咱生意人的養性之茶！」老先生說，得意似地揚起了下巴。兩人沉默下來品茗，孫行家連喝了三盞。「人性是什麼呢？」老先生突然唐突地說，望著孫行家喝茶的動作淺笑，「人性……其實就是一種通病！」「凡人總是好賭！不是太早認輸，就是輕率加碼，這些都是生意大忌！切記！切記！」他像在叮嚀徒子徒孫似的，雙頰因加強語氣而微微泛紅起來。

「多謝了！」孫行家起身告別，朝老先生深深一鞠躬。「別客氣！」老先生說，跟著走到了店門口。「記住——理智！理智！越像賭博的生意越需要理智！」他說，「『養性』就是養『理智之性』！一定要用理智節制一切！不過，那——真難啊……」「廢話！」孫行家伸手在褲袋內摁著兩萬元鈔票想，「拿錢快閃夠不夠理智呢？廢話！」這時，老先生突然貼近孫行家耳邊，用一種理智又冰涼的聲音說：「咱這種生意只存在於兩個人之間，對外它是不存在的！懂我意思嗎？所以，一旦完成了交易，雙方就不可再多說什麼了！切記！」他用食指在空氣中點劃著，

「正因為如此，咱這種生意只能和正派人做！就像賭博絕不能和詐賭的人賭那樣！切記！切記！否則……不生糾紛也難？」他長長地吁了一口氣說。

孫行家搔首躑躅地離開了「愛臺灣古董店」，隨即兩條腿越走越快就像要飛上天去似的！「哈哈哈……世上竟有這種生意？」他有一種很不真實的感覺，趕緊又伸手摸了一下褲袋裡的兩萬元鈔票。「衝！衝！衝！這這該算是幾倍利呢？我都不會算啦！」他在深夜的石板路上跳起了阿旺的「殺豬舞」，樂得在心裡大吼：「真他媽——搶錢一般的生意！以後我還怕什麼呢？那個肥豬主任要是敢再跟我囉嗦一聲，我就直接賞他一巴掌！哈哈……」他得意地踮腳走路，差點一屁股摔在堅硬的石板路上。「這不會又是魔神仔的傑作吧？」他笑出了些許渾沌的雜念，「『愛臺灣古董店』那始終穿著厚棉襪的老闆莫非就是魔神仔變的？」他越想越覺得那老先生真有點似曾相識的感覺，一時間卻又想不起來到底是在哪個山區或是河濱見過這人。孫行家邊走邊想，想得腦門發脹起來，突然聽到了自己的心跳聲正「噴噴嘎嘎噴噴嘎嘎」地響個不停。此刻，孫行家一點也不想聽到這聲音，「公平交易的事，各憑本事！就不煩勞您老人家啦！」他對著擾動夜霧的風說，趕緊伸手抓緊了褲袋裡的兩萬元。「別傻了！這哪是你自己辦得到的事？嘖嘖嘎嘎！嘖嘖嘎嘎！」孫行家覺得連風中都響起了笑聲，原本興奮的心情宛如瞬間被向下拉扯，有一種被束縛得喘不過氣來的感覺！「不！不！我不信！我不信！這明明是我自己辦成的！」他摀住雙耳大聲反駁，「是我自己辦到的！我自己……」他握緊了雙拳說，第一次覺得腦袋似乎已被分裂成兩半了！

孫行家不知道花兩萬元治精神分裂病夠不夠？但如數應付了會錢倒是OK沒問題的！他這月底過得像闊佬似的，內心深處卻有個黑洞逐漸擴大開來。他想給阿水同學兩百元，又覺得光是給學生金錢這事就令他面紅耳赤像在作小偷似的！那孩子起先說什麼也不肯收，拗了半天才勉強收下了一百元。孫行家第一次心虛地面對學生，說起謊來像卡帶：「老老老師有有個朋朋友專專門在研研究賺賺——老老報紙……」他結巴得恍神起來，覺得唇舌幾乎和齷齪的心機打起架來，於是他說：「老老師的朋友專專門在研究賺賺錢的舊報紙！我把那那些舊報紙讓讓賣給他研研究賺錢的歷史知識性的價值……賣賣了兩兩兩百元乘以一百倍……的知識性的價價值……他他很窮……才怪，就出得起這麼多了……」孫行家第一次不敢直視孩子清亮的眼珠，只覺得自己腦中一片渾濁就像被灌注了許多汙穢的空氣似的！「哇塞！利害！利害！老輸好利害！」阿水張大了嘴說，「偶賣不到三十元的舊紙，老輸竟竟然賣到了兩百元！」他樂得扭起屁股來，像個天使似的！

第四章 拒絕服藥的病人

向晚，「為何療養院」漸被山的陰影籠罩，在夜幕垂落之前已不見任何訪客！「醫者的同理心到底能修煉到什麼程度？」老院長質問自己，依然思索著新病人的故事，聽著電腦鍵盤啪搭啪搭地漸漸慢了下來。「這些紀錄……能呈現多少病人真實的人生呢？」他托著腮幫子淺笑，「不過是一首缺乏共鳴的狂想曲吧？」老院長閉著雙眼問自己，腦海裡浮現出許多似曾相識的畫面。

新病人退縮在診療室一角，突然睜大了眼說：「我不吃鎮定劑，我要保持清醒！」「可喜！可喜！人總得先靠自己解決問題才對！」老院長點頭安撫他，「服藥其實就像拄拐杖！拄不拄杖應該由自個兒決定！」「逼人吃藥，沒意思！『吃藥！吃藥！』老講這些，誰不煩呢？咱是醫者，不是開藥廠的！」老院長大聲說，「我交代過的——醫人的病，總得想點別的辦法嘛！」突然逼真地感受到了針頭刺入屁股火燒似的感覺。「您說！您說！到底打算關我多久？我真的害怕那滋味……」新病人微喘著氣說，蹲縮在角落裡直哆嗦。「你擔心什麼……其實我很清楚！」老院長點著頭說，瞇起了雙眼讓視野更清晰些，「不過，別怕！我絕不允許那樣的事情再發生！絕不！」他揮起手來加強語氣，「你放膽走出來吧！那些事，只要我的靈魂還在，就絕不准再發生！不准就是不准！」他抿起了倔強的雙唇，覺得四肢又瞬間溫熱了起來。「不騙人？」新病人立起身來說，慢慢向前跨出了一步，「我……真的給騙怕了！」「嗯……」老院長低頭嘆氣像在自言自語，「受騙是人生最真實的質素了！誰不是如此呢？」

「為什麼你們精神醫生總是問個不停？是在逼人取供嗎？」新病人浮躁地問，在診療室裡無聲地來回跺步。「為什麼病人都會這麼問呢？」老院長輕搖著頭說，「除非我能有心電感應！」「對了！心電感應也許是個好辦法！」新病人叫出聲來，四周空氣瞬間起了些波動。「你離開了這麼久，回顧一下也是必要的嘛！」

老院長重新面對電腦，「抓你的那些警察，頭殼是得換一換了！」「我覺得院長或許真能瞭解我！」新病人貼近老院長耳邊呢喃，「換頭，的確是個古老的夢想！」「換頭？換頭！凡人要真能換頭，世界就太平啦！」老院長鍵下了關鍵句，「這樣的醫術肯定能拯救全人類！」他對著電腦哈哈大笑，笑出了陣陣「嘖嘖嘎嘎」的回音。

「我知道——這是你第二次被抓進精神病院了！」老院長鍵下了另一個開頭，想起了那段可笑的遭遇。新病人孫行家叉開手掌揉著兩側太陽穴說：「信嗎？被電擊過的腦細胞，大概就是白袍這顏色！」他發出咆哮似的聲音，瞪著老醫生的白袍露出兩排年輕的白牙齒。「那時的『醫院』有集中營的氣味！你知道嗎？」他說，「就是那種從入院第一天開始，就令人一直想逃出去的味道！」

孫行家被押到身穿白袍的年輕院長前，耳中響起狗吠乘三倍的吼聲——「住院規則很簡單——不聽話的話，就給我試試看！」他從那一刻開始，就一直想找那白袍傢伙單挑！「為什麼抓我？我聽你在放屁！」孫行家大聲回嗆，「你才給我試試看！別別叫人抓……單挑敢不敢？」他用怒目度量那白袍下和他差不多尺碼的身軀，有把握將他壓在地上打得滿地找牙！「別囉嗦！」白袍院長看來並不想單挑，「孫行家！『打一套』！」他冷笑著勾起了食指說，向行刑隊們下達了指令。「Yes sir！」一個身材健美的護士興奮地衝上前來，快速拔槍似地掏出了一枝水槍大小的針筒。「有足夠一套嗎？」蓋世太保院長很專業地問。「懲一儆百！否則沒法管理！」他大聲提醒行刑隊，「處罰是最符合人性的行為治療！恐嚇比心理治療有效一百倍！」「有！」行刑隊們齊聲回應，迫不及待似地彼此卡位，爭看著好戲上演！「Yes sir！保證足夠！」健美護士擺出哺乳的姿勢說，「輕、重型加長、短效鎮定劑已裝填妥當！」「妥當！很專業嘛！」蓋世太保院長欣慰似地點頭笑，「那……就開始射擊吧！」他用簡要的語氣說，嘴角發出志得意滿的噴氣聲，彷彿仍後悔著沒去當砲兵司令似的！孫行家被重重壓制在地上，感覺自己的褲襠瞬間被扒到了膝蓋，「哈哈哈……」他放聲大笑起來，「爽！爽！你們是專業納粹黨徒嗎？哇靠——有種就多打幾套吧？你們爽就好！」他刻意翹高了屁股，期望大腸能迅速製造出瓦斯還擊！「壓好！壓好！迅速壓制法SOP！」健美護士大喊，宛如已親臨砲兵陣地，隨即「咻」地一聲射出了飛鏢似的針頭。「準！準！哇靠！」孫行家比出中指誇讚，屁眼周邊就像被虎頭蜂王親吻了似的，「哇唷！好……爽啊！爽啊！」孫行家緊縮著肛門括約肌大叫，旋即將雙腿開展如八字蛙腿狀。

孫行家深陷在逼真的夢境中，一連三天都癱瘓在小小的禁閉室裡。夢境裡，行刑隊們持續玩著射飛鏢的遊戲，他們精確地在孫行家屁股上畫了個計分標靶，以便能進行一場公平的臨床技術奧林匹克大賽！「『打一套』！『打一套』！」每個人都能下Order，完全不必蓋世太保院長再多費唇舌！孫行家罵盡了所有文獻記錄過的髒話，覺得自己的屁股已被打出了蜂窩組織炎，索性大聲計分起來：「十分！九分！八分！讚啦！讚啦！」

孫行家不只一次在黑夜裡用手指掰開自己的眼瞼，仰望著禁閉室小鐵窗外的星空懺悔：「我知道錯了……大神救我！大神救我！」於是，射飛鏢的遊戲總算結束了！於是，孫行家變成了一隻在地上爬跳的青蛙，吐吐舌頭接受了一切擺布！從出禁閉室那天開始，健美護士每天定時定量地餵他三大碗藥丸，「鎮定劑是飼料般的營養食品！」她很專業似地說，不忘命令孫行家張大了嘴在原地上下跳動十次，以便確定所有紅紅綠綠的藥丸完完全全地落入了他的胃裡！孫行家每天溫馴地吃著同樣的飼料，渾身關節漸漸變得像化石般僵硬！他吃力地踏著小碎步在高牆裡兜圈子，努力吞下似乎永遠流不乾的口水。終於有一天，他微笑著將藥丸藏在牙齒和舌頭之間，打算把這些毒飼料統統吐進馬桶裡！「呦！呦！呦！孫行家藏藥！孫行家藏藥！」監視吃藥的行刑隊幾乎在第一時間就發出了警報聲，旋即衝上前來將孫行家像揉麵團似地壓制在地上。「不乖！不聽話！『打一套』吧！」健美護士冷冷地說，似乎對射飛鏢已沒了先前的興致。「我聽話！我聽話！」孫行家噴著口水求饒，「我我是想和醫生大人溝通一下副──作──用！溝通一下就好！一下就好！」他像求偶青蛙似地呱呱叫個不停，「給我一次會談機會吧？給我一次和院長『交配』的機會吧？一次就好！」他吻著健美護士的鞋尖苦苦哀求。

那天，孫行家終於求到了一次接受另類「心理治療」的機會，他被行刑隊們直接押到蓋世太保院長腳跟前，趴在地上屁股抬高，先得為沒被『打一套』謝恩一番！「怎又是你？孫──行家！」年輕院長說，彈著手指頭示意行刑隊們先行退下。「好機會！錯過至少再等十年！」孫行家心頭發燙起來，緊繃起來的四肢微微顫抖著，突然間一個蛙跳挨近了那只會『打一套』的醫生耳邊。「幹！去你的『打一套』！你自己的屁股應該先被打一百套！」他用丹田爆發出的聲音大吼，一頭朝前方猛撞了過去！「啊呀喂！我的媽呀！救命！救命！」蓋世太保院長摀著太陽穴慘叫，連滾帶爬地竄出了會談室。醫院的「電擊大隊」鎮暴小組循聲而來，二話不說就將孫行家押上了眾病人圍觀的行刑臺上。孫行家四肢被皮帶牢牢綁住，眼睛餘光瞧見一條長長的電線從牆上的插座被拉到了他身邊。臺下觀刑的病友們個個掩面喘氣，從指縫間投射出慘白的目光。「媽……痲呀！」孫行家一看到那個馬蹄形的電擊器就當場叫出聲來，但他能做的只是盯著那刑具一寸一寸地逼近自己兩側的太陽穴，然後瞬間將和著膽汁的胃酸統統吐了出來！

「我瞭解……」老院長吞了一口口水說，「那是真正恐怖的滋味！」他又開手掌輕揉自己的太陽穴，「現在……頭還會痛嗎？」他閉上雙眼說，就像在問自己似的。「不只是痛！不只是痛！」新病人晃動的影像宛如失焦的相片，「那是……一種想到就會尿濕褲子的恐懼！」他說，「真正的恐懼……你懂嗎？就像腦組織被電流刮去了一層似的！」老院長抽搐似地震顫了一下，倏地睜大了眼睛。這時，他聽到了病房那頭傳來的陣陣歡笑聲，想起此刻正是八點檔肥皂劇播放的時段。「你聽！你聽！多美妙的聲音！」他對新病人說，得意似地抿嘴點了點頭，「你經驗過的痛……不會再發生了！絕不會！我不會允許的！」新病人孫行家起身盤桓，踏出了風般輕鬆的腳步。「嗯……現在，這裡不像『集中營』！」他嗅著空氣的味道說，「比較像學校！像間有放牛班歡呼聲的學校！」「哈哈……」老院長仰頭大笑，「咳！這該算是褒還是貶呢？」他使了個俏皮的眼色說，「放牛班的孩子其實真是可愛！不是嗎？精神科醫生和病人相處，應該像老師和學生那樣！」老院長瞇起了雙眼回味，咀嚼著一種年輕又甘甜的懷想。「好久沒聽到放牛班的歡呼聲啦！好像已過了一百年似的！哈哈……」他望著天花板的老式風扇說，感覺那咻嗯咻嗯的聲音像連續不斷的笑聲。

「後來……所有苦痛戛然而止！就在一場嘖嘖嘎嘎的風暴之後，我終於逃出了那個集中營！」孫行家帶著邪趣說，低頻的笑聲延伸出了院牆。「沒人猜得出我逃出去的方式——我不是翻牆出去的，也不是躲在垃圾車裡出去的，更不是掘地道出去的！都不是！」新病人孫行家說，「我是大搖大擺、下班似地走出去的！真的！」他得勝似地笑出聲來，「一切奇蹟，就發生在一個大風刮過的夜裡，發生在一串『嘖嘖嘎嘎』的笑聲中！從那一刻開始，行刑隊們就將我孫行家視為蓋世太保院長，而將那只會『打一套』的渾蛋看成了是我！哈哈……這樣的錯置，大概沒人會信？」他笑得渾身膨脹搖晃，成了一團粉紅色的光芒！「我信！」老院長虔誠地說，「那肯定是件大快人心的事了！據說，那個渾蛋醫生當晚屁股就被打了好幾套！都是病人下達的Order！他第一次嚐到了受壓迫的滋味，絕望失控得比病人嚴重一百倍，結果自然也被『電擊大隊』抓去『通電治療』了！」老院長閉著雙眼回想故事的片段，對這很久以前的事仍舊咯咯地笑出聲來！

診療室外響起了腳步聲，真實的聲音聽來格外溫暖。「吃飯！飯後吃點西瓜消暑！」胖護士跨進了診療室，將飯盒、水果盤齊整地擱在桌上。「今天不下班？」她輕聲說，哄孩子似的。「嗯！我絕不棄守陣地！」老院長點頭說，倔強的鼻子噴出氣來。「好！好！」胖護士雙手執起老人家滿布皺紋的手說，「我知道……你捨不得這裡……」輕拍著那被歲月幾近風乾的手背，「不過……這飯還是得吃的，不是嗎？今天的西瓜又沙又甜，是你最喜歡的那種清爽的滋味！」她的聲音越來越小，似乎想起了一些隱藏在皺紋裡的回憶。「孩子們都好吧？」老院長問。「好得很！每個人都乖乖吃藥！喔——」胖護士說，趕緊伸手摀自己的嘴巴。「就知道吃藥！吃藥！吃藥！咱又不是開藥廠的！也要想點別的辦法嘛！不是嗎？」老院長當場罵起來，孩子氣地噘起了嘴來。「好！好！院長疼病人！我知道！我知道！咱的孩子們除了按時吃藥，還能自在地看電視、唱歌、聊天、打電話、下棋……哈哈！好命得很呢！」胖護士笑得嗚咽起來，撇過頭去偷偷拭淚，「乖！好醫生都是準時吃飯的！乖！」她帶著鼻音說。

老院長分出一半食物給孫行家，「咱一起吃吧！別客氣！不要老縮在角落裡！」他對著診療室的角落說，「西瓜也一人一半！」胖護士在診療室門外暫停了腳步，發出一串低沉、壓抑的鼻音，旋即踩著凌亂的步伐快步走遠了。「我吃飯一向快節奏，所以很少和別人一起用餐！」老院長低頭扒飯，「我年輕時挨餓過，明白人不能餓著過活！」他利用咀嚼飯菜的時間抬起頭來，注意到新病人正盯著盛西瓜的木盤看。「誒！這是老紫檀木耶！」孫行家睜大了眼睛說，發出微微波動的聲音。「請吧，別客氣！」老院長指著西瓜說，先取了一片就口吃起來。孫行家盯著木盤看，就像看到一塊金磚似的。「這是整塊木料作的！老紫檀這麼大料，難得！這是件好東西！真古董！」他說，用手指頭輕輕滑過烏亮的木盤表面。「喔！對了！你懂古董，這我知道！」老院長點著頭說，「我也欣賞能流傳久遠的東西！」孫行家吃著西瓜，仍目不轉睛地盯著桌上的老木盤。「這木盤至少值二十萬以上！信嗎？」他說，露出自信滿滿的神情。「哈哈……你想的還是掙錢那回事嗎？」老院長笑說，「多年前我在香港花六千臺幣買的！當了醫生以後，才曉得『喜歡』才是無價的！」「老東西總是有故事的！許多甜蜜的故事串聯起來，就讓它被保存了幾百年！」他像在自言自語，舔了舔唇上滯留的西瓜汁。孫行家等西瓜一吃完，就急著將木盤拿到洗手臺清洗乾淨。「你用你乾淨的衣服擦盤子？」老院長笑問。「這盤子還值得用絲絨布擦呢！」孫行家哈著氣說，眼裡似乎只有那木盤了。

「窗外起風了！」老院長吁了一口氣說，像迎接老朋友似地笑起來，「這風倒是不曾老去過？」他突然想更清楚地看顧眼前的一切，深怕這一切只是腦海裡殘留的模糊影像！「您看……這木盤有多老呢？」孫行家撫摸著木盤問，瞬間將老院長的視線聚焦起來。「比我倆的年紀加起來乘以二還老！信嗎？」老院長說，從側面端詳木盤表面散放的柔和光澤，「百年時空就像停在眼前似的！人生可能像這樣的古董嗎？」他撚著手指頭質問自己。「利害！利害！和我想的差不多！」孫行家說，笑咧咧地猛點頭。「你是個很自負的年輕人！」老院長說，低頭瞧著自己微微顫抖的手，「我年輕時也是那副德性……但光是自負是不夠的！」

老院長決定用更謙虛的態度來面對年輕人，「多學！多看！多比較！不能一相情願地自以為是！」他說，抿起嘴來搖頭苦笑。「這我懂！」孫行家說，伸手摩擦木盤的肌理，「看東西的新舊，主要就是看『皮殼』！這是內行人都知道的事！皮殼對了，其他的條件才有佐證的價值！就像看一個人的年齡，主要是看皮膚那樣！皮膚騙不了人，只怕你不懂得看！」「我替你說了吧！」老院長坐直了身子說，「自然風化形成的皮殼是活的，有一種潤度——不作色、不掩飾，渾然天成具有層次感！這是歲月的痕跡，是人工絕對無法仿造的！反觀假皮殼，死楞楞的一片，不是刻意作色，就是亮而無寶光，滑而不凝聚，全沒潤度可言！只能騙騙外行人罷了！」「您算是個行家了！怪不得會買這紫檀老木盤！」孫行家說，將尺半長的木盤攬在懷裡看了又看。「看哪！這『自然風化的皮殼』真潤——不作色、不掩飾，渾然天成，有一種無色勝有色的層次感！」他用讚嘆的口吻說，「錯不了的！這木盤……真有內涵！」「咳——行家！行家？」老院長突然露出些許不安的笑容說，「這是一種最危險的恭維了！這世上還不曾有過從沒受騙過的行家！對吧？」他凝視著孫行家的眸子說，感受到了一種久違的光與熱。

老院長聽見夜鷺咿啞咿啞地飛過窗外，覺得那樟樹梢騾響的風聲似乎數十年來從沒改變過！他嗅到了對面山裡溪流的氣味，突然睜大了眼睛說：「能流傳久遠的，才是真正珍貴的東西！」他說著像力氣放盡了似地垂下頭來，「可這人生……或許偏不是這麼回事！百年不過是彈指間掠過耳際的清風！」他游絲般地囈語起來，低頭端詳自己手臂上的皮殼，「珍貴的東西一旦離開，就永遠回不來了！」

「其實，內不內行有個屁用！內行人還不一樣受騙？」孫行家突然暴怒似地說，「面對古董，心術正不正才是問題，別的都不重要！我不是行家！我師父也不是！」「那事……我聽說過……」老院長摀著胸口說，心頭像給針扎了似地痙攣起來，「你師父……只是個賭徒！他追求的……只是贏的滋味！」他喘著氣坐直了身子，「這可能嗎？可能嗎？失而復得，得而復失，唯一的結果就是這自然風化的『皮殼』！哈哈……一百年？兩百年？」他望著自己皺巴巴的「皮殼」笑出聲來。

「說真的，單憑眼力就能精準斷代，那是神鬼才做得到的事！」孫行家說，仍然盯著眼前的紫檀木盤看。「那你為何說那木盤超過兩百年而不是只有一百多年呢？」老院長用扁扁的聲音問，「你不也是憑眼力判斷的嗎？」「看這木盤的皮殼，寶光凝厚、如緞似玉，僅僅百年怎可能有如此風采呢？」孫行家反問老院長，年輕的聲音驟雨似的。「若是經常使用、或是刻意打磨的東西，又該如何分辨呢？」老院長再問。「哼！真就是真！假就是假！作出來的皮殼怎能一樣呢？」孫行家噴著氣說，「潤度！潤度！看潤度，不是看光滑度！這是非常明顯的！況且，紫檀木異常珍貴，清中期以後根本就沒有這麼大的料，所以這木盤少說也有兩百年啦！這是千真萬確的事實！」他很有把握地說，像個自信滿滿的賭徒！「嗯……自信是青春共同的面貌！」老院長覺得自己的聲音沙啞起來，懷疑自己的聲帶已起了厚厚的皮殼。「注意！式樣也很重要！像這木盤，造型簡練、渾然天成，肯定是明式風格！所以這不但是真老的物件，年代也絕不晚於清中期！對吧？」他嘗試作個好老師，好讓自己真能不愧地面對年輕人！

夜鷺的笑聲忽起忽落，逗得窗外的樹影在玻璃窗上跳起舞來。「阿水愛撿舊報紙的毛病，似乎再也好不起來了！」孫行家吁著氣說，視線停在老人家銀白色的頭頂上，「他少了個真正的好老師！」「我瞭解！我瞭解！」老院長用打嗝的聲音說，「那種毛病並不好醫啊！」「之後，阿水至少又拉了幾百斤舊報紙到學校裡來，他就是控制不了那種衝動！那個胖主任氣得揪起他的耳朵大罵：『有病！要放火燒學校嗎？』」孫行家說，發出咿啞咿啞的笑聲。「我明白！我我明白！」老院長搖著手說，幾乎笑癱在旋轉椅上，「那種病……實在不好醫！」

胖護士端著藥盤走進來，具體的身影遮蔽了新病人的笑臉。「該吃藥了！」她用唱搖籃曲的口吻說，「親愛的！該吃藥了！乖！嘴巴『啊』——」她以手作瓢將幾顆藥丸遞過來，豐腴的手指呈現出柔和的弧線。「我不吃藥！」老院長聽到新病人的吶喊聲，「別怕！別怕！」他望著診療室的角落說，「有我在，沒人敢強迫你吃藥！有我在，絕不會有『打一套』那回事！」他抿嘴搖頭，倔強的鼻頭噴出氣來。「好！好！」胖護士眨了眨受潮似的眼睛說，「我……我們認認識好久了！好久了！」「是嗎？好久了？」老院長盯著胖護士說，認出了眼前帶著弧線的手指，「轉眼間發生的事……很難一下子全記起來！不過……你一直是我最最要好的老朋友！」他用鼻腔共鳴的聲音說，咧開了雙唇微笑起來。胖護士低著頭收拾桌面，「今晚，你的胃口很正常！」她說，笑得像吃了蜜糖似的，「瞧你把這水果盤擦得多亮！」「這盤是我們一起在香港買的！」胖護士將木盤攬在懷裡說，「真真快！都是好多年前的事啦！」她的聲音突然變得卡卡的，聽不出是笑還是哽咽得哭不出聲來。「有那麼久？」老院長望著窗外晃動的樹影說，「外頭怎一下子暗成那樣？」「十年？二十年？三十年？你確定嗎？要看看我的皮殼嗎？」他撫摸著自己手背的皮膚追問。「都對！都對！」胖護士低著頭說，似乎不忍直視老院長困惑的表情，「我收拾好東西，再來接你……再吃藥……好嗎？」她含住下唇快步地走出了診療室，凌亂的腳步聲宛如突然加速起來的心跳聲。老院長聽到診療室外傳來漸行漸遠的抽泣聲，搖頭苦笑說：「唉……何必呢？」他緩緩走到窗前，欣賞著活龍活現似的樹影，又想起了片段甜蜜溫存的往事。「咱倆在一起，說好了不哭的！」他對著窗戶說，耳裡響起了「嘖嘖嘎嘎」的風聲。「病人不吃藥，你就哭嗎？」老院長搖頭輕嘆，「都幾歲的人了……性子一點也沒改！」他腦中浮現胖護士楚楚可憐的笑靨，忍不住笑得合不攏嘴來。

第五章　賭徒之歌

半夜吹起的山風，總是準時地飛越了院牆！在這處暑時節，樟樹的葉子已失去了彈性，連被風吹出的聲音都模糊起來了！「入秋了！真快！」老院長想，感覺新病人的一門心思垂降到了地面。「我……應該要懺悔才對！」孫行家突然用沒有彈性的聲音說，整個身軀瞬間扭曲、縮小起來，「我真糊塗！竟然拿自己的人生作賭注！」「這我聽說過……」老院長應著，吃力地穩住僵硬的手指頭，「啪搭啪搭……人生本就是一串糊里糊塗的賭局！誰沒做過糊塗事呢？」他在電腦裡鍵下了另一段的開頭，耐心等待病人逐漸和緩下來的氣息聲。

「榮鎮人視賭博為另一種公道的生意！」孫行家說，「不許詐賭！一切由鬼神定奪！」「冒險讓小人物的心眼膨脹，直到傾家蕩產的那一刻！賭債總是說來就來，一來就非還不可！咳咳……」老院長說，搗著額頭乾笑起來。「我輸掉了三十萬會錢，成了『窟仔底』的『化外之民』！哈哈！這種蠢事原本是自己逼自己，結果卻還滿爽的！」孫行家說，露出了度假似的笑容。「是本鎮的窟仔底嗎？挺好！挺好！」老院長說，「那裡的老娼也來我門診拿安眠藥，算是我永不變心的老朋友啦！緣分難得啊！那個阿水同學不就是住在窟仔底嗎？」「嗯！沒錯！」孫行家點頭應著，「不過……那事是阿旺惹出來的，和阿水沒關係！」他用力吞下了一口口水，「也不！也不！也不！怎能怪那個麥可傑克遜呢？是我自己要賭一把的！不是嗎？」他用質問自己的口吻說，隨即恢復了說故事應有的從容節奏。

按祖傳的規矩，債主每年分夏、冬兩回清帳，後者固定在年關前，前者則大多在學生放暑假的時候。「掃地出門」成了榮鎮週期性上演的戲碼，是比野臺戲還催淚的警世寫實劇！前一天還好端端做著生意的米店，一大早就被債主抄家似地搬個精光！搬剩下的鍋碗瓢盆和日用被服散落在馬路邊，昭告著產權轉移的冷酷事實！頓失庇護的老人、婦孺一臉茫然，將視線鎖定在老厝相反的方向，有一搭沒一搭地應著圍觀群眾好奇多於關懷的詢問。「看開點吧！做生意太辛苦，休息一下也是福氣！」觀眾中總有人會跳出來扮心理治療師的角色，說得就像倒店也是滿值得慶祝的事似的！自認有正義感的人當然也會趁機發揮一下，他們慣常用簡潔有力的三字或五字成語痛罵禍首：「幹你娘的！賭博不是頭路，愛賭一定是死路一條！駛你娘的！那些牽人去洗手的，絕子絕孫沒好下場！幹你娘××！這些垃圾人，真不知是誰養的？誰教的？那些『老輸』應該統統抓來脫褲子打屁股！」據說，這樣的「社會寫實悲哭怒罵」戲，在榮鎮街頭已反覆上演了三百年，從未有散戲消停的意思！

遵循著某種神祕的要領，孫行家順利完成了在榮鎮國中第一年的任務！當樟樹青翠的葉色漸漸轉為暗沉，孩子們在暑假中特有的笑聲就慢慢響了起來。暑假前，胖主任傳校長的話說：「請孫老師再留任一年！孫老師是難得一見的教育人才！將放牛班帶得歡歡喜喜，已經是打破校史紀錄的偉大成就了！最最難能可貴的是——畢業典禮結束後，第一次沒有一個畢業生回來打老師！就連回母校砸玻璃窗、搞破壞的竟然也沒一個！」胖主任逼真地模仿校長說話，講到激動處還不忘連放了幾個鞭炮似的響屁。「都是主任指導有方！指導有方！」孫行家弓著身子說，心甘情願地多吸了幾口濁氣，「為了教育神聖的使命，我甘願永遠作個服從命令的二等兵！」他腦中浮現畢業典禮當天下午空蕩蕩的放牛班教室，耳道深處似乎又響起了那天稍早胖主任的叮嚀——「別偷懶——放牛班導師在畢業典禮當天下午一定得回教室守衛！就像去站衛兵那樣！」「屁話！」他想像著那天下午自己站在講臺上熱淚盈眶的模樣，覺得自己那天在黑板上寫下的「我愛314」幾個大字就像刻在心肌上似的！

「暑期輔導」是老師賺外快的機會，但多數正職老師寧可選擇休假打混去！孫行家自告奮勇地到學校幫忙賺錢，將沒人想上的課統統接過來上！國文、英文、數學、生物、歷史、地理、健康教育、體育……他什麼課都願意上！「作學生的本分就是絕不發問！」他依照胖主任的指示在上課前先布達了規則，果然所有可能的問題瞬間就化解了！「哇塞！校長真有眼光！找來一個十八般武藝都會的傻子！」胖主任當面誇讚孫行家，「這『傻』是指有『傻勁』的意思！算是『大智若愚』、『中庸之道』那種高層次的智慧！」他笑著解釋，不忘揚起教鞭指著孫行家的鼻尖再三交待：「切記！切記！管秩序最重要！『執教、執教』就是執教鞭打學生這麼回事！」「騙肖！難道打學生就算是『中庸之道』嗎？」孫行家儘管心裡罵著，卻又唯命是從地找了根四尺二的鞭刑器拿在手上！鄉下的頑童一見到老師手上的藤條立刻乖得像綿羊似的，上課時烏溜溜的眼珠子始終緊盯著藤條移轉，個個都是一副很專心上課的模樣！孫行家注意到了這項「教學成果」，有幾次故意揮舞著藤條在頭頂畫圈圈，果然見到孩子們的頭殼也跟著打轉起來。他感到自己漸漸成了個名副其實的「放牛老師」，啼笑皆非地又念起了剛畢業的那班孩子。「如此放牧出去的孩子，會變成怎樣的牛頭馬面呢？」他忍不住在心裡再三地問自己。

暑假結束前，一個尋常的豔陽晌午，孫行家騎著機車正要下班去，突然被一個年輕人在校門口叫住了。那個些許陌生的身影蓄著蓬鬆的長髮、兩頰被煙燻似地黑了兩塊，正跨在一輛三輪板車上朝孫行家揮手大喊：「老輸！老輸！」「哇啊！嚇我一跳！」孫行家叫起來，「是你……阿水！」他睜大了眼說，興奮得就像見了久別的親人似的。他調轉車頭迎上前去，見那張熟悉真摯的笑容顯得格外燦爛！

「大熱天，留長髮幹嘛？難過！」孫行家說，打量著孩子拉高了一點點的身材。

「太忙！也為了省一百元！」阿水靦腆地說，「老輸好！偶今天又收了一車舊報紙！想念老輸，就來這校門口等等看……哈哈……」他指著後車斗說，笑得合不攏嘴。「可別給胖主任撞見了！他最近血壓偏高！」孫行家說，靠過去大略地檢視了舊報紙，「這些沒用！至少得日本時代的，才可能有人想收藏！」「偶偶不是叫老輸買，偶是想載來送給老輸！這些紙拿來包東西很好用呢！」阿水急著解釋，天真的表情看來一點都沒變！孫行家悠悠地想起了那疊賣了兩萬元的舊報紙，心頭有種酸澀慚愧的刺痛感。「熱啃！老老師請你吃芒果冰吧！」他指著前頭轉角處說，撇過頭去避開了孩子晶亮的目光。「喔不不！不行！」阿水急著說，「應該偶請老輸才對！看！偶現在會賺錢了！」他說著從褲袋裡挖出了縐巴巴的兩張百元鈔票。孫行家心頭一陣酸楚，「把你的錢收好囉！」他哽咽著說，「老老輸說的……不聽不行！」他學著阿水的臺灣國語說。「偶已經會賺錢了！這這怎麼好意思呢？怎麼能叫老輸破費呢？」阿水碎碎唸著，「這車舊報紙沒送成……至少應該由偶請老輸吃芒果冰才對！」

師生倆來到冰果室櫃檯前，盯著歪歪斜斜的價目表看。「芒果冰一份六十元！紅豆冰三十元、西瓜冰五十元……阿娘喂！貴死人啦！」阿水吐著舌說，「買十元的外賣枝仔冰在路邊吃吧！」他拉起了老師的手臂，作勢立刻退出店外去。「不行！」孫行家反手拉住孩子的手說，「今天你要是不讓老師請客，就是不聽老輸的話！就該打屁股三下！」「是啦！是啦！偶們都該聽老輸的話嘛！」一個禿頭老人突然從櫃檯後冒出頭來說話，「偶的芒果冰絕對物超所值！不好吃不用錢！」他看來睡眼惺忪，一副整天沒做到生意的模樣！他沒等客人答話，就加速完成了兩碗芒果冰，興沖沖地端到了客人眼前。「吃吧！現在還不吃，老闆會翻臉的！」孫行家聳聳肩說，看見阿水正用舌尖舔去嘴角溢出的口水。「求大仙保佑孩子吧！他們比我更需要……」他盯著阿水吃冰的表情看，揣摩出一種芒果冰特好的滋味。

「同學們都好吧？有沒有聯絡？」孫行家邊吃邊問，腦海中許多活潑的身影浮現。「都……忙多了！」阿水含著冰沙說，「還好現在講這個很方便！」他指著腰際的大哥大說。「你幹嘛買那個累贅？貴死人啦！」孫行家罵起來，噘著嘴猛搖頭。「做生意好用！沒有不行！」阿水說，「阿旺也有一支！昨天偶們才通過這個！伊的阿爸不太好，賭輸錢跑路了……」他突然間咬住了上唇，沒再繼續往下說。「阿旺他家怎麼了？」孫行家追問，「那個『麥可——張得旺』惹麻煩了嗎？」話說得比心跳還快！「嗯……其其實也沒怎樣啦！」阿水吞吞吐吐地說，「昨昨天，他家米店給人了……家具被搬到大街旁吹風！」「哎呀！這嚴重！這嚴重！」孫行家叫出聲來，就像被電到似的。阿水低著頭吃冰，「其實這也沒什麼好說的！」他小聲應著，「這賭……做生意就是這麼回事！」「真要命！傾家蕩產！」孫行家瞪著冰果室外的馬路說，「一家人不就要流落街頭嗎？」「老輸！免煩惱啦！」阿水唐突地笑起來，「阿旺和他媽媽已搬去窟仔底住了！偶阿嬤介紹的廢廠房，寬敞得可以在裡面散步、跳舞，住在裡面舒服極了！」

「是啊！是啊！賭博真要命！」禿頭老闆突然插嘴說，「偶開店就是沒生意也不會那麼嚴重嘛！」他搖著蒲扇坐在店門口，好像深怕跑了客人似的。「偶比較不會說話！老輸，您慢慢講，多講一些！講久一點！這賭博的大害，一定要跟少年仔講得明明白白才行！這賭博……」禿頭老闆嘰哩呱啦地說個沒完，就像已一整年沒人可說話了！「偶最討厭賭博了！那就親像青盲駛牛車！」他邊說邊搖著蒲扇慢慢走過來，「喔——對了！再講！再講！冰吃完沒關係，我一人請一杯西瓜汁，算是沙畢士，免錢！」他笑瞇瞇地說。「那怎麼好意思？」孫行家說，「總不能讓您賠錢嘛！」「老輸！你不要跟我客氣，這西瓜汁現在還粉好喝，我保證！若再放兩天，可能就臭酸啦！」老闆很有誠意地說。孫行家哈哈大笑，「你真是誠實的生意人！欽佩！欽佩！」他向老闆拱手致意。老闆哈著腰回禮，「偶老花仔人做生意……純粹就是為了趣味！能賺到『免無聊』，就偷笑啦！」他搖擺著手說，開懷地大笑起來。不一會兒工夫，老闆就將三杯西瓜汁取來擱在大家面前，「一人一杯！若是會吃壞肚子，偶也跑不掉！」他指著桌上的西瓜汁說，仰頭率先喝下了一大口。孫行家盯著西瓜汁粉紅的顏色看，突然覺得店外街上靜得連風聲都聽得見！

「恁多坐一會兒吧！祖師廟附近交通管制了！」老闆說。「怎麼回事？」孫行家問。「你們不知道嗎？臺北來了大頭人啦！」老闆說，兩手在頭的兩側伸展開來。

「是喔！怪不得到處都是警察！」阿水說，睜大了眼睛。「這是我的學生阿水！剛畢業沒多久！」孫行家說。「讚！讚！」老闆豎起大拇指誇讚，「這囝仔真好！我不時見伊在街上載紙，真打拚賺錢哪！」「沒有啦！沒有啦！」阿水紅起臉來，「阿伯不忍嫌啦！」他靦腆地說，卻又得意似地微微噘起嘴來。「嗯……咱社會這樣的人真的不多了……」老闆望著空蕩蕩的馬路說，欣喜的眼睛泛出光來。三個人倏地沉默下來，享受著時光彷彿靜止下來的暢快。「今天……偶真是歡喜、真是感動哪！」老闆仰望天花板說，「偶剛才親眼見到了大總統！真的！」他微閉著眼睛，甜甜地笑了起來。「哇啊！」孫行家叫起來，「那那真是大事情了！他他老人家竟竟然親自來榮鎮了！」「是啊！是啊！」阿水受驚似地挺直了腰桿，「偶的天哪……那是皇帝來囉！」他張大了嘴說。

「皇帝？」老闆雙手合十說，「有這樣的好皇帝……再來一百個偶也愛！」

「後來呢？」阿水急著問。「後來……後來……」老闆越說越小聲，發出一種飲泣似的低鳴，「後來，偶就先走了！因為偶實在不忍心看總統被人家漏氣！」他的神情就像父母被人羞辱了似的。「大總統看起來很霸嗎？」阿水問。「不！不！別那麼說！」老闆搖著手說，「伊看起來蓋親切！根本沒一點鴨霸的氣味！他穿著比偶這件還舊的襯衫，一直朝偶們點頭揮手，笑得宛若咱厝邊的歐吉桑！」「真的嗎？咱的老大竟是如此親切？」阿水滿臉疑惑地問，「真不知伊是如何管那些凶巴巴的憲兵、警察的？」「威嚴！」老闆說，咧嘴笑起來，「伊講起話來輕聲有禮，不會去講什麼五四三的，一開口就有一種阿公般自然的威嚴！就是那種不必假仙就叫人敬重的神氣！啊……看到伊本人，偶真是歡喜！」他說著說著竟笑出了一聲輕輕的嘆息，停頓了一下，仰起頭來說：「可惜啊！可惜！伊已經衰老成那麼樣了……還一直在顧咱百姓的生活！」

幾隻大頭烏蠅咿嗡咿嗡地飛來湊熱鬧，在片刻靜默的空氣中留下了長長的尾聲。「好啦！好啦！乖！乖！不要來給偶漏氣好嗎？」老闆像在跟老朋友說話似的，突然想起什麼似地指了指阿水停在店門口的三輪車，「少年仔！你的舊報紙要賣嗎？」「送給你吧！都給您請喝西瓜汁了！」阿水說。「哇啊！你這囝仔還知回報，不簡單！不簡單哪！」老闆叫起來，喜出望外似地從衣袋裡掏出了一張千元大鈔遞過來。「少年頭家！感恩！感恩！」他起身行九十度的鞠躬大禮，「那些報紙就一千元賣給偶吧？今天的芒果冰也算偶請了！」他真誠地說。師生倆受驚似地跳起身來，孫行家攙扶著老先生說：「不行！不行！不行這樣！晚輩我們擔待不起！擔待不起！」「恁若是不同意，偶就不起身！」老闆用堅持的口吻說，將身軀弓得更低了。「好！好！拜託您老先起身吧！」孫行家說，「您坐！請坐！有話好說，都都照您的意意思也無無妨！」他興奮地說，瞥見阿水漲紅的臉像顆蘋果似的！

禿頭老闆孩子氣地衝出門去，不一會兒將一疊舊報紙攬在懷裡走回來。「是這樣的，這裡頭有偶親眼見過的好總統！」他笑咧咧地說，就像捧著一尊神明似的。「是喔！」阿水叫起來，樂得合不攏嘴，「好像在作夢！怎會有這種事呢？偶阿嬤能睡幾晚好覺啦！」他緊抓著千元大鈔說，連聲音都濕潤起來了。「剛才真趣味！」老闆望著報紙上總統的照片說，露出回味無窮的笑容，「偶們看見大總統要去吃路邊攤就往前擠過去，想看看伊老大人都是吃些什麼好料的！突然間，那個保鑣頭見鬼似地尖叫起來：『拉出封鎖線！拉出封鎖線！快！快！鎮暴隊形拉出來！拉出來！再擠過來的，統統抓起來！』眾人給突如其來的叫聲嚇了一跳，紛紛不服氣似地回嗆：『叫啥潲！咱又不會打總統！』這時，一個粗壯的阿婆走上前說：『阮關心……就是因為愛總統！阮只是看看而已，又不會對伊腳來手來！』大家聽了都放聲大笑，嚇得那保鑣頭當場趴倒在地！」「後來呢？」孫行家和阿水齊聲問。禿頭老闆咯咯笑個不停，搔著頭皮說：「後來啊？真是笑死人啦！就在那緊張的關頭，一個滿臉通紅的酒鬼突然跳出來插花：『緊張啥潲？咱也不會吃總統豆腐！緊張成那麼樣？』保鑣頭喘著大氣站起身來，狠狠瞪了一眼說：『死老百姓！再亂講，會出人命的！』大家又是一陣大笑，有人突然從人群中跳出來大聲說：『大總統！大總統！感恩啦！感恩！謝謝啦！咱看笑劇也不曾這款暢快過！』啊——恁倆沒在那現場看笑，實在是虧大了！」「大總統聽到你們說話了嗎？」孫行家緊張地問；「大總統有發脾氣嗎？」阿水也問。「有是有……不過倒不是罵咱百姓！恁要信嗎？」禿頭老闆笑嘻嘻地說，「後來嘛……奇怪的事突然就發生了！那陣怪風就是西瓜汁這顏色，瞬間將四周空氣吹得噴噴嘎嘎噴噴嘎嘎響！接著，怪事就真的發生了！」「什麼怪事？」師生倆齊聲追問，幾乎都急得坐不住了！禿頭老闆眨著眼連連點頭，慢條斯理地喝起西瓜汁來。「我我們的西瓜汁……也順順便喝了吧！」孫行家說，覺得舌頭有點不聽使喚。「大總統忽然間迎風走上前來，一把揪住了保鑣頭的西裝頭說：『住嘴！不可再罵老百姓！老百姓才是頭家！』他鼻孔噴著氣當場下令：『哪個隨從再亂推老百姓，就立刻抓去關禁閉！對頭家無禮的，統統開除！不要再來領薪水啦！』」禿頭老闆指手劃腳地說，逼真模仿大總統一口浙江腔的臺灣國語，就像在唱戲似的！「哈哈……恁不會信的！不會信的！」他突然大笑起來，「那時，大家都朝保鑣們做鬼臉，個個笑得像中風了似的！粗壯阿婆還當下嗆保鑣頭說：『看吧！大總統就是偶們的靠山！是和偶們同一國的！你知道偶們的利害了吧？』總統樂得像阿公似的，笑呵呵地說：『我，本來就跟大家是同一國的嘛！』感動啊！感動……」禿頭老闆笑得哽咽起來，「聽大總統親口這麼說，很多人都感動得哭了！就像見了神明顯靈似的！」

三個人沉默著喝西瓜汁，露出好似滿心滿口甜蜜蜜的神情。「你們見過大總統跟著大家高舉雙手扭屁股的模樣嗎？」禿頭老闆舉起雙手說，「那時，偶真的相信……已經見到彌勒佛了！」孫行家和阿水面面相覷，張大的嘴巴整整三分多鐘完全說不出話來。「唉！接下來發生的事……該怎麼講呢？」老闆嘆了一口氣接著說，「偶的心情一下子變得像盪鞦韆似的！」他的呼吸倏地急促起來，「就在這令人感動的時刻，突然有幾個人衝出了人群，對著總統大喊起來：『抗議！抗議！鴨霸總統落臺！全民直選總統！解除戒嚴！解除戒嚴！民主！民主……』他們個個都像受了天大委屈似的，拉開了長長的白布條哀號不停！」「哇哇塞！這這好好像是很嚴重的事？」阿水結結巴巴地說，兩隻眼裡一片蒼白。「也許是因為那陣怪風吧？人們的膽量似乎都膨脹了三倍以上！」禿頭老闆搓著手說，「幾個大學生模樣的年輕人，又拉出了一條更長的白布條！至少有這麼長！」他平展雙臂比出了一個誇張的長度，「那布條上用血樣的紅墨水寫著：『打倒獨裁者！立刻解除戒嚴！人民直接選舉臺灣總統！』拉布條的年輕人可能是太緊張，一時間竟把那長布條拉反了！於是，人群裡識字的人只得彎下腰，把頭顛倒過來才能唸出布條上的大字。這突如其來的舉動立刻引起了一陣騷動，許多穿裙的查某人當場拉扯著裙襬尖叫閃避起來！這或許就是解除戒嚴後的景象吧？許多人捧著肚皮肉大笑，紛紛雙腿發軟似地趴下身來謝恩不已！」「總統生氣了嗎？臉色可能不太好看吧？」孫行家壓低了聲音問，舌頭和牙齒不覺間互撞了好幾次。「總統本人是沒怎樣……」禿頭老闆搧著蒲扇慢慢說，兩條眉毛都飛揚起來了似的，「倒是那個粗壯阿婆氣噗噗地跳起了身來，『恁是來亂的嗎？偶們和大總統已經和好了！伊是阮這國的！』她大聲說，順便將一顆頭顛倒過來看那長長的抗議布條，『寫啥物碗糕？解嚴就有錢賺嗎？解嚴就保證有疼百姓的總統嗎？唸肖話！恁真的豬道解嚴是什麼碗糕嗎？阮才不信！』阿婆的叫喊聲親像晴天打雷，兩三下就把抗議聲統統壓成了貓叫一般！『偶豬道！偶豬道！』紅臉酒鬼突然叫起來，『解嚴的意思就是

——大總統對百姓不能太嚴！愛改啦！』」禿頭老闆講到這裡，笑得趴倒在桌上喘起大氣來，活像一隻快脹破肚皮的蟾蜍！

禿頭老闆像新生嬰兒似地淌滿了一臉淚水，久久說不出一句話來！「就在一陣粉紅色的風吹過後，總統答應了！像在講一件簡單、公道的事，他老人家點著頭講：『好吧！就照你們的意思吧！大家辛苦了！我會在報紙上公開宣布的！』那時，所有在場的人都當場哭出聲來，將那甘甜無比的感動瞬間飛揚到了天際！就在那一刻，偶快步地離開了現場，不想再看到總統被人家罵！偶希望那一刻的感動延續得更久一點——一百年、一千年直到永久，子孫們都還能記得總統這天在風中講過的話！」禿頭老闆將舊報紙緊緊攬在懷裡，露出了紅嬰仔般的笑靨。

「『解除戒嚴』是一場豪賭！」老院長在鍵盤上敲下了尾聲，感受到新病人孫行家砰砰的心跳在指間躍動不止。「賭一把，常是人生無可奈何的事！」他說，長長地吁了一口氣，「就怕碰到有人存心詐賭！嘿嘿……」老院長起身盤桓，腦海裡漸漸浮現一些東倒西歪的畫面。「那禿頭老闆親眼見過大總統，我也見過！我見的是另一個——一個解除戒嚴後的總統！一個會賭香腸的總統！哈哈……」他望著螢光幕上笑個不停的臉龐說。「很晚了！該回宿舍歇息了！乖！」胖護士哄孩子似地說，挨近的一張圓臉如滿月乍現。她執起了巴在鍵盤上的手，托在手掌上輕拍了好幾下。「我倆有很好的回憶！」老院長說，「那是歲月帶不走的東西！」胖護士甜甜地笑起來，低頭端詳那隻皺紋深沉的手。「我到底算不算個好院長呢？你說！你說！咳咳……」老院長急得喘起氣來，掙扎似地坐直了身子。「慢慢講！慢慢講！」胖護士應著，騰出一手拍打老院長的背心，露出一抹想哭的表情。老院長放聲大笑，「我……又沒強迫妳說我好？」他說，「我從不給部屬壓力的！」胖護士笑著連連點頭，「我又不是故意不回答！」她孩子氣地說，「真好的事，怎說得清楚呢？」老院長又笑起來，「我從不碎碎唸……對吧？」他說，盯著胖護士的笑臉看，「我喜歡看人家笑！至於工作……有個交代就行！」「是唷！是唷！那還用說嗎？」胖護士笑得像撒嬌，「在院長身邊上班，輕鬆得像吹風似的！誰知道那算不算是幸福呢？」「真的？」老院長睜大了眼說，鼻頭笑出了粉紅色的皺紋。

老院長堅守在螢光幕前，「我不曉得天亮後它們會不會永遠消失？」他說，覺得胖護士的表情輕鬆多了。「好吧！有事就叫我！」胖護士指著桌上的電話說，猶豫不決似地退出了診療室——這是多年來兩人之間的默契！一種絕不勉強對方的相處之道！這一回，老院長幾乎沒聽見胖護士離去的腳步聲，他聽見的是彷佛從極遠處傳來的笑聲——他再次走進了深邃閃爍的螢光幕裡！

冰果室的禿頭老闆指著報紙上的相片說：「看！這裡有總統的照片！」他笑咧咧地撫摸紙張，笑出了一臉幸福的感覺。「這舊紙……會不會賣太貴了？」阿水輕聲問，不安地搓起手來。「咳！怎會？」老闆說，「少年仔，你不知道——有錢也買不到甘甜的回憶！」他說著將舊報紙撫平了一次又一次。「是啊！是啊！這我懂……」孫行家說，覺得兩眼矇矓起來，「有錢也買不到放牛班的歡呼聲！」他想起了麥可阿旺令人噴飯的舞步，突然轉頭對阿水說：「現在就帶我去阿旺的新家吧！」

師生倆朝窟仔底而去，那正是落日西沉的方向！「人牽毋行，鬼牽蹌蹌走，早晚落去窟仔底住！」孫行家想起桀鎮流傳久遠的一句老話，覺得前方的路宛如一條通向深淵的溜滑梯似的！「人要變壞、學壞是很快的！」他大聲說，瞥見阿水的三輪車忽然朝路肩偏斜而去。「嘿！嘿！小心！小心！」孫行家叫起來，「你你你沒問題吧？」他暫停了前進，盯著孩子的舉動看。「沒問題啦！」阿水應著，「偶順便看看路邊有沒有舊報紙？」「萬一出車禍，你的一千元就飛了！」孫行家大聲說，用食指連敲著自己的腦袋，示意孩子也暫停一下。他隨手扯下路旁的幾片樟樹葉子，搓揉著拿到阿水面前說：「醒醒腦吧！你這簡直像賭命嘛！」「偶要是再撿到一千元的舊報紙，阿嬤月底前都不必半夜出門了！」阿水說，像隻貓似地盯著路旁的一堆垃圾看。「唉……真嚴重！」孫行家嘆了一口氣說，「想錢想瘋了！這話一點不假！」他皺起眉頭猛搖頭，伸手拍了拍阿水的肩膀。

師生倆繼續向前行，阿水果然將三輪車龍頭把穩了些。「老輸的醒腦丸，該拿去給愛賭的人聞一聞！」阿水說，望著前方陡降的下坡路，「窟仔底到了！好耶！」他揮起手來，好像在向路口的老榕樹打招呼。「窟窟仔底……真的到了？」孫行家雙唇微微打顫，「恐怖！榮鎮沒人想來這裡！」「是喔！哈哈……」阿水笑開了嘴巴，眨著眼睛說：「恐怖喔！等一下說不定會碰到吃人的妖怪？」

孫行家彷彿走進了一個沒有座標的時空裡，眼前一棟棟破敗的房舍宛如隨興搭建成的布景似的！「偶一回到這裡，就覺得好輕鬆！」阿水說，立起了身來騎三輪車，一溜煙地超越了老師的機車。孫行家跟著阿水來到一間土角厝前，見那老樟樹後的房子就像是從泥土裡長出來的似的！他瞇起了雙眼看了又看，心裡酸酸的，有種見到了「家」的感覺！「讚啦！老輸！冬暖夏涼！」阿水說，給了老樟樹一個大大的擁抱。「我相信我一定會好好地長大！這麼舒服的房子總有一天也會長成大樓的！」他用非常清楚的聲音說——那是一種孫行家全然陌生又幾乎立刻給嚇了一跳的聲音！「是啊！是啊！」一個濃妝艷抹的婦人突然冒出頭來說，「老輸！相信偶——在這種厝裡辦房間裡的事，特別是有感覺！」她指手劃腳地說話，一張油彩似的臉龐差點就貼上了孫行家的脖頸！「哇！」孫行家叫起來，「嚇我一跳！這這位是誰啊？」他一個翻身躍下了機車，吃力地站起了身來。「喂！阿婆！對偶的老輸不能沒禮貌！」阿水說。「叫阿姨！」婦人輕拍阿水的胳膊說，一雙專業的眼睛打量著孫行家。「你老師真年輕！老師好！嚇到你，對不起唷！」她嗲聲嗲氣地說，指尖輕輕滑過孫行家的胳膊。「嘿！妳不要動手動腳嘛！他是老輸啊！」阿水發聲制止，將婦人的手擋了開來。「緊張什麼？偶又不會吃人！」濃豔婦人說，笑出了一臉的皺紋！「對啦！對啦！緊張什麼嘛？偶們也是高尚的服務業嘛！」一個六十開外的俏老嫗走過來幫腔，「老輸！偶們的『事務所』就在前面一點的矮厝仔！」她指手劃腳地說，「這三八的，是偶的同事啦！」「老輸，你教育得真成功！阿水是個標準的好青年！」濃豔婦人豎起拇指說，「伊每日都在打拚賺錢！」「這板的查甫人，我尚尬意啦！」她轉身對阿水說，用手指頭撥去了孩子額頭上的汗珠，「阿水！今日賺到五百了嗎？今日，阿姨特別優待你一次五百！如何？不是我臭彈，像我這般好條件，平日至少也要八百才吃得到呢！阿姨不騙你——查甫人偶而要透爽一下，身體才會粗用！」「太貴啦！」六十老嫗大聲說，豎起了縐巴巴的兩根手指頭，「替阿水做，偶甘願兩百就好！」「無理！」濃豔婦人罵起來，一把拉住了阿水的胳臂，「老得嚼不動土豆了，還出來搶人家的生意！」兩張粉白老臉頓時噴出氣來，鼻頭幾乎要撞在一起了！「妳倆莫相爭啦！」孫行家展開雙手說，「阿水的錢都要交給他阿嬤顧生活！哪有錢照顧妳們的生意呢？對不起唷！對不起唷！」「阿姨仔！阿姨仔！偶老輸都講話了，拜託尊重一下嘛！尊重一下嘛！」阿水紅著臉央求起來，翹起了屁股朝兩個阿婆頻頻鞠躬。「失禮！失禮！請老輸原諒！原諒！」六十老嫗轉身對孫行家說，伸手去拉濃豔婦人的手臂。「老師以後若是需要服務，偶也算你五百吧！」濃豔婦人巴結地說，緊盯著孫行家擠眉弄眼。「好啦！妳真是三八得有餘啦！竟敢對老師勾勾纏？」六十老嫗罵起來，用力拉開了濃豔婦人幾乎要傾倒下來的身軀。「老師、阿水！掰掰！掰掰！有空再來！」她說，「偶們的服務很確實唷！真的！」

孫行家盯著兩個嘀嘀咕咕的老女人看，直到她們隱沒在三十多公尺外的矮房子裡。「私娼寮！」他說，「這裡的環境……糟透了！那些女人是哪兒來的呢？」

他搖著頭問。「臺北遷來的！」阿水說，轉頭指著街口的方向，「聽聽說那裡的大大市長不准人家在床床上做生意！」他莫名地結巴起來，耳朵紅得像豬肝色。「是這樣子啊……」孫行家帶著歉意說，注意到了孩子不以為然的眼神。他看過那則新聞，對那個始終標榜最高道德標準的滑嘴大市長印象深刻。

「哈哈……」老院長敲著鍵盤笑出聲來，思緒隨窗外打轉的山風兜轉不停。「那市長我知道！知道！」他說，「後來那個天才還選上了總統！信嗎？多年後，我見過他本人，親眼見他在窟仔底口老榕樹下賭香腸請民眾！咳！」「那趣事，就由我來講吧！趁我還記得清楚的時候……」老院長笑咧咧地說，「你你趕快靠近一點吧！縮在角落裡，可聽不清楚啊！」

「賭徒是很有耐性的，『等待』是他們的絕殺功夫！」老院長鍵下了標題，手指間帕搭帕搭地響起了串串笑聲。那個大總統並不是個只為錢拚搏的賭徒，因為他具有更多糾纏、突圍的耐性！那年，全國各地突然跳出許多人追著總統嗆聲咒罵，整個島國好像在玩一種討會錢的遊戲！這群穿紅衫的人在四處圍堵大總統，像罵兒子似地大聲嗆說：「貪汙總統下臺！下臺！」大總統被堵得幾乎哪兒也不方便去，只得悶在臺北總統府內忍著隱隱作痛的痔瘡！於是，他決定到各地鄉下走走，期望燒香拜拜的子民能多少給他一些溫暖！然而，即使是在阿里不達的窮鄉僻壤，那些紅衫軍就是陰魂不散似地緊追不捨！那時候，罵總統成了一種流行！當大總統在鄉下拜廟時，他身後經常會有人同聲祝禱：「神明啊！請速將這貪汙總統關進監獄裡去吧！最少也該判個十五年以上有期徒刑！」罵總統的人在各地越來越多，有些人一時興起連三字五字的成語都脫口而出了！「有那麼嚴重嗎？罵人有錢賺嗎？糟蹋人可鍛鍊身體嗎？」大總統在電視上公開回應，身前擱著一塊看板——「統統是別人的錯！我一點都沒錯！」紅衫軍們似乎完全聽不進大總統的辯白，有人甚至立刻 **Call In** 進電視臺嗆說：「去死一死比較快！」「啊……」大總統在電視上長嘆一聲，「民意如『流血』啊！」他說，終於下了個結論，「既然大家這麼愛罵偶，何不甘脆全國來辦個『罵總統比賽』吧？安捏可能嘛卡趣味一點！」

紅衫軍對大總統的回應就是繼續在全國各地嗆他，像教訓兒子似地在大街上咆哮怒吼，完全沒一點想收斂消停的意思！這樣的氛圍不久也進了榮鎮，生意人們撥著算盤叨念起來，有人索性大聲向祖師公祝禱說：「神明啊！希望快叫大總統也來讓偶們嗆一嗆吧！作總統的人，至少應該公平一點才對嘛！」大總統面對如此嚴峻的情勢真是額頭三條線，便給的口才突然間就退化成了只會說「謝謝謝謝」！他似乎再也不想再多作解釋了，一顆頭顱經常低垂到領口，「謝謝謝謝」地說個不停，在全國各地推行起了「全民禮貌運動」！這樣的總統勾起了老院長對某個冬日午後的回憶，想起了那久已失去的愛人賣力表演的搞笑劇。

那天，一如初一、十五多年來固定的習慣，張院長到窟仔底想見見一個女人——一個他只能遠遠回味的倩影，碰巧就撞見了那場總統級的、不大不小的騷動！「進囉！進囉！官府要封路啦！」守在窟仔底街口的哨兵突然呼喊起來，土地公廟前隨即聚集來了一波波趕來支援的民兵部隊。「措啥漊？咱這裡不是與官府無涉嗎？這不是早就講好的規矩嗎？」有人怒氣沖沖地向警察抗議起來。「沒法度！皇帝要來拜土地公！」一個本地的警察攤開雙手說。「哇塞！大總統的派頭就是不簡單！」有人發出亢奮的叫聲，「竟然還有一大群穿紅衫的跟班的！」「人牽毋行，鬼牽蹌蹌走！」紅衫軍罵起來，「大廟不先拜，偏要落來這窟仔底！」「謝謝！謝謝！」大總統縮著脖頸鑽出坐車，臉色一陣青一陣白，活像個剛被雷聲驚嚇到的小孩！

「喔！原來是總統來了！還好！還好！」窟仔底人鬆了一口氣說，疑惑地盯著那有點走樣的大總統看。「總統免驚！」窟仔底的大肚里長突然高聲說，笑咧咧地迎上前來，「免驚！阮這兒挺你！窟仔底幾百票攏是支持你的！」他很有氣魄地說。「謝謝！謝謝！」大總統低著頭說，緊縮的一張臉宛如那黃綠參半的瓠瓜。「貪汙、洗錢！作什麼總統？丟臉！沒見笑！」紅衫軍在保鑣圍出的人牆後開罵，一個個像鬥牛似地想往這頭衝撞過來！大總統舉起手來梳理西裝頭，擠出比哭還難看的笑容說：「謝謝！謝謝！勞力！勞力！」「拜神也沒用啦！貪汙就該下臺滾蛋！下臺！下臺！」紅衫軍繼續叫罵，很有默契地呈現出一種合唱團似的效果！大總統龜縮在保鑣們高舉的手臂下，指著老榕樹下的土地公廟說：「先到廟裡找掩護！」這時候，一個長腿少婦正在廟前教訓她八歲大的兒子，渾然不覺自己已成了眾人注目的焦點。她揮著藤條邊哭邊罵：「八歲就偷錢，長大作官一定貪汙！還敢不敢？還敢不敢？」「不敢！不敢！」男童說，很有技巧地躲過了每一次揮下的藤條。「謝謝！謝謝！偶也不敢啦！真的不敢了！」大總統護著西裝頭說，整個人幾乎仆倒在土地公廟前。保鑣頭抓起無線電大喊：「行程外狀況！行程外狀況！緊急支援！緊急支援！Over！」他怒氣沖沖地瞪著列隊在一旁看熱鬧的榮鎮本地警察罵說：「還笑？搞什麼東西？」保鑣頭展開雙臂作出打籃球擋人的動作，「擋好！擋好！沒打過籃球嗎？」他說，隨即又對著無線電大吼起來，「十分鐘內馳援！會出人命的！」這麼亂糟糟地不知過了幾個十分鐘，保鑣頭身前突然衝過來一個手拿麥克風的年輕男記者。「你來幹嘛？」保鑣頭問，「是來緊急支援的嗎？」「我是東海臺記者！」年輕記者氣喘吁吁地說，「大人！今天允許問幾個問題？」「最多三個！」保鑣頭一臉不耐煩地說，「媽的！支援部隊怎還沒到？」「總統！總統！紅衫軍說您該下臺滾蛋，您有何感想？您到底有沒有貪汙呢？」年輕記者開始採訪總統，噴出的口水準確地落在總統的西裝頭上。「謝謝！謝謝！」總統低著頭回答，沒正眼瞧記者一眼。「去！去！去！問什麼廢話？」保鑣頭罵起來，「那不怕死的鎮暴部隊怎這麼慢？」「正常！正常！記者本來動作就快一點！」年輕記者應著，「我還有兩個問題！」他轉身大聲問紅衫軍：「你們天天罵總統，不累嗎？」「我們越罵越爽！怎會累呢？」有人高聲回答，其他人頓時咯咯地笑起來。「是啊！是啊！看來我比你們還累！」年輕記者輕搖著頭說，「問題是——這樣有用嗎？那總統就是不下臺，你們有什麼辦法呢？」「咳！哈哈……」紅衫軍老大大笑起來，「怕什麼？我們罵得這麼爽——延年益壽，還怕那傢伙太早下臺呢？哈哈……」「唉！看來我還得再累好一陣子了！」年輕記者嘆了一口氣說，無意間瞧見了剛挨打的男童。「小弟弟！你對剛才大人們的回答有何感想？」他隨口問道。「不謝！不謝！」男童小聲說，害羞似地躲到了媽媽身後。這時，保鑣頭又對著無線電大叫起來：「豬啊！還不快來？記者都快採訪完啦！」年輕記者被這突如其來的吼聲著實嚇了一跳，緊抓著麥克風說：「正常！正常嘛！」

「阿母！麥擱哭啦！偶知道錯啦！」男童跪在地上安慰媽媽。「謝謝！謝謝！偶也知道錯啦！」大總統跟著說，不敢抬頭看周圍的狀況。「那……以後還敢不敢再說謊？」長腿少婦提高了音量繼續罵兒子，左手腕一只翠玉鐲子隨著打人的動作閃閃發亮。「偷錢！說謊！還敢嗎？還敢嗎？」她大聲講給觀眾聽，露出性慾很強的神情。「不……不敢！不不敢了！阿母！小心！不要打壞了神給的禮物！」男童盯著母親手腕上的翠玉鐲喘氣，「那是無價之寶啊！我也是……」他說著將嘟嘟的小屁股靈巧地扭動了一下。「阿娘喂！這是在拍片出外景嗎？」大總統叫起來，「偶也不敢了！謝謝！謝謝！」男童以為觀眾有人提醒他注意禮貌，溫吞地抬起頭來說：「偶有講謝謝！謝謝！謝謝！」觀眾爆出陣陣笑聲，跳扭扭舞似地鼓起掌來。「謝謝！謝謝！」大總統跟著打拍子，隨即接過來三炷高香，朝土地公拜了又拜。

這時，土地公廟前起風了，烤香腸的氣味隨著老榕樹的鬚根飄蕩。「十八磊屄雞，卵鳥黑青！」賭香腸的客人拉出了男高音，和著叮叮噹噹的骰子聲宛如天籟一般！大總統一拜二拜三拜，在賭香腸的伴奏聲中行禮如儀。「哇塞！總統拜拜不一樣！還有伴奏呢！」男童睜大了眼說，猛吸了幾口烤香腸的香氣。保鑣頭挨上前去收香，用憋尿般的口吻說：「維安不易！維安不易！請總統迅速離開！」窟仔底的鄉親聽了這話，紛紛抱怨起來：「怎會？講這無理嘛！偶們這裡幾百票都押給這總統，怎會維安不易？」「是喔！」保鑣頭擠出笑容說，「那……你們這裡的人眼光不錯嘛！」他嘆了一口氣說。「講真的——恁免驚啦！誰人敢來這裡鬧？恁去探聽一下就知道！」大肚子里長突然高聲說，叉開了雙腿好像要找人單挑似的。「就就是嘛！」一個長髯老翁顫抖抖地說，「咱大大總統是散赤人出身，是是『平民皇帝』！是偶們大家的偶像！」「就是嘛！就是嘛！」窟仔底鄉親紛紛大聲應和，「安啦！安啦！大總統就是在咱這裡『豆干厝』過暝，嘛也是穩妥當的啦！」眾人很有把握地說。「謝謝！謝謝！謝謝！」大總統點頭回敬，「原來臺北的『豆干厝』都跑到你們這裡來了！」他漲紅了臉說。

「我的天啊！」長腿少婦驚叫起來，「原來是總統大人來了！」她迅捷地將藤條收到了身後，另一手摁著男童的頭頂朝大總統鞠躬說：「失禮！失禮！不知道大人來了！對不起！對不起！」男童盯著總統看，稚氣地說：「我下次不敢了！」「謝謝！謝謝！不敢了！偶也不敢了！」總統牙齒打著顫說，向後倒退了兩步，一腳踩在保鑣頭發亮的皮鞋上。「小心！」保鑣頭哀叫了一聲，擠出一臉癩皮狗似的笑容，「總統先生！您愛踩多久就踩多久吧！您爽就好！」他用呻吟的聲音說，「不不過……為為了安全……還是快離開這兒吧！最好……您的腳丫能先移動一下！拜託！」他忠狗般的身軀扭曲起來，軟趴趴地像根受潮的油條！「幹……什麼？」總統破口大罵，一手架開了保鑣頭傾倒下來的身軀，「閃啦！這些都是偶的選民！是死忠的自己人！你的狗眼不要小看人——這位太太的翡翠手環比偶太太的一只還漂亮呢！偶太太那只就最少值兩千萬以上！你豬到個屁！正經一點！不要再假仙假肖啦！」他中氣十足地說。「幹！誰人在放屁？」一個酒鬼在香腸攤邊大喊起來，乒乒乓乓地碰翻了好幾只空酒瓶。「小心！總統先生！」保鑣頭瞬間發出一聲慘叫，擺出了標準擋子彈的姿勢。烤香腸的香氣隨風而來，燻得大總統直流口水。「咳！有那麼嚴重嗎？」他瞪了保鑣頭一眼說，「你給我惦惦！打香腸，我沒在怕！這……我囝仔時就玩過！」他擠眉弄眼地比出了擲骰子的動作。「謝謝！謝謝！趣味！趣味！」大總統邊說邊朝香腸攤走去，似乎突然恢復了一些元氣。這時，一個三歲娃兒正在母親懷裡呀呀學話，見總統經過身旁眨著眼說：「瀉瀉！偶也會說『謝謝』！瀉瀉！」眾人大笑起來，有人逗樂地對娃兒的媽說：「妳這囡仔不簡單，將來或可凍蒜總統！伊是天才！」娃兒的媽樂得咧嘴笑起來，摟緊了心肝寶貝喃喃自語：「愛說笑！真是這樣嗎？真是這樣的嗎？」「當然是啦！這還用說嗎？」香腸攤的酒鬼大聲回答，「時代不同啦！現在只要會說『謝謝』，就能作總統！難道不是這樣嗎？呃！」隨即打了個噴射式的酒嗝。保鑣頭強忍著笑罵起來：「你你你們這這裡的人，就這麼愛說笑嗎？說笑就能吃飽嗎？」「廢話！」人群中有人回嗆，「偶們太窮，沒錢多買菜，講笑配剩飯！」眾人發出陣陣會心爆笑，逗得娃兒當場又多說了幾句「瀉瀉瀉瀉」。「抗議！抗議！貪汙總統下臺滾蛋！下臺滾蛋！百姓窮得吃飯配笑，領導者還敢汙錢！不要臉！不要臉！」紅衫軍突然又大聲嗆起來，合著眾人的陣陣爆笑聲頓時形成了一種合唱團表演般的效果！

香腸攤酒鬼在人群中又鑽又擠，總算來到了大總統身旁。「大人！你到底有貪汙沒？有就說有！沒就說沒！恁爸都挺你！拜託——麥擱再講那頭殼壞去的『謝謝謝謝』啦！呃！」他比劃著如利劍般的手指說，口水都噴進了總統張大的嘴巴裡了。「真……見鬼了！這……有沒有愛滋病毒啊？」大總統抹著嘴說，鼻頭緊縮出三條線來，「謝謝！謝謝！」他說。「瀉瀉！瀉瀉！」三歲娃兒跟著說，隨即將頭埋入媽媽懷裡。「好！好！好一個總統！未來的總統！」眾人大聲叫好起來，紛紛扮鬼臉向娃兒致敬，「總統好！總統好！」的喊叫聲此起彼落。「恁差不多就好！不要過分啦！」保鑣頭咬著牙根大吼，將槍管似的食指在頭頂揮舞起來，「大不敬！誰敢說總統頭殼壞去？是誰說的？大不敬！」三歲娃兒被這突如其來的吼聲嚇得放聲大哭，「我不要瀉瀉！不要！不要！嗯嗯嗯……」她奮力地鑽入媽媽懷裡抽泣，好像一隻受驚的小動物！眾人不約而同地煞住了笑聲，露出了同情遠多於錯愕的表情。「酒醉不返厝睏，在這裡講什麼五四三？驚到囡仔，沒天理嘛！」許多人開始數落酒鬼，隨即七手八腳地合力將他拖離了現場。

就在這時候，廟前老榕樹的鬚根跳舞似地晃動起來，濃蔭下突然吹起了陣陣粉紅色的風。「這風！就是這風！大神顯靈啦！」一個長髯老翁大聲說，隨即跪在榕樹糾結的根盤上對著天空膜拜起來。「搞什麼？裝神弄鬼！」紅衫軍派出的尖兵罵起來，踮起了腳尖朝人牆裡頭瞧。「什麼怪顏色？是準備要表演脫衣舞了嗎？」年輕的尖兵高聲質詢起來。「哈——啾！不敬！不敬！」總統打了個噴嚏說，精氣神瞬間都抖擻起來了！他展輕功似地躍上香腸攤旁的一塊大青石上，扯開嗓門大喊：「各位鄉親序大、阿公、阿嬤、小朋友！各位頭家！大家午安！大家好！小弟偶就是大家支持、大家疼痛的『凍蒜總統』！雖然偶也不是什麼好東西，但偶就是能凍蒜！謝謝啦！感恩啦！」他宏亮的聲音宛如戰鼓騦響，咚咚咚地透出了一種窟仔底鄉親久違的激情。「偶今天就一次講清楚吧！」他豪氣地說，鼻孔噴出了陣陣粉紅色的水蒸氣。「唉！作總統這生意，本錢實在太大了！」他嘆了一口氣說，「不趕快撈一點回來，會來不及！」大總統說著臉色一沉，用鼻音唱起了歌仔戲的哭調仔。「唉呦喂！被人家罵得像教訓兒子，這樣的生意好賺嗎？所以講，偶貪汙的……實在也是『艱苦錢』啊！你們誰？誰？誰誰誰誰誰？願意做這款生意呢？」他抽抽噎噎地說，童養媳似的一張臉瞬間垮成了葫蘆狀。「偶願意！」香腸攤酒鬼大聲說，從人牆縫間掙扎地擠出了半顆頭來，「有錢賺就偷笑啦！偶這下午賭了半天……呃！連半根香腸也還沒吃到！」「去！去！去！返厝睏你某去！」眾人罵著驅趕酒鬼，「咳！沒一點同情心！艱苦人要相挺嘛！」「哎——」大總統長嘆了一口氣說，「其實偶活得真累！貪汙也是很累的，你們豬不豬到？」他停頓了一下，搖著頭吐了吐舌，「偶的個性是歡喜和大家作朋友，不喜歡整天和人冤家相對！偶本來就是個很正常的人嘛！」他真誠地說，「我凍蒜總統是我好運，就親像賭博贏到錢一樣嘛！偶怎麼豬到——那些有錢人會拚命似地一直把錢送進偶家呢？偶曾勸他們不要再送錢了，他們就是不聽！偶用大總統的身分下命令阻擋，他們也沒有一個人給偶信到！哎！真累！錢太多了，不洗一點到國外行嗎？洗錢會比洗衣服輕鬆嗎？說來你們一定不信，貪汙實在是最操煩的生意了！真的！」大總統用受盡委屈似的口氣說，兩隻手指從眼角擠出了幾滴眼淚。「騙肖！偶才不信！」香腸攤老闆抖著頭說，「偶在這裡吸油煙一整天，常常連五百都賺不到！偶就是跪地拜託哭爸叫母，也不曾碰到有人硬要送錢給偶的！」他苦笑著低頭翻烤吱吱作響的香腸，「難道偶還不夠辛苦打拚嗎？難道偶吸的臭油味還不夠多嗎？」「你也很辛苦，這偶知道！所以說，現實的人生就是這樣：一人苦一種！大家應該互相體諒才對！」大總統深情似地注視著香腸攤老闆，「至少你這生意不會被幹譙！不是嗎？」他用師父開釋信徒的口吻說，佛心似地咧嘴笑起來。「是阿捏？偶竟然還比你好過？」香腸攤老闆張大了嘴說，驚訝得差點落下頦。「是唷！是唷！」長鬍老翁顫微微地走上前說，「講講起來……作總統真真的比你烤香腸……辛辛苦得多！」香腸攤老闆看來並不服氣，「好啦！好啦！大總統！算你比較辛苦啦！」他用巴結的口吻說，「拜託！拜託！三不五時也給小弟偶像你那般辛苦一下！好不好呢？拜託！拜託！」大總統瞇起一雙三角眼緩緩走向香腸攤，「你這生意人說話很藝術！不簡單哪！不簡單哪！」他晃著腦袋說，「你的意思，偶明白！明白！」

大總統悠哉悠哉地環顧了四周鄉親一下，突然間揚起下巴一把抓起了碗公裡的骰子。「偶今天就來照顧一下你的生意，也來讓你爽快地辛苦一次！」他豪氣地說，舉起了緊握著骰子鵝蛋似的拳頭。就在這時候，保鑣頭一個箭步衝上前說：「總統先生！總統先生！不可賭博！賭博是——違法的行為！」他激動得像在苦苦哀求似的！「閃啦！」大總統大聲說，一手頂開了保鑣頭的圓肚子，「有那麼嚴重嗎？打香腸算是賭博嗎？恁都市人知影啥？」保鑣頭縮著脖頸退到了一旁，抓起了無線電哇啦哇啦地叫起來：「快來支援！快！什麼？什麼狀況？老大人來瘋，『人來瘋』知道嗎？開始賭香腸啦！就是這樣！快！快！」「哼！卒仔性！驚成那麼樣！」總統鼻孔噴著氣說，「偶來自於民間草地，什麼出頭不識？嘿嘿……」他冷笑著盯著香腸攤老闆的眼睛看，很有氣魄地說：「偶是賭精！你可要有心理準備啊！老實說，什麼偶不敢賭呢？總統偶都敢選了，何況是賭香腸！我跟恁講白的——選總統才是賭大條的呢！好啦！閒話莫講，你攏總有幾條香腸？」香腸攤老闆揪著脖頸的痣毛說：「不敢騙總統——這裡有兩百條！附近阮厝內冰箱裡還有三百多條！要是再不夠，旁邊的水果汁一大杯可抵兩條香腸！」「總統大人！他叫『果汁林』，你最好不要喝他的果汁！他的果汁都是爛水果做的！」剛才打小孩的少婦走上前提醒總統，握著藤條的手在背後微微搖晃。「謝謝！謝謝！哈！」大總統哈著氣說，「那沒什麼？果汁本來就是爛水果打的，偶自己都做過！」他說著露出了一抹慧黠的笑容，「好水果不會拿來做果汁！這個偶三歲的時候就豬道了！」就在這時候，大總統突然揮起了鵝蛋般的拳頭大聲宣示：「老闆，你的香腸今天恐怕要不夠用啦！因為，偶要贏你的香腸大請客！請這裡所有的人！就連那些穿紅衫罵偶的也有份！這樣才叫作『全民總統』嘛！」「是真的嗎？」痣毛老闆張大了嘴巴，「阿捏……今日我就慘啦！慘啦！」他喘著大氣說，一副被嚇得很爽快的模樣。「當然真的！君無戲言！哈哈……」總統仰頭大笑，「不過你也別跟偶假仙，賭一次十元，你就是全輸也賠不了錢！這偶知道！知道！別忘了偶也是草莽起家的英雄嘛！」他用白皙的手指點著遊戲規則看板說。眾人面面相覷，興奮得不敢多喘一口氣，一雙雙發火似的眼睛都緊盯著總統的細手看！「是是喔！咱總總統連這個民間拚經濟的事也知道，真真真是天縱英明！」長鬍老翁大聲讚嘆起來，急促的換氣聲就像快斷氣了似的！

「聽好囉！」大總統指著痣毛老闆的鼻頭說，脖頸吹氣似地膨脹起來，「偶是總統，你得照偶的賭法喔！偶要一直加倍賭下去，直到大家都吃到烤香腸為止！你聽好囉！」大總統一說完，隨即展開了賭戰！他抖著一腿拚殺，從一百元展開了序幕——第一把賭一百，第二把加碼一倍到兩百，第三把再加一倍到四百，第四把就已加碼到了八百！「輸！輸！輸！輸！輸！哇哈！太好啦！」總統興奮得叫起來，脖頸一條青筋越來越緊繃，「偶就愛這滋味！」他大聲說，「偶不怕輸！最好再多輸幾把，一次就叫你回家搬香腸！」他指著果汁林的鼻尖說。「阿娘喂！這氣勢嚇死人！三軍總司令就是不同！」香腸攤酒鬼驚呼連連，似乎瞬間酒醒了大半！眾人紛紛踮起腳尖往這頭瞧，幾近屏息地佇立在陣陣粉紅色的漩渦中。「利害！利害！」窟仔底的大肚里長顫抖著說，「真正敢拚敢衝！無怪伊可以作總統！這這般拚賭下去，果汁林就是脫褲襤也不夠賠？」「嘿！嘿！」大總統尖酸地哼了兩聲，先揚起下巴朝四周觀眾揮了揮手，然後微笑著問果汁林：「大頭家！偶這種賭法，還算公平吧？你有意見嗎？」「沒有！沒有！公平！公平！」果汁林哈著腰說，「總統大人！叫偶『果汁林』就可以啦！叫『林仔』、『小的』嘛可以！大人的賭法……有帝王之氣！公平！公平！太公平啦！小的有生意做，怎敢說不公平呢？」「那好！真爽快！有正臺灣人的氣口！」總統說，轉頭間撇見了一旁的三歲娃兒。「不過……請稍候一下子！偶要先來改運一下！」他說著大笑起來，一個箭步挨近了婦人懷中的三歲娃兒。「來！來！給阿公親一個！」總統嘟著嘴唇對娃兒說，「阿公保證沒有肝炎、花柳病，更沒有愛滋病！阿公偶每半年都要被總統府的醫官押去檢驗通過才行！哈！」「標準！標準！」眾人紛紛比出了讚的手勢，「哇塞！咱總統顧身體，比中古車驗車還準時嘛！哈哈……」許多人用力鼓掌起來，笑得像喝醉了酒似的！娃兒胖嘟嘟的臉頰冷不防被總統的尖嘴偷襲了一下，立刻抱緊了媽媽咿咿哇哇地哭起來。「哎唷！總統大人！麥阿捏嘛！阮這千金是查某啊！」婦人皺起眉頭說。「歹勢！歹勢！壓壓驚！壓壓驚！」總統笑得像豬哥，從衣袋裡掏出一個紅包塞給婦人。「爽啦！」眾人歡呼起來，「這款英明的領導者，就是再多貪汙一些也無妨！」「嘿嘿嘿……聽聽聽咱大大總統講話真真爽快！」長鬚老翁喘著氣說，「可可以治病！」他笑得幾乎當場落下頦！「治病？治伊的卵鳥啦！」一個濃妝艷抹的老妓女突然擠上前來破口大罵，「偶問你——之前作市長的時候，為什麼要掃黃？為什麼連有牌的都不准人家在床上做生理？」大總統嚇得倒退了兩步，緊盯著老妓女看了五秒鐘，旋即笑咧咧地說：「床上的生意不符合倫理道德！男女性交應該叫作『做愛』，做愛是不能用金錢買賣的！」「騙肖！」老娼婦大聲反駁，「假如你都不拿錢給你太太，她會願意跟你『做愛』嗎？」大總統咯咯地笑起來，摁了摁自己的油垢頭說：「一般而言，假如一個男人都不拿錢回家，他太太大概不願讓他上床！不過，拿錢回家叫作『養家』，不是『買春』！嘿嘿嘿……那可不一樣！」他說完露出得意的表情，招了招手示意觀眾給一點掌聲。「廢話！」

老娼氣呼呼地說，看來並不服氣，「無理！為什麼批發的無罪，零買的就有罪？經濟的學問有這種歪理嗎？」「這……偶偶……」總統頓時結巴起來，「人類文明的現實就是這樣嘛！」他聳著肩說，輕拍自己的臉頰保持清醒。「現實？掃黃就不合現實！」老娼繼續質詢總統，「我問你——那些沒錢娶某的、死某的、離婚的、太太心臟不好不能做愛的、追不到女朋友的等等一大堆，他們怎麼辦呢？只能打手槍嗎？還是只能活該憋著看別人爽？」「嗯嗯啊啊……這個嘛……恐怕兒童不宜啦！」總統搔著頭說，剛合起來的嘴巴突然又被一陣粉紅色的風吹了開來，「雖然依據咱國家的憲法，偶總統本來是不必接受質詢的！但偶今天很爽快，就破例一次吧！妳要聽清楚喔！」「倫理道德本來就是叫人精神要進步、要昇華嘛！」總統用一種唸經似的聲音說，「那些沒有性伴侶的人，可以做的事其實還很多很多——比如說可以去圖書館看書閱讀、可以去廟裡吃素唸經拜拜、或是去教會做禮拜嘛！最好的辦法是去運動場鍛鍊身體！我跟妳講——跑步發洩很有效喔！想入非非的時候，可以去跑操場嘛！跑一圈沒效就跑兩圈，跑兩圈沒效就跑四圈，跑四圈沒效就跑八圈……一直跑到全身虛脫快昏倒了，誰還會再想做那檔事呢？」「騙肖！」一個漢子在人群中嗆起來，「免這麻煩！沒伴的查甫人乾脆直接去撞牆比較快！」眾人對這種哲學層次的對話一下子反應不過來，紛紛低頭思過似地望著自己的褲襠偷笑起來。「唸肖話！頭殼壞啦！」老娼婦搖著頭嘆了一口氣說，「哼！掃黃？掃黃？乾脆把沒性伴侶的統統抓去槍斃比較快！」眾人放聲大笑起來，許多人摀著胸口好似笑出了「胃食道逆流」似的！「好啦！好啦！質詢的時間到了！大總統很忙啊！」榮鎮的帥哥鎮長擠到了人群前說，「報告大總統：真失禮！我這就護送您出去！」他邊說邊朝總統行舉手禮，發出貓叫般的聲音。總統從鼻孔哼出了一聲冷笑，撢了撢手說：「安啦！偶沒在怕！偶怎會怕質詢呢？偶自己還作過立法委員呢！現在，偶的拚賭正進入最高潮，正準備請大家吃烤香腸呢！」「對！對對！」長鬚老翁點著頭說，「吃吃了香腸……這這老查某可能就歡喜啦！」

大總統像獵鷹似地展開了雙臂，旋即一把抓起了大碗內的骰子咕嚕咕嚕地唸起咒語來。「嘿！大總統起乩了嗎？」有人小聲問，指著雙眼迷濛、在風中顫抖不已的總統說。「偶要懺悔！」大總統突然大叫起來，「偶承認！偶承認！偶貪汙是該被打屁股！但……嗚嗚……拜託讓偶贏香腸好嗎？」他雙手合十當場哭得像個孩子似的！「沒沒見過這款起乩不是？是這風！就是這風！」長髯老翁搔著頭說，雙眼矇矓地喃喃自語起來。「偶貪汙是該被打屁股沒錯！」總統用歌仔戲哭調仔的腔調說，「但將來的一個總統，比偶還爛！比偶還爛一倍以上！那總統專門和偶比爛──施政滿意度比偶爛兩倍！臉皮比偶厚三倍！可怕啊！可怕啊！」他瞇起雙眼凝視天空，一顆頭陀螺似地轉個不停。「騙肖！你還不夠嚴重嗎？」紅衫軍中有人大聲嗆起來，「你只會講『謝謝謝謝』！還有比這更嚴重的嗎？」「你講的，都對！都對！」大總統傻笑著說，「信嗎？偶至少還講了兩個字嘛！將來的那個，恐怕連一個字也說不出口！」「可怕？是會吃人嗎？」八歲男童探出頭問，胖胖的小身子緊緊依偎著媽媽的長腿。「比吃人還恐怖！」大總統高舉如爪的雙手說，「老虎吃人，頂多吃一兩個就飽了！那個未來的總統是吃人夠夠──當選之前說的是『民主民主』，一當選後馬上變成『去數去數（去死去死）』！他最喜歡『和人民頂著幹的改革』——人民愛的他不做，人民討厭的他就硬幹到底！而且還面帶笑容越幹越起勁！他見到年輕人沒頭路吃不飽飯，就消遣人家：『吃不飽為何不多吃一碗呢？沒有工作可以先去美國留學嘛！』那總統除了會調侃老百姓之外，他領導的政府最擅長的就是『漲價』！交通不好，漲價！經濟蕭條，漲價！治安太壞，漲價！水溝不通，漲價！颱風淹水，漲價！年輕人失業，漲價！沒人敢生小孩，漲價！反正，他最愛的治國法寶就是『漲價』，好像擺明了要用這一招來讓老百姓不敢造反似的！小弟弟你來評評理——這樣的總統欠不欠揍呢？」「欠揍！比我還欠揍！可能是皮在癢了吧？」八歲男童點著頭說，多肉的臉頰隨即被一旁的媽媽捏了一下。「笑死人！」一窟仔底的大肚里長突然嗆起來，「若是真有那種總統，偶會建議他：『吃飽太閒，緊去睏你某！有病趕快去找醫生，莫來找百姓的麻煩！』」「這嚴重！嚴重！就算是真傻，也不該自己亂自己的生意嘛！」眾人紛紛點頭表示贊同，個個都像是精神醫生似的！「看看起來……那種毛病很難治啊！」長鬚老翁嘆著氣評論起來，「但……沒沒法度的！自古以來，很很多人一作了官，頭頭腦就不清楚啦！」就在這時候，大總統突然望著起風的天空慘叫起來：「偶聽見啦！偶看見啦！那樣嚴重的總統就快來啦！阿娘喂！恁最好將皮繃得緊一點！」他渾身緊繃顫抖，幾乎當場趴倒在地！「大人！大人！不要賭了好嗎？回家休息好嗎？」果汁林雙手合十頻頻拜託，擠出一臉比龜公還諂媚的笑容。「當然要！」大總統像彈簧似地跳起身來，「廢話！當然要！廢話！你想要逃賭嗎？」他精神抖擻地說。「叮叮噹噹！噹噹叮叮！嘖嘖嘎嘎！嘖嘖嘎嘎！」大總統朝掌中的骰子猛吹了一口氣說，隨即殺氣騰騰地朝碗公內扔下了決定性的一搏！就在眾目睽睽下，那四顆骰子先是在碗公裡彷彿連了線似地跳起舞來，然後突然間就像聽到了命令似地全都六點朝上地立定站好了！「阿娘喂！死啦！死啦！」果汁林發出聲聲慘叫，「六點一色！六一色通殺！我的香腸……慘啦！」他彷彿瞬間得了末期惡性貧血似的，虛軟的雙腿頓時交織成了生麻花狀！「香腸萬歲！總統萬歲！總統的香腸萬萬歲！」眾人蹦跳著高呼起來，隨即手勾著手將香腸攤團團圍住了！

「咱的總統真是散赤人的救星！」香腸攤酒鬼咬著烤香腸說，「乾脆叫伊留在窟仔底住好了！」「謝謝！謝謝……」大總統眨著眼說，突然間散架似地踉蹌地跌坐在地上。「我的天啊！」保鑣頭叫著衝上前來，吩咐四五個隨扈張開雙臂將總統護在一個小圈圈內。「統統不准動！」保鑣頭露出犬齒大喊，旋即將手中的無線電轉到了最大音量，「崩頂！崩頂！快叫救護車！救護車！快！豬啊！十分鐘內不到，你們就統統就地槍斃！槍斃！懂嗎？豬啊！」他對著手上的無線電大吼，張大的嘴巴幾乎要吞下那美國製的機器。「你別緊張嘛……」八歲男童突然怯怯地說，「總統還在偷笑呢！」他說著噗哧地笑出聲來。「開玩笑！」酒鬼含著半口香腸罵起來，「統統不准動？怎麼吃香腸嘛？」這時長髯翁跪爬著鑽到了總統身邊，若有所思地說：「這這好治！好好治！這毛病，偶會醫！」他轉身揮手叫八歲男童過去：「快快來！來！弟弟！快來撒泡尿在總統頭上！他保證會馬上跳起來的！」「不！不要……偶不要！」大總統憋著氣說，伸出顫抖抖的手在頭頂搖了又搖。

救護車閃著青紅燈咿哦咿哦地趕到了，車上的特勤隊員沒一個敢正眼瞧保鑣頭。「貪汙不至於死罪！救人要緊！要緊！」紅衫軍們體貼地讓出了道，有人嘴裡已叭吱叭吱地吃起了烤香腸。「對啦！對啦！這樣就對啦！」帥哥鎮長嘴笑眼笑地說，「不愛總統也愛烤香腸嘛！今天你們就休兵了吧？」「大總統有交代：請穿紅衫的先吃！」他笑著大聲宣布，吩咐果汁林先將烤好的香腸往紅衫軍那邊傳去。大總統像條死狗似地任人架著走，一直被拖到了救護車門前。突然間，他像潑猴似地一個箭步躍上了救護車，那最後一大步就像撐竿跳一般帶勁！大總統朝車窗外作了個鬼臉，大聲對果汁林說：「帶發票來總統府報國務機要費！假發票嘛可以！」他看起來似乎是完全清醒了，好像一個立在坦克車上的大將軍，「好好享用你們的香腸吧！」他中氣十足地說，「謝謝！謝謝！勞力！勞力！」「我們的香腸？國務機要費買的？」紅衫軍中有人猛咬了一口香腸說，「哇塞！被耍了！被耍了！」他噴著口水罵起來，徒勞地吸了一口的汽車廢氣。

窟仔底的住民嘰嘰喳喳地捨不得散戲，似乎沒人專心在聽帥哥鎮長發表的感言——「咱的總統是三級貧戶出身，是真正照顧艱苦人的領導者！聽伊講話真爽，不輸聽人在吹喇叭！以後要找會賭香腸的總統——難囉！」他邊說邊揮起手來，示意紅衫軍們可以下班休息了！「是唷！是唷！」窟仔底人紛紛發聲相挺，「唉！哪像以前那些烏白飯桶的大官，選前嘴巴說得很好聽，一旦凍蒜就管你去死的？那種高高在上的鳥官真叫人賭爛！」許多窟仔底人望著救護車逃脫的方向感嘆起來，有些人還迷戀似地嚥起了口鼻追索那空氣中殘留的臭油味！「悲哀啊！悲哀啊！被騙了還不清醒？」紅衫軍們用不再鏗鏘有力的口氣朝這頭嗆了幾聲，「貪喔汙喔總總統下下臺！下臺！下臺！下下臺！」「麥阿捏！」帥哥鎮長雙手合十地說，「拜託！吃香腸不要呼口號！小心噎到！」「其實，紅衫仔抗議得嘛是有理！咱這總統講話不實在！」濃妝豔抹的老妓女向帥哥鎮長發起牢騷，「大家麥擱憨啦！」她忿忿不平地說，「唬爛！聽伊咧照顧艱苦人？恁看嘛！偶們姊妹幾個本來在臺北市內安居樂業，就是被這個唬爛仙總統照顧到這裡變成私娼的！這算是照顧艱苦人嗎？算嗎？伊明明知影偶們是有牌的，卻對阮這種蓋高尚的生理毫不尊重！這樣有公道嗎？官府是不是該賠償偶們呢？」老娼越說越激動，活像隻準備奮力一搏的發情老貓！「好啦！好啦！講那些五四三有什麼用呢？妳們現在賺得有比較少嗎？」帥哥鎮長壓低了聲音按捺老娼，「快去忙妳的生意比較實際！偶有空也會儘量去捧場的……」他很有人情味似地說，笑嘻嘻地回應了老娼那彷彿萬般飢渴的眼神。

第六章　窟仔底的冒險

老院長已分不清夢境和回憶間的界線，能做的只是試圖讓雙眼感覺明亮一點！長腿少婦的身影在濕淋淋的視野中若隱若現，一再激起老院長心頭游移在熟悉和全然陌生之間的悸動！「春華！春華？春華……」他再次用顫抖的聲音呼喚，揣摩著孫行家品嘗到苦澀淚水的滋味。「哈……同理心終究還是可能的！」他嘗試用笑聲讓自己再清醒一點，「真的！我親眼見到了大總統！見到了他賭香腸的凌人氣勢！」他逼真地說，「事實上，哪個總統要來，是誰也擋不住的！咱小老百姓能做的，就是盡情地笑出聲來！誰真的在意呢？在那個喧鬧的午後，對某人而言，宇宙間唯一有意義的事，或許就是見到了初戀的女友！就是那樣而已……」老院長長長的尾音像毛線球般糾纏不清，彷彿又見到了新病人孫行家躑躅在窟仔底的大街口

——一張年輕、泛紅的臉龐透出眷戀起伏的心境！「那種感覺……我或許已經能全然瞭解了！」老院長說，「後來……你見到了阿旺……經歷了一段自己也有責任的冒險？」

「你得早點離開這鬼地方！」孫行家對阿水說，瞧著眼前廢墟似的街景搖頭。他跟著阿水走進了一間紅磚厝，嗅到空氣中有一種蟑螂爬過的氣味。「年輕人生活在這樣的環境裡，實在比去賭博還危險！」孫行家說，在一張破藤椅上坐了下來。「嗯——真輕鬆！」阿水叫起來，靠著一張破沙發的椅背伸展四肢。「偶阿嬤也有同感！」他深吸了一口氣說，好像很享受蟑螂的氣味似的。「是啊！是自己的房子就好！」孫行家說，腦中閃過了包租婆令人作嘔的嘴臉，「金窩銀窩不如自己的老狗窩！」他突然有一種羨慕阿水的感慨。「是蟑螂窩才對！」阿水咧嘴笑起來，撒嬌似地癱倒在破沙發軟軟的臂彎裡。「你阿嬤不在？」孫行家問。「去鎮上餐廳洗碗！」阿水應著，「要是今天酒醉嘔吐的客人少一點，阿嬤就可能早一點回家！」

「喔！對了！老輸請喝水！」阿水從沙發上跳起來說，走到一臺宛如古董的冰箱前，「偶家的東西統統是撿來的！滿好用的！」「嚐嚐這裡井水煮出來的開水！」阿水說，取來一杯透亮的水擱在老師面前的矮几上，「這裡的水沒自來水的塑膠味，生喝比汽水還好喝！」「別傻了！」孫行家叫起來，「你可千萬別喝生水啊！」「我這水確定煮過吧？」他遲疑地啜了一口眼前的杯水問，突然覺得整個人瞬間舒暢得就像要騰飛起來似的！「哇！」孫行家哈著氣叫起來，「這水讚！這水讚！這哪來的水啊？」「偶家後頭那井打的水！」阿水說，「聽人說這水是從熊洞山流出來的！是那裡千年樟樹精釀造出來的！」「喔……有這種怪事！」孫行家舔著嘴唇說，腦中突然浮現阿旺那小子愛作怪的模樣來。

「我們去看看阿旺吧！」孫行家說，仰頭將手中的杯水一飲而盡。「走吧！」他說，「奇怪！我突然感覺再走個十公里也不會累！」「阿旺的新家就在前面一點點！」阿水邊走邊說，「那裡以前是廠房，老闆跑路之後已經好久沒人住了！」「真天才！」孫行家小聲罵起來，「連寮仔底都待不住，還能再去哪兒混呢？」路旁成排的老樟樹迎面而來，每棵樹的模樣都不一樣，樹幹上深陷的皺紋彷彿是一張張特有個性的笑容。「看這些地龍似的老根！」孫行家叫起來，「這些樟樹不止一百歲了！」他小心翼翼地走著，不敢踩踏到那些浮出地面蟠曲的老根。「這樟樹好像是月曆！」阿水望著樹梢說，「暑假快結束了！看樟樹葉的顏色就知道！」「懷念學校裡的生活嗎？」孫行家問，覺得孩子清亮的眼睛一點沒變。「嗯！」阿水點著頭說，「看人家上學去，真好！」「為什麼要種這麼多樟樹呢？」孫行家刻意轉移了話題，揣摩出孩子此刻悶悶的心思。「咱窟仔底人顧樟仔，不輸奉祀土地公！」阿水輕撫著老樹幹說，「以前只有在嫁女兒的時候，才捨得砍一些來做木箱。其他時候，連鋸一根細枝都捨不得！」「阿水！」孫行家豎起大拇指說，「你懂得比老師還多！真的！」師生倆相視而笑，沿著樹蔭的邊緣繼續向前走。

「對了！老輸，這個給你！這一定夠老的！」阿水突然叫起來，想起什麼似地從褲袋裡取出了一本泛黃的小冊子。「偶差點就忘了！」他說，「這老書是阿旺的媽媽送給偶的，原本挾在一堆廢紙中！偶拿回去問她：『是不是丟錯了？』阿旺的媽看都沒看一眼就說：『別客氣！拿走吧！真謝謝你幫忙搬家！』老輸！偶不會偷拿別人的東西，您放心！」阿水認真地說，像個小學生似的。「是啊！是啊！這書看來真老！真老！」孫行家睜大了眼說，盯著接過來的小冊子唸起來，「《太平天國官書十種之四》！怎怎會有這種東西呢？」「偶也看不懂！」阿水傻笑著說，「哈！是以前師公唸的書嗎？」「不像！」孫行家說，隨手翻開了扉頁，眼前浮現橫豎的幾行銅版字。「天父天兄天王太平天國辛酉十一年鐫」他先唸出橫披，然後再唸右側直行「欽命文衡正總裁開朝精忠又副軍師頂天扶朝綱干王洪製」，最後視線停在正中央分成兩行的八個大字「誅妖檄文奉旨頒行」上。「不可思議！這竟然是太平天國的文宣品！」孫行家叫起來，「一百多年前的東西……竟然跑到眼前來了！」他在心中驚呼連連，隨即緊緊抿上了嘴唇。「那是段狂飆的歷史！這是太平天國晚期的官書！西元一八六一年不就是慈禧太后開始垂簾聽政的那一年嗎？那時太平天國已日薄西山，再過兩年多就完全覆滅了……」他追憶著那一段曾令他印象深刻的歷史，突然覺得四周的空氣古老得有些沉重起來了。

「請老輸收下吧！免得這書被撕成一張一張的！」阿水用央求的口吻說，

「送給老輸！對這書最好！偶相信！」「不！老師不能平白拿學生的東西！」孫行家說，吃力地搖頭想讓自己清醒一點。「拜託啦！老輸！」阿水說，「相請無論嘛！」他緊縮起眉頭央求，看來是真怕這書被一頁一頁地撕開來！「這樣吧！阿旺的媽給你的那堆舊紙，老師全都買了！這樣比較公道！我不能只挑好的！」孫行家說，緊盯著手上的小冊子不放，「那堆舊紙，回收場大約收多少錢呢？」「最多收一百五十元！如果那老闆今天心情好的話……」阿水細聲說，「老輸嘛……給偶一百就可以啦！反正，賣老輸一定要比賣別人便宜才公道！」他漲紅了臉說話，越說越小聲！「成交！」孫行家叫起來，「乾脆是最好的生意經！」他突然有種羞愧的感覺，幾乎不敢直視阿水的眼睛。「這孩子真不簡單！現在的讀書人，幾個有這麼愛書的心思呢？」他彷彿在質問自己，感覺自己的雙耳瞬間烘熱成了豬肝色！

師生倆來到阿旺的新家前，「米店全沒了！」阿水用鼻音說，轉頭瞧見老師手上的小冊子。「聽阿旺講——他的阿祖曾到唐山做生理，賺了好多好多錢！」阿水說，「那時唐山造反的長毛仔就是愛買咱臺灣的茶和米，有多少就買多少！這本老書說不定就是這麼來的？」「誒！有理！有理！」孫行家點著頭說，頭頂滑落了幾片初紅的樟樹葉。「阿旺！阿旺！」阿水朝半開的舊鐵捲門呼喊起來，叫了好幾聲也不見有人出來應門。「你沒記錯吧？」孫行家說，「這附近簡直像廢墟嘛！」他說著慢慢走到了鐵門前，突然間驚覺一顆白髮蒼蒼的頭正從門後冒了出來。「我的媽呀！這是……」孫行家叫起來，「真真有人呢！」「啊呀！」阿水裝模作樣地笑起來，「阿嬷！阿嬷！老輸來看阿旺了！」他說，朝鐵捲門行了個鞠躬禮。「老輸？阮阿旺又犯了什麼事了嗎？」白髮老太婆露出半截身軀說，聽到阿水的聲音似乎讓她心安了一點點。「偶們國中的老輸！」阿水說，「只是來關心阿旺啦！阿旺在嗎？」「不在！」白髮阿婆低聲罵起來，「那個死囝仔，厝內怎待得住呢？」

「伯母！我是孫老師，是阿旺的導師！聽說妳家……有事，特別過來關心一下！」孫行家說，注意到老婦人幾乎遮蔽了瞳仁的白內障。「其實……還好啦！」老太婆咧嘴笑起來，「沒流落街頭就好！這裡清靜，剛好讓偶打瞌睡！」她像在說一件稀鬆平常的事！「唉！相同的老輸，怎麼差那麼多？」白髮阿婆嘆了一口氣說，「這次多虧有阿水幫忙……阿水真是個好孩子！」這時一個中年婦人緊張兮兮地從屋後走出來，「是啊！是啊！」婦人嗅著阿水的氣味說，「老師您真會教！能教出像阿水這麼乖的孩子！」她說著走上前來拍拍阿水的胳膊，突然壓低了聲音說：「你不要跟老師講阿旺……免得老師擔心！」「我只是例行家庭訪視路過這裡！希望阿旺能儘快和我連絡！阿水沒說什麼……只是帶路罷了！」「原來是這樣！」婦人放寬了聲音說，「那……老師要不要進來坐坐？」「不了！以後有機會吧？」孫行家說，內心深處隱約浮現出一個問號。他朝兩位主人拱拱手，緩緩地轉身準備離開。「老輸！你來關心，偶真是感動……」阿嬤突然開口說，說得像苦苦哀求似的，「老輸！阮阿旺和在地的兄弟人做伙……請你救救他！一定要救他！」「喔？」孫行家覺得兩頰又辣又熱，咧著嘴半晌說不出一句話來！

「我真丟臉！」孫行家才離開阿旺家沒多遠就罵了起來，「教育失敗就是造孽！」他說著轉頭瞪著阿水問：「阿旺的事……為什麼瞞著我？為什麼？」「那那阿阿旺去跟了鎮上的黑面大仔！偶偶就只豬道這些……」阿水結結巴巴地說，啜泣似的聲音像在刮孫行家的耳膜，「好像在在幫忙顧場子！阿旺他自己沒賭，偶相信……他說……想把他爸輸在賭場的錢賺回來！」「那黑面的，到底是什麼人？很老大嗎？」孫行家咬著牙根問，氣得胸口冒出汗來，「老師我這就去找那個什麼『黑面的』理論！」他說，食指在阿水鼻尖前比劃起來，「你一知道這事，就該來報告老師嘛！」他大聲說。「不！不行那樣！」阿水說，口氣宛如冰箱裡的空氣，「老輸！不行那樣！井水不犯河水……不然就危險啦！」「屁話！屁話！」孫行家破口大罵，心頭亂紛紛的不知是在罵誰，「這是學校教的道理嗎？我是這樣教你們的嗎？是嗎？」他突然感到一股莫名的羞愧，真想一口咬住自己顫抖不已的舌尖！

孫行家逃難似地離開了窟仔底，顧不得身後阿水的喊聲「老輸偶馬上送貨去你家」！他現在只想自己一個人靜一下，要儘快拋開所有窟仔底聯結出的畫面！阿水將一堆舊紙送到時，孫行家挫折的心情還沒全然平復。「李老闆！你送貨真快！」他說，多瞧了一眼孩子搬貨的架勢。「你一定得再讀一點書！」他用自我安慰的口氣說，「再去念點書吧？」「讀書，偶喜歡！」阿水邊說邊整理舊紙堆，「但偶不想待在學校裡混時間！」「不不讀書是會會吃虧的！」孫行家心虛地說，「看不懂好東西，撿到了寶也是傻傻地拱手讓人！」他越說越小聲，真想立刻賞自己一巴掌！「好吧！這個月開始，找本書來讀！看不懂的地方，就拿來問老輸！」孫行家望著孩子清亮的眼睛說，「好嗎？這樣好嗎？」「嗯……」阿水盯著老師看，「老老輸您還好吧？」他說，像是見到了一個病人似的。「這是老師的手機號碼！一見到張得旺，就叫他快跟老師聯絡！」孫行家提高了音量說，遞上字條時腦中浮現阿旺因闖禍而被逮捕的慘狀。「大神！救救那年少無知的蠢蛋吧！」他忍不住默禱起來，「該受懲罰的……是造孽的老師、學校、社會……」「哇塞！老輸也有大哥大？」阿水突然叫起來，見到寶物似地盯著桌上那支像磚塊似的行動電話看。「別傻了！」孫行家咂著嘴說，「貴死人的累贅物！要不為了找工作，我才不買呢！」

阿水走了，斗室裡靜得像禪房。「現在不知算是夏天還是秋天？」孫行家問自己，視線停在窗臺上一片初紅的落葉上。他那性飢渴的小女友已失聯多日，殘留的暗香顯得越來越稀薄。一連幾天，孫行家下班後只能在舊紙堆中尋求快感，渴望著那超越自慰的亢奮再度降臨！「花錢買吧？」這日他竟然起了這樣的念頭，「這倒是個省得麻煩的辦法！不是嗎？」他的思緒徘徊在一間間矮厝前，彷彿又嗅到了窟仔底深不可測的氣味。「這什麼玩意兒？『賣身契』！」他拿起一張從老帳冊裡滑出來的契紙端詳，揪著不安的心思細看內文。「此婢交付買主改名管用如不合用聽由別賣倘有不虞乃是天命自賣甘休不敢別生滋事……」他唸了又唸，一口氣憋得幾乎喘不過氣。「奴隸社會！」他突然驚叫起來，「原來自古而然！」「難道……阿旺家曾蓄養過奴隸？就在這尋常的小鎮裡，一個人、一條命，一百零四大圓就賣了？」孫行家喃喃自語起來，整個人好像頓時陷在冷冽的湖水中。「咳！一百多年前……花錢買來的女人不知會不會鬧彆扭？」他苦澀地問自己，「一切就在銀錢交易間被決定了！這樣好嗎？去他的買個老婆？你——真下流！還當老師呢？」他忍不住大罵自己，隨即連甩了自己幾個爽脆的巴掌！

「此婢交付買主改名管用如不合用聽由別賣倘有不虞乃是天命自賣甘休不敢別生滋事……媽的！讀書人竟連這種文句也寫得出來？去寫春宮，也比這有格調得多！媽的！古今皆然！」孫行家邊唸邊罵，視線卻老離不開那泛黃的紙張。「唉！處女座真難搞！做和尚最適合！」他嘆了一口氣再罵自己，伸手用力捏了一下自己的褲襠。「老孫嗯！老孫嗯！」斗室門外突然「嗯嗯」作響起來，就像有隻發情的貓想要衝進來似的！「哇塞！我的救贖到了！」孫行家穿著內褲朝房門衝去，「春華來了！吃素唸經？改天再說吧！」他不禁鄙視自己墮落的聲音，渾身上下卻又瞬間充飽了電！

高挑的女子一身簇新粉紅色繫肩帶套裝，裙襬下修長的兩條腿擺出了撩人進擊的架勢。「怎麼了？兩個禮拜不聯絡，是要拋棄我嗎？」春華噘起小嘴開罵，陣陣嗲氣蜂螫般俐落！「我……我想冷冷靜一下！那那天……我講話太衝……多有冒犯了！真真是抱歉！」孫行家喘著氣說，腦中盡是那天兩人初試雲雨的激情。「大神助我！」他突然在心裡吶喊起來，「求您助我免於墮落吧！求您了！」他用虔敬卑微的念力默禱，「我渴望純淨的愛情！和女友上床這事，求您千萬別助我！求您了！」他羞愧得不敢再去回想那天激情的細節，整個人突然僵硬得像塊木頭似的！

「冷靜個頭啦！」春華揮舞著雙爪說，討債似地撲進了孫行家的懷裡，「我要做愛！我要做愛！」孫行家被春華推進了房內，緊緊抱著懷中蠕動顫抖的軀體，突然間一低頭重重吻封了眼前那張還想再罵人的小口。「對這曾被父親拋棄過的ㄚ頭，我絕不能再撒手不顧！」他在心中對自己喊話，隨即堅定地扯下了春華裙內的底褲。「關門！」春華喘著氣大叫，用腳後跟用力合上了門板。「嗯！嗯！小心我的新衣服！」她掙扎似地用舌尖發聲，雙手很技巧地褪去了身上所有的衣衫。「打折買的！好不好看？好不好看？」她的舌頭像蛇信般嘶嘶進逼，「上來！上來！到浴室做吧……」

兩具糾纏不清的裸身還沒完全跨進浴室，就彼此拉扯著傾倒下來了！春華發出陣陣母獅般的吼聲，披散了一頭長髮緊摁著孫行家的頭顱說：「給我！給我！我要愛的感覺！愛的痛快！」孫行家依順如軟體動物一般，緊挨著春華濕滑的肉體低頭沉降，直到雙唇吸吮到那朵早已騰放在雪白大腿間的花朵。整個浴室彷彿冒起了蒸氣，其上進行的一切激情宛如夢幻泡影一般！

窒息般的歡愉總是短暫的，一切溢樂就在突如其來的痙攣之後戛然而止！兩條赤裸的身軀癱軟在急速冷卻下來的地磚上，方才撞擊出的一切電光石火頓時如已墜地的隕石！「噓喔！噓喔！」春華咧著嘴喘氣，「講什麼都是廢話！」她吐著舌說，「做愛就是一切！就這麼死去也甘願！」「妳啊……」孫行家用完全冷卻的聲音說，「就愛做愛、花錢！沒別的！」他體內由荷爾蒙驅動的引擎似乎已然完全熄火了！「哪是啊？」春華叫起來，啪地一聲揮來一巴掌，「其實我們雙魚座最善良了！做愛、花錢又不會傷害人！不是嗎？買衣服也都是等打折才買的！」「哪像悶騷的處女座！」她繼續說，用食指戳進了孫行家的胳肢窩，活像在演歌仔戲！「你說！你說！到底愛不愛我？」她索性開始用嘟起的嘴唇進攻男友的肌膚，「對人家忽冷忽熱，耍人嗎？」「愛是愛……」孫行家像在唸經，「但我不想搞到收支不平衡、不想搞到要破產！」「有這麼嚴重嗎？」春華說，瞬間收起了不安分的食指。「糊塗的娘們！」孫行家罵起來，「沒算清楚就叫老公起會，是要逼我去搶銀樓嗎？」他提起了跟會的事，露出不以為然的一抹微笑。「搶銀樓？真那麼嚴重？」

春華說，吐了吐粉紅色的小舌頭。「不嚴重？」孫行家反問，「我已經開始做黑市買賣了！不嚴重？」他說著嘿嘿地笑起來，一轉頭輕咬住了眼前的小舌頭。春華發出一聲尖細的叫聲，「真好！」她說，「怪不得有本書上說：B型雙魚座和O型處女座挺搭配，至少也算是魚水交歡！你哪知人家看了有多高興？沒良心的！」「是喔！是喔！」孫行家說，一把摟住身旁那圓潤得全無稜角的肉體，「像妳這般的雙魚座，哪個男人抵擋得了？我乾脆直接去搶銀樓吧！」他說。

「我們認識快兩年了吧？」孫行家突然正經八百地說，「怪怪的！像被附身了似的？」「什麼？什麼附身？」春華大聲問，急速地扭轉了身子。「我問妳——剛才和我這樣子……是完全自願的嗎？」孫行家眨著眼問，納悶是否有風正在吹玻璃窗。「神經病！」春華罵起來，「廢話！你麻木不仁嗎？」她說著揮起了粉拳，連打了孫行家好幾下！「我覺得……一切都是緣分！」春華說，仰望著天花板淺笑，「咱第一次見面，記得嗎？是在我打工的『吃到飽火鍋店』裡！那時，我的耳朵突然嘖嘖嘎嘎地響個不停，視線好像被牽引著一直兜著你轉！我記得……那天你猛吃不停，彷彿是在吃最後一餐似的！」「很接近了！那時我剛參加完代課老師甄試……那場騙局讓我連人肉都想吃了！」孫行家瞇起雙眼說，「誰知那附身的感覺不久就開始了！」「你那時猛吃的架勢，好像和老闆有仇似的！」春華說，咯咯地笑出聲來，「你做愛也沒那麼猛嘛！」「沒錯！」孫行家點著頭說，「那時，我和全世界都有仇！」

「處女座就是要死也不想作個餓死鬼！」孫行家說，開始敘述一段從絕望到走運的記憶，但刻意跳過了所有「嘖嘖嘎嘎」的風聲。那個長腿妹清麗的身影，即使站在「歡迎光臨」俗氣的看板旁仍顯得性感、脫俗，讓孫行家突然瞬間有了泉湧般的唾液！「在我死之前，最好連這妞也一起吃下去！」他盯著春華傻笑起來，在氤氳的火鍋店裡初嚐活著的美妙滋味！「其實咱已經過得挺好了！不是嗎？」春華雙唇貼著孫行家的耳朵說，「這麼爽——去哪兒找啊？」孫行家不安地坐起身來，側耳傾聽窗外的動靜，「妳，一定要講真話！」他說，「之前……不！剛才我倆做……的事，是真的嗎？不！我是說妳是真心的嗎？是完全自願的嗎？」「我是說……妳是真心、自願、意識清醒地和我做愛嗎？」他加強了語氣再問。「有病！老師當出了毛病嗎？」春華揮起粉拳說，「我還主動地、積極地做愛不成？」她鼻孔噴出氣來，探出一手直接攻向了男友的胯下。「呃！」孫行家慘叫一聲，像被點穴了似地一陣痙攣！「你啊，不要用腦過度，對這個不好！」春華用泌尿科護士的口吻說，隨即噗哧地笑出聲來。

「我自己求來的互助會，自己解決！」孫行家說，用伏地挺身的姿勢撐起了身子，發出一聲土狼般的低吼聲。「買房的事……我媽說說罷了！你別介意！」春華輕聲說，「不要再怪我媽了！好不好？失婚的女人總是少一份安全感嘛！何況我已是你的人了，不是嗎？你還計較什麼呢？」「或許有個比搶銀樓更好的辦法！」孫行家說，光著身子走到了書桌邊。「搞什麼鬼？」春華斜著眼珠說，「可別犯傻啊！搶銀樓萬萬不行！搶民家也不行喔！」「是喔！」孫行家笑起來，「那就搶國庫吧！誰叫我想娶個糊塗妹呢？」

春華噘起嘴來想事情，「對了！老公！」她說，「可以找你家人幫忙嘛！向父母、兄弟姊妹暫時調一下，以後再慢慢還嘛！對了！你家到底是在哪裡呢？怎從沒聽你提起過？」她用渴求的眼神盯著身邊的男人看。「我沒有家！」孫行家說，視線移向春華身後模糊的焦點，「可以這麼說吧……」「不可能！每個人都有家不是嗎？」春華問，「難不成你是孤兒？住在很遠的地方？」「不不……」孫行家壓低了聲音，「我那個家遠是不遠，就在這附近的深山裡！但已經很疏遠……很疏遠了……」他冷冷地激動起來，抿住了嘴沒繼續往下說。「這我懂……」春華的聲音突然變得像慈母，輕輕拍著孫行家的肩頭，「家家有本難唸的經！」她說，「離家出走的委屈……唉！該怎麼說呢？」她說著將裸露的酥胸緊緊挨了上來，又親又咬地說：「老公！老公！你說！你說！愛不愛我？愛不愛我？」「愛！愛！」孫行家冷冷地應著，「我煩的是現實的問題！從沒怪過妳！真愛是有責任感的！」這時他感受到了春華蜜桃般的雙峰釋放出的陣陣張力，嘆了一口氣說：「若不是為了真愛……我乾脆直接做愛做到死算了！」「那好！那簡單！」春華大聲說，彷彿已想出了對策來，「我也有個比搶銀樓更好的辦法——我有個同學在作『傳播妹』，只要陪客人唱歌不用做S就能月入十萬以上！千真萬確！」「天殺的！」孫行家立刻破口大罵，「別聽那些鬼話！可惡！真可惡！當人是白痴嗎？『傳播妹』根本就是『床播妹』！這是誘人為娼、喪盡天良的勾當！是哪個三八跟妳說的？不許再和她往來！記好了！」「哇哈！我老公通過考驗了！」春華叫起來，張開了雙臂擁抱孫行家，興奮得幾乎飆出熱淚來，「這是『戀愛專家』在書上教的『考驗題』！」

「是喔？」孫行家木訥地說，感覺自己不過是個書呆子罷了！

兩人沉默了幾分鐘，孫行家指著舊紙堆說：「妳不必再傷腦筋了！因為我挖到寶藏啦！哪——」「就靠那些廢紙？咳！」春華歪著嘴叫起來，「你的寶貝還真多嘛！」「別不信！嘿嘿……」孫行家使了個眼色說，「那裡頭有的『廢紙』值我一個月薪水以上！」「咳！你沒發燒吧？」春華冷笑著說，伸手探孫行家的額頭。「可悲啊！妳該多讀讀書了！」孫行家罵起來，笑得像蝙蝠似的，「就算珍寶送到妳面前，恐怕也是枉費！」「我識你這寶貝就夠了！」春華大聲回嗆，「不准嫌人！愛情是美術不是算術！」「冤枉！冤枉！」孫行家輕聲細語地說，一把摟住了春華的肩頭，「我怎會嫌妳呢？我只是嫌自己賺得不夠多罷了！無知的人永遠受欺壓，不是沒原因的！至於我這處女座的小貧嘴……妳多包涵就是了！」

「哪！這……妳估個價看看！」孫行家指著那張清朝的賣身契問。「賣身契！恐怖唷……」春華叫起來，輕捣住張開的嘴巴，「這舊紙……賣三十元就該算詐欺了！」「哈哈……」孫行家放聲大笑，「真的只值三十元嗎？」他仰頭笑問，「明講了一就這區區一張契紙，賣個兩萬一點不難！那買主不但不會告我詐欺，還會連聲說『謝謝謝謝』！信嗎？」「真真的？」春華叫起來，似乎連牙齒都顫抖起來了！「我賣給妳看！賣成我請吃牛肉麵！」孫行家說，「今晚我就要妳見識用知識賺錢的威力！」

兩人匆匆離開斗室時，夜的節奏不覺間加快了許多！孫行家領著春華往榮鎮的老街走，一路疾行小心護著懷裡那張自己不甚喜歡的「賣身契」。不久，兩人來到一條清冷的石板路上，見那陳舊的路旁大部分的店家似乎早已關門歇息了！「這條街實在看不出哪裡有數萬元的商機？我看……咱直接去吃陽春麵比較實際！」春華說，彷彿已被眼前昏暗破敗的景象倒盡了胃口！「恐怖！沒點人氣！店家都像快倒閉了似的，怎可能再收購東西呢？」她說，踩著男友快速移動的影子嘆氣。孫行家大步走過打烊的洋服號、棺材店、茶莊和米舖，臉上始終帶著賭徒特有的笑容。「等著瞧吧！這時段，古董生意正夯！」他很有把握地說，「是喔是喔」昏暗的亭仔腳下響起了流浪漢應和的鼾聲。「愛臺灣古董店！」孫行家突然指著街尾一處燈塔似的店招說，轉身露出了擠眉弄眼的笑容。

孫行家在店門外駐足片刻，確定了店內此時沒其他客人，才跨步走進了店裡。老掌櫃一動也不動地仰坐在櫃桌後，好像是睡著了似的！「老闆您好！敝姓孫，之前來過……」孫行家說，朝老先生鞠躬致意。「喔！」老先生哼了一聲，微微點起頭來，「記得了！那批舊報紙挺好！挺好！」他用完全沒熱度的聲音說，並沒有起身招呼客人的動作。「怎愛理不理的？」春華輕聲說，拉了拉孫行家的衣袖。「我是個窮教員，近來手頭又緊一點，所以想出件東西緩一緩！」孫行家說，直截了當地表明了來意。「喔——是這樣啊！」老先生緩緩坐直了身子說，「誰都有方便不方便的時候嘛！就看看貨吧！」他邊說邊打呵欠，臉上沒有任何情緒性的反應。

「感恩！」孫行家說，「是件本地的文獻！」他說著取出了那張「賣身契」，恭敬似地將它攤平在櫃桌上。

「有味道！」老闆說，從抽屜裡取出了一支放大鏡低頭察看起來。他一會兒拿起放大鏡一會兒又放下來，抿著嘴看了又看，才點著頭說：「嗯！難得！難得！這竟然是榮鎮本地的文物！這……這『三河鎮』正是榮鎮的古地名！榮鎮人不收藏這，要收藏什麼？」孫行家樂得輕拍了春華一下，在心裡提醒自己抿住嘴別說話！老先生仰頭吁了一口氣，突然欠著身問：「你這好東西是哪兒收來的？我這麼問……是有些失禮，倒不是有別的顧慮，只是對這文物的出處好奇罷了！你是正派人，這我一眼就看得出來！」「廢紙堆裡找到的！」孫行家毫不猶豫地說，旋即感到背後被春華的手指頭用力戳了一下。「這是本鎮的歷史紀念物！文物館該會收去館藏才對！」老闆小聲自語，抿著嘴微微點了點頭，「喔——對了！今天，我該先謝謝你才對！上回你兩萬元勻給我的舊報紙……我已經出了！就是給文物館收去了！他們全要了，一口價十萬元成交，完全不囉嗦！哈哈……」

他得意地笑起來，露出了一種賭徒贏錢後的笑容。「哈哈……」孫行家乾笑了幾聲，「真高興！」他說，「好東西有好歸宿嘛！」他說著回頭睨了春華一眼。老闆盯著孫行家看，笑著翹起了二郎腿來，腳上的厚棉襪看來格外刺眼！「大暖的天氣……怎還穿著厚襪？上回見他，依稀也是如此不是？」孫行家心裡納悶，雜念宛如湖底孳生的蔓草似的。「那我總算鬆了一口氣了！」他說，「原本還真擔心那些報紙會讓老闆賠錢呢！」「不用！不用！以後千萬別再傷那種腦筋啦！」老闆搖著手說，「咱這行，收貨各憑本事，賺、賠都是自己的事，絕沒有怪人的道理！靠眼力吃飯就是這麼回事！」他停頓了一下，視線又回到櫃桌上的那張賣身契上。「這是咱第二次交易了，算是相與間的生意啦！今天你這張好東西打算怎麼出呢？直說無妨！」他用一種親切問候的口吻說，「這契紙——你打算多少錢勻給我？」孫行家壓抑住隱隱跳動的思緒，心想：「臺灣的舊報紙能賣十萬元，這本地的文獻肯定價更高吧！上回讓您輕鬆賺了八萬，這回讓我多得些利應該也算公道！就……開個八萬吧！」

「到底該如何開價呢？」孫行家反覆問自己，發燒似的耳殼內隱約響起了「嘖嘖嘎嘎」的笑聲。「不合常理嘛！莫非事有蹊蹺？」他琢磨著老闆剛才說的話，「這分明就是試探！想要我嗎？我可是唸過歷史的，絕不是只會騙騙放牛班的呆頭鵝！來這套……」他在心裡冷笑起來，決定開出個「不買拉倒」的處女座式「一口價」！「慢慢考慮！沒關係……不急！不急！」老闆撫摸著下巴說，一雙透視眼彷佛已看進了孫行家的心眼裡。孫行家低頭不語，注意到老闆的手指像抓著骰子似地僵硬起來了。「唉！其實……這不是價高價低的問題！」他嘆了一口氣說，「奴隸社會的教訓是咱應該永遠牢記的！不是嗎？所以說，這契紙真該被本地文物館好好收藏起來才對！嗯……文物是公共財產，私人不過是暫時保管罷了！」「說得好啊！好啊！其實金錢何嘗不是如此呢？暫時保管罷了！」老闆點著頭說，眨也沒眨一下帶著刀光的眼睛，「那……老師打算多少錢出呢？」「兩萬！」孫行家平靜地說，「眼前我就缺這麼多！不好意思啦……」他突然有一種如釋重負的感覺，想像出春華緊張得快昏倒的滑稽模樣。老闆搔了搔頭，咧嘴笑起來，慢慢拉開櫃桌右側的抽屜，取出了一疊千元鈔票。「這裡是兩萬元！請你點收一下！嗯——」他用雙手奉上貨款，頻頻點起頭來。「我我們走走吧！」春華拉起孫行家的胳臂說，急得就像準備逃跑似的！「若不是缺這數目急用，我真該優惠老闆一點才對！」孫行家數著鈔票說，擠出了幾聲低八度的鼻音。「嗯……真會說話！」老闆聲音小得像自言自語，「優惠？這正經文物，開個八萬、十萬也不為過！」

兩個興奮的年輕人正準備起身離去，「請稍候！」老先生突然叫了起來，「今天我真高興！」他說，「和正派人交易，賺賠都是件愉快的事！年輕人能像孫老師這麼談買賣，真令人欽佩！欽佩！」老闆邊說邊拉開了櫃桌左側的抽屜，取出了另一疊鈔票，「這一萬元給你吃紅！算是對上回生意我的一份謝意！這是咱業內常有的作法……你不必客氣、更不可推辭，收下吧！記住——好風度讓生意增利！即便是賭博，也該有一定的風範！不是嗎？」他豪氣地說，彷彿在向自己喊話似的！

「講什麼呢？生意說成像賭博似的！」春華挨近孫行家耳邊嘀咕起來，緊盯著桌上的鈔票不放，「我我們走……走吧！不不是和和媽約好了嗎？」她刻意加大了音量說。老闆笑眯眯地看了春華一眼，向孫行家遞來一張名片說：「敝姓林！人家都叫我──『愛臺灣古董店的林俠客』！多多指教！以後有什麼好東西，儘管拿來研究研究！不要客氣！」孫行家雙手接過名片，拱手再拜：「在下孫行家！是本鎮國民中學的代課老師！承蒙老伯厚愛，真是感激不盡！」「孫孫行家？」老先生張大了嘴說，一臉吃驚又困惑的神情，「孫行家孫行家……」他連聲喚了好幾遍，雙唇竟微微顫抖起來。

兩個年輕人踉蹌地出了古董店，像喝醉了酒似地站都站不穩了！「爽！就像做愛的感覺！」春華叫起來，「一張舊紙竟能換這麼多錢！誰信？誰信呢？」她笑著跳著，突然間板起臉來說：「好哇！暗槓！藏私！之前明明做了兩萬元生意，還跟我臭臉裝窮？」她的口氣像討債似的，還順手用力擰了孫行家一把！「有什麼好說的？都繳了會錢了！況且那點錢……差買房的錢還多著呢！」孫行家白了春華一眼說，擋住了她那隻仍想攻擊的手。「啊！是喔？我差點忘了！」春華說，縮回了手搔了搔頭，「那……剛才是不是賣得太便宜了？」她斜著眼珠問。「咳！人性通病！」孫行家不以為然地說，「留點給別人賺吧！大家都要做生意……」他牽起了春華的手，加快了腳步繼續向前走。「可是……可是……那老闆賺的，未免比你多太多了嘛！」春華仍在碎碎唸，走得像被拖行的牛似的。「想那麼多，生意就別做了！妳顯然不是塊做生意的料……」孫行家鼻孔噴著氣說，掏出了褲袋裡的三萬元在春華眼前搖晃，「掙到錢的，就是好生意！咱快去享受吧！」

兩個年輕人到夜市吃牛排，將頂級牛肉嚼得噗嗤噗嗤響。「有錢的滋味真好！」春華說，舔著嘴角溢出的肉汁。「可能還有更好的！」孫行家傻笑著說，「一張老契紙可賣兩萬，一張名畫豈不可賣兩百萬以上？要是讓我收到名畫，咱就準備買屋啦！」「是喔！謝了！謝了！那……就慢慢等吧！」春華腆著肚子說，「呃！眼前我只想多買幾件蕾絲邊的『內在美』！」「去買個三打吧！」孫行家說，打起嗝來，裝出一副有錢大爺飽食後的蠢樣。

春華像雷達搜尋似地找到了一處褻衣攤，隨即展開了宛如餓虎撲羊似的瘋狂採購。「唉！人真是一種永遠飢渴的動物！」孫行家嘆了一口氣說，驚覺那販婦原本瞌睡的眼睛竟倏地發出光來！這時他也注意到了春華的表情，「哇哈！原來女人都長得差不多！」他忍不住驚叫起來，旋即耳道裡被貫進了一長串「夭壽貴搶錢啊他媽的幹××」的語助詞。孫行家頓時覺得反胃起來，好像胃裡未消化完成的牛排又被煎了起來似的。「喂！喂！小姐！小姐！我拜託妳！」他低聲下氣地對突然陌生起來的女友說，「拜託！拜託妳！說中文不要用那麼多語尾助詞好不好？」他幾乎是用一種哀求的口吻說話，後悔自己大學時沒把日文學得透徹！「你住口！」春華圓睜著眼吼叫起來，「人家在做生意，閉嘴啦！叫人家怎麼殺價嘛！」她用六親不認的口吻說。「這這是我的女友嗎？是那個今天才和我做愛過的女人嗎？」孫行家抱著脹痛的頭想，龜縮在攤販後的水溝邊連吐了幾口黑胡椒牛排渣。「怎回事？為何買東西非得像打架似的？」他哀告蒼天，摀住了雙耳力圖阻擋那越來越多的語助詞。「拜託！拜託！求求妳們！求求妳們！」孫行家突然放聲大吼起來，「拜託妳倆猜拳決定吧！要打一架也行！我，明早還要上班哪！」春華像聽到雷聲似地愣了一下，暫停了說得順溜溜的一長串語助詞，雙手插著腰緩緩轉過身來，「神──

經——病！」她用砲擊般的聲音開始還擊，噴出的口水像箭雨似的！「切八段！分手！分手！分手！你去追這賣三角褲的歐巴桑吧！」春華瞪大了眼嘶吼，狠狠扔下了手上的「蕾絲邊」，衝到路旁攔了一輛計程車就走！「等等！等等！我……妳……」孫行家跳上機車苦苦追趕起來，一路上給那老爺小黃的廢氣薰得眼淚鼻涕直流！他迎著風苦思「分手」兩個字代表的意義，想著想著耳朵裡竟響起了「嘖嘖嘎嘎嘖嘖嘖嘎嘎」的訕笑聲。「這風！就是這風！一切就是祂搗的鬼！」孫行家突然在晚風中怒吼起來，感覺一股怒氣從肝脾間直衝上了胸口，「我不要你管了！拜託！拜託！」他仰起頭來苦苦哀求，「窮死也罷！餓死也罷！失業也罷！我不想再靠你了！我要過自己的人生！我要取消交易！妳行行好，以後自己去哭爸吧！哈哈……」他憋足了氣放聲大笑，直接將「坐騎」犁進了路旁冰冰涼涼的臭水溝裡！

接下來的一連幾天，孫行家彷彿陷在一種逐漸失溫的秋涼鬱悶中。他努力地在斗室內自慰，決心展開一種全然「自力救濟」的新生活！「別再想賺錢了！」他吁著氣告誡自己，「發小財就失戀，發大財豈不要人命？一個人就一個人解決吧？清靜！」他每晚都手腦並用地撫慰自己，然後笑得好似痛哭一般！「男女之間，到底是怎麼回事？」處女座的孫行家好幾次嘗試用理智來檢討自己的羅曼史，心頭卻總是暖不起來，「生理合得來，心理合不來，這該算是合得來還是合不來？」他反覆質問自己，始終難以忘懷那與春華糾纏的片刻溢樂。於是，他開始徹夜開著手機，分分秒秒都期待著春華回心轉意捎來的召喚。就這麼又過了十多天，孫行家漸漸失去了自慰的動能，呆望著初紅的樟樹葉在窗前飄落了好幾回，感到蝸居的斗室冷清得像冰窖似的！「沒房子，就不要再交往了！」他開始模仿「丈母娘」的口吻對自己喊話，冷不防地起了一身雞皮疙瘩！「悲哀啊！光打電話認錯頂個屁用？」他大聲提醒自己，「不先賺一條大的，如何成就圓滿因緣？」他將一疊大鈔緊抓在手裡睡覺，「我錯了！我錯了！男人沒錢、沒房，就是天大的罪過！死罪！死罪！」他連在夢裡也在悔過，終於下定決心這月就要標下三十萬的會！「先付了買間小公寓的自備款，然後再打電話向春華賠不是！」孫行家對自己說，跪在手機前祈禱起來，「春華！春華！快來救我吧！我再這麼自我安慰下去，不是永久倒陽就是立刻發瘋住院去！快來救救我吧！我保證以後一切都依妳——買的每間房子都登記在妳名下！蕾絲邊內衣褲，妳愛買多少就買多少，整攤買下來也行！」他就這麼在夜裡喃喃自語，一遍又一遍、一夜又一夜，直到某夜眼前的手機終於嗯哈嗯哈地響起來。「喂——Darling！我錯了！我真的錯了！」孫行家抓著手機幾乎哭出聲來，「快來做愛吧！我快死了！」「喂——是是老輸嗎？偶是阿水！」電話那一頭傳來了聲音，讓孫行家當場想從窗戶跳出去！「阿水！你幹嘛？」孫行家對著電話罵起來，「這麼晚了，老師不用睡覺嗎？」「對不起！對不起！怪不得……老輸剛才還在說夢話……」阿水的聲音像夜鷺鷩啼，「對不起！對不起！是阿旺要要找老輸……想請老輸鑑定國寶！偶偶本來只是想留言，沒沒想到就打通了！真真是抱歉！」「阿旺會有個屁國寶？他自己就是活寶一個！」孫行家再罵，「他現在在哪兒？叫他自己來講！」頓時像一隻久未交媾的公獸般發起脾氣來！「就……就在偶……偶身邊！」阿水結巴地說，放屁似地停頓了好幾次。「哼！叫他自己來講電話！」孫行家下達了命令。「嗡……」電話那頭響起了長長的回授聲，好像有隻大黃蜂要飛出來叮人似的！「嘿！嘿！嘿！老師好！老師好！」阿旺的聲音來了，聽起來比以前還不正經，「老師好！我是張得旺！嘻嘻……就是那個麥可阿旺啦！老師好！」那濕黏的招呼聲就像在拉皮條似的！「好個屁！你只能在半夜找我嗎？你當老師是夜行性動物？」孫行家大聲嗆起來，想用聲波立刻賞阿旺一巴掌！「嗡……」電話似乎離線了十秒鐘，隱隱約約地傳來：「媽的！死阿水！你跟老師講了什麼了？欠揍嗎？幹你娘的……」孫行家聽出那是阿旺的咒罵聲，瞬間噴火似地大吼起來：「住口！喂！阿旺！老師正問你話呢？你幹嘛怪阿水？你的事……全是輔導室告訴我的，他們和管區警察一直有聯絡！你知道嗎？」「嘿嘿……原來是這樣！」阿旺拉皮條似的聲音又響起來，「安啦！老師！我老闆跟警察也很熟嘛！」「老師是關心你，希望你不要惹上了麻煩！社會黑天暗地，不小心一點不行！」孫行家緩了緩口氣，感覺阿旺的笑聲唐突地打住了。「知道啦！老師……我又沒那麼傻啦！嘿嘿嘿……」阿旺的笑聲讓孫行家真想打人，「嘿嘿嘿……」孫行家納悶以前是否也曾聽這孩子這麼笑過，沒好氣地問：「這麼晚了，你找老師到底有什麼事？」「我想拜託老師看畫！」阿旺說，低聲下氣的聲音顯得神祕兮兮，「我有張大炮……不！是張張大千的畫！『張大千』，老師知道嗎？很有名的！我想請老師鑑定一下，鑑定費是三千元！只要講一講意見，不必寫證明、不用負任何責任！嘿嘿嘿……」「『張大千』誰不知道？見鬼了你會有張大千的畫？別胡扯啦！」孫行家破口大罵，心想：「這小子想騙我嗎？叫我看張大千？別讓我變張大頭就阿彌陀佛了！」「老師！老師！」阿旺像在說悄悄話，「老實說——畫是我老闆的，保證不是偷來的！您儘管放心！電話裡不方便講太多，想跟老師約時間當面說清楚！」「喔……」孫行家一時間竟答不上話來，心想：「怪！怪！這小子什麼時候變得這麼會說話了？」這時他突然想起了大學時選修過的藝術史，忍不住咧嘴冷冷地笑了起來。「嘿嘿……現在幾點了？你們人在哪兒？」孫行家站起身來說，瞧了瞧窗外鉛黑般的夜色。「現在三點多！」阿旺說，「我和兩幅張大千就在阿水家裡！」「好！」孫行家應聲，「我現在就過去看畫！反正老師已經被你們鬧得睡不著啦！」「哇！謝了！謝了！」阿旺叫起來，「老師！老師！半路上要是有小混混敢跟你囉嗦，你就報我阿旺的名號，保證有準的！」

孫行家隨身攜了一本小冊子赴約，將這祕密武器牢牢攬在懷裡。他感到一顆心跳踉不停，胯下的機車宛如裝了風火輪似的！「爽！刺激！不輸打手槍！」他在晚風中叫起來，「窟仔底的冒險！這才叫刺激！」「這渾蛋阿旺現在不知被染成什麼顏色了？」他在窟仔底大街口問自己，突然嗅到混著酒精性嘔吐物和胭脂粉氣的怪味迎面而來。「什麼鬼地方？連風的氣味都變了！」孫行家搖頭苦笑，減慢了速度沿著路邊向前行。「喂！老師好！」突然間一個濃妝艷抹的女人張開雙臂叫住了他，「嘿！嘿！嘿！天亮前來一炮，最有夫妻的感覺了！」她整個人擋在孫行家的機車前，像小丑表演似地開合著兩片乾癟的紅嘴唇。「抱歉借過！我要趕去教訓小孩！」孫行家板起臉說，搧火似地搖了搖手。「討厭！愛說笑！半夜打小孩——多沒情調！」老女人撫著粉臉尖聲說，「我叫『豔豔』！不是『討厭』的『厭』喔！那麼……等您修理了小孩，再來輕鬆一下吧？保證舒適又消火！」她眨著眼說，手指頭輕輕滑過孫行家的胳膊。「謝謝……喔！不了！不了！」孫行家低著頭說，忍不住偷瞧了一眼老女人轉身離去的背影。

孫行家才抵達阿水家門口，就見到兩條蹦跳的人影從透著青白光的屋裡衝了出來。「你……你是張得旺？阿旺？」孫行家盯著阿水身後染著一頭棕黃色長髮的少年質問，「留長髮好嚇人嗎？」「嘿嘿……哈囉老師！喫菸！」阿旺說，從挾在黑色背心吊帶內側的香菸盒裡取出了兩管菸。「我不抽菸！」孫行家大聲說，你幹嘛學抽菸這蠢事？鞋子也不穿好一點！」他指著阿旺踩下後圍趿拉在雙腳上的白布鞋說。「不好意思……」阿水靦腆地說，「打擾了老輸睡覺！」「聽老師的話！阿水！你不要學阿旺抽菸，知道嗎？」孫行家輕拍著阿水的肩膀說。「知道了！我絕不喫菸！」阿水點頭說，「喫菸對查甫人的能力不好！」「屁啦！你哪知道？」阿旺叫起來，伸手推了阿水一把。「正經一點！別動手動腳！」孫行家指著阿旺說，沒好氣地往屋裡走去。

「你阿嬤呢？」孫行家一進門便問，環顧著四周看來清冷的牆壁。「出門收鋁罐去了！」阿水說，視線移向那晃動不已的破紗門。「這麼晚出門？不危險嗎？」

孫行家問，注視著阿水世故的眼睛。「不會啦！」阿水說，「就在這附近的茶桌仔撿空罐子！怕的是手腳慢搶不到而已！」「哼！幹嘛要用搶的？」阿旺插嘴說，「你不早跟我講？我叫我老闆吩咐一聲，誰敢不特別留給你阿嬤？」「住口！」孫行家指著阿旺的鼻頭罵起來，「你住口！不要帶壞阿水！」「是！是！老大！老大！」阿旺諂媚地說，縮了縮如彈簧似的脖頸。

這時孫行家注意到了擱在地面幾張舊報紙上的兩幅大尺寸的畫作，「這就是張大千的畫？」他盯著圖畫問，瞧出了些似曾相識的感覺。他被畫作上一方一方的硃砂印吸引住了，不覺間像獵人似地弓起了身子來。「這像是非常貴重的東西？」孫行家輕聲問自己，突然覺得眼裡的圖畫變得越來越大了！「嗯……這是潑墨山水！確有幾分功力不是嗎？」他勾著一顆心想，「另外這幅墨荷……這筆觸相當老辣嘛！這這兩張巨作……該該算是幾號大呢？聽說張大千的畫……就是一號大也已是天價了！」他的眼皮微微顫抖起來，思緒宛如心悸般斷斷續續的！「阿阿旺！」孫行家叫起來，「老實講——這兩幅畫到底哪來的？」「老老師……」阿旺像在說口供，「本本來是不該講的……就是那個……有人欠賭債拿來跟我老闆抵債的嘛！東西絕不是贓物，這我老闆敢保證！他並不是想叫老師買畫，只是想請老師鑑定一下！我老闆沒讀過書，不懂什麼張大千不張大千的！」「哼！老闆！老闆！聽了就煩！」孫行家罵起來，「你老闆到底是幹什麼的？」他幾乎是用檢察官的口吻質問起阿旺。「這……可不可以不要問？老師！」阿旺囁嚅著說，雙唇蠕動得像抽搐似的。「廢話！當然要問！」孫行家大聲說，「東西若是來源不明，求我看我也不想看！」「好……好吧！」阿旺壓低了聲音說，「我就是不講，很多人大概也知道——我老闆就是榮鎮最最大尾的『黑面大仔』！不過，他不喜歡人家叫他『老大』，比較喜歡人家叫他『老闆』！」他聳著肩笑起來，一種全然陌生的神情令孫行家心驚。「咳！幼稚！幼稚！」孫行家叫起來，突然覺得眼前的圖畫似乎有種做作出的媚態，「是哪裡不對？」他在心裡質問自己，想起了剛才照面的娼婦。「這些印款看來倒是挺不錯！」孫行家注視著硃砂印說，「印色看起來也有些歲月了！這莫非就是正宗的八寶印泥？」他感到自己的慾念正如潮水般漸漸高漲起來，旋即伸手取出了懷裡的小冊子。小冊子是本深藍封面的線裝書，封面上用毛筆寫了「大千居士己丑以後所用印」幾個軟趴趴的老人字。「看這兩幅畫的風格、畫法，應該是三八年後的作品無疑！」孫行家對自己說，興奮得舌尖微微顫抖起來，「看！這方『大風堂』款多標緻！這肯定就是張月忱大師親刻的印章了！哇！下頭這『張爰之印』款……和小冊裡方介堪先生的印款完全一模一樣！還有這『敵國之富』款……少見！少見！和冊子裡的竟也是毫釐不差！嘿！嘿！嘿！錯不了的！方介堪大師的金石功夫就在眼前了！」他在心裡狂喜地吶喊起來，覺得額頭一直到頭皮像是發燒了似的！「別急！別急……」孫行家處女座的靈魂跳出來攔他，「再瞧瞧筆意！再瞧瞧筆意！」他弓起了身子，整個人幾乎貼到了畫作前！「老輸！偶家燈光不夠亮，要不要換個地方看？」阿水說，輕觸著老師蹲下身來。「恬恬啦！你又看不懂，不要吵老師看圖！」阿旺罵起來，伸手推開了阿水。「你也別管！」孫行家揚起手指說，縮減了的視野完全鎖定在兩幅畫作上。「怪！怪！」他突然有種惴惴不安的感覺，一會兒覺得畫中的線條有些板滯一會兒又覺得是遒勁流暢！「嗯……大師身手真多變！」他嘆了一口氣說，勉強撐住自己似乎越來越沉重的頭顱。

「看！這角落的『大風堂珍藏印』變體篆書款！」孫行家突然受驚似地叫起來，「這……肯定是陳巨來大師親刻的寶印！這樣的字體……不要說是雕刻，就是用筆摹寫……也沒幾個人夠得上這種功力！這兩幅畫……可能是……不！應該就是……不！肯定是……大師真跡了！」他就像在說夢話，思緒瞬間斷成了好幾截！

兩個年輕人用奇怪的表情望著老師，彷彿他們的老師長了三顆腦袋了！「阿旺！」孫行家中氣不足似地說，「這這到底是誰家的東西？品味……還真了不得！」「老師！別問那個好不好？我老闆特別交待……總要給債主留點面子！」

「也對！也對！厚道一點，總是好的……」孫行家深吸了一口氣說，低下頭去繼續看畫，「這兩幅畫……物主打算抵多少債呢？」他故作輕鬆地問，心想：「咳！問可能也是白問！張大千的畫近日才拍賣出近億元的天價——報紙上不是寫得清清楚楚嗎？那……即使跳樓甩貨打一折，見鬼了我才買得起嘛！別作夢啦！」「細節我也不清楚……」阿旺說，隨手撣掉畫上的灰塵，「聽說物主當年曾風光過，幾百萬元就當零用錢撒！沒想到現在竟連五十萬的賭債也還不出來……」「喂！喂！輕點！輕點！」孫行家叫起來，「才五十萬？那麼便宜！這兩幅畫……他就打算賣五十萬嗎？」「哼！想得美！我想……」阿旺大聲說，不以為然地搖了搖頭，「對自己的老師……我就實話實說了！我老闆私下交待我——能拿回六成債款就放啦！」「啊……」孫行家張大了嘴，完全說不出話來！「天大的商機！天大的商機！」他在心裡吶喊起來，「要是有張大千的巨作可賣，還需要再賣什麼『舊報紙』、『賣身契』嗎？還有必要再和那愛花錢的小妞計較嗎？甚至於……還需要再教書嗎？還需要嗎？我……真要出運啦！」他覺得自己真的發燒了，熱烘烘的耳道裡響起了「嘖嘖嘎嘎嘖嘖嘎嘎」的狂笑聲。

「生意上的事，就求您別管了！」孫行家對心中驟起的風聲說，吃力地挺直了雙腿。「這樣吧！」他突然轉頭對阿旺說，「三天！拜託你老闆給老師三天的時間！行嗎？老師……想標會將張大千的畫買下來！」他用一種想飛的聲音大聲說。「嗯！這兩幅畫……老師看得懂！請收下鑑定費吧！」阿旺點著頭說，雙手奉上了三張藍紫色的大鈔。「你這是幹嘛？」孫行家問阿旺，板著臉怒目相向。「老老師若不收下鑑定費，我我老闆會生氣的！」阿旺結巴地說，眨著青白的眼睛一副很害怕的樣子。「我可不管你老闆生不生氣！」孫行家大聲說，「大家清楚就好！」「喔不！不是那樣……」阿旺慌裡慌張地說，「老師可以不怕我老闆，我可不敢哪！我若是不聽老闆的話，說不定會出人命的！」他的聲音像隻小狗！「搞什麼鬼？你是參加了恐怖組織嗎？」孫行家破口大罵，一把收下了三張大鈔。「下不為例！」他說，「我也不欠誰什麼！」

阿旺將兩幅畫捲成炮管狀交給老師，「三天？」他低聲說，「可以是可以……有點急了！」「什麼有點急？」孫行家問。「這……不好講！」阿旺輕咬著嘴唇說，「我老闆下令……若一個禮拜跑不出錢來……那那那個倒楣鬼就得再掉一根手指頭……腳趾頭也可以！」他吞吞吐吐地像在說謊。「你別跟他們混了！」孫行家大聲說，「保重你年輕的手指頭吧！那種人你也敢惹？」他指著阿旺的手說，心裡卻隱隱地有些自責。「嘿嘿……我才不像我爸那麼傻！」阿旺冷笑著說，「我才不賭呢！我爸在哪裡輸光，我就要從那裡統統賺回來！」

孫行家帶著兩卷畫回到住處，感覺這夜似乎總在原地兜圈子。「三十萬？值得嗎？」他不斷質問自己，「還好不是三百萬、三千萬……三十萬救起一根指頭，應該是值得吧？真的值嗎？救起了手指頭，好讓那賭鬼繼續賭？哈哈……」他抱著兩卷「張大千」躺在硬邦邦的床板上，眼睜睜地等待黎明的天光，深怕心頭沉重的夢想會變成一片空白！

接下來的三天，孫行家成了一具徒勞掙扎的行屍走肉。他無時無刻不在想那兩卷「張大千」，卻連再展開看一眼的勇氣都沒有了！現在，他有的只是停不下來的夢想，渴望成了唯一殘留的能量形式！他越來越覺得夜裡孤單難耐，好幾次忍不住想打電話給春華！「Timing很重要！」他用太監般的聲音對自己說，「現在打電話有個屁用呢？等賺了大錢，再叫她來數鈔票吧？」他和斗室蒼白的牆壁對話，決心儘快將這可能讓他翻身的大生意搞定！「標下三十萬的會？就在這個月？」他處女座的心裡問號總是不停，「這兩幅畫一定是真跡嗎？不！可能是贗品嗎？不！你能承擔這種風險嗎？不！你真的看得懂嗎？不……那你也不先查證一下？蠢蛋一個！」他越想越心急，一顆心宛如倒懸在滾水上的蒸氣中！於是，孫行家再次背叛了他的理智！「這一切都是命中注定好的！」他努力說服自己，「三十萬，就這麼巧？假如開價是三百萬、三千萬，我就完全不必傷腦筋啦！剛好開個三十萬，這不是命中注定是什麼？阿旺他們不可能知道我起會的金額！就算知道，我標不標也還是個未知數呢？何況還有標得到標不到的變數……」孫行家不想再自慰下去了，他要讓春華儘快享受花錢的痛快，讓自己再次享受溫體肌膚的撫慰！「賭博雖是萬惡之源，但有時人生不賭一把還真不行！」他用清冷的雙唇親吻兩卷「張大千」，決心儘快將它們換成鈔票、換成可以緊緊擁抱的真實肉體！

孫行家總算在期限內買下了兩幅張大千的巨作，像是生了一場大病似地連自慰的動能都幾乎消失殆盡了！「行動！行動！還不快行動？等著破產嗎？」他赤裸裸地質問鏡子裡那個滿臉鬍渣的憔悴面容，決定趕快聯絡拍賣公司賣了那兩卷傷腦筋的「張大千」。他攜著兩幅畫到相館拍了照，親自寫了簡介——對畫上的各個印款都做了詳細的注解，然後像送神似地寄出了兩份沉甸甸的資料。孫行家刻意投寄了兩家拍賣公司——一家是國際大公司、另一家是國內小拍場，「若是鑑定上有什麼爭議，也好有個比對！」他對自己說，覺得這事已辦得十分妥當！。

孫行家巴望著回音，就像等著金雞母下蛋似的！他成了個心不在焉的教師，甚至在課堂上也在想如何開價的問題——「千萬不能說真話！」他對著空氣呼口號，「絕不能說是花三十萬元買來的！至少也要吹個三百或是三千萬才對！照實說？別傻了！」他咬著雙唇提醒自己，驚覺講臺下的孩子們個個像見鬼似地盯著他看！他感到羞愧，覺得自己在講臺上活像小丑表演，聽著自己的聲音竟變得比豬叫還難聽！學生們上起課來像看恐怖片似的，個個睜大了眼僵固在座位上，沒一個人敢開口說話！「罪過！罪過！這些孩子恐怕得去收驚才行了？」孫行家在心裡羞愧地吶喊起來，巴不得自己跪到講臺上掌嘴一百下！他如此不堪的教學表現，終於受到了胖主任的特別關注！一個灰濛濛的午後，孫行家被胖主任叫到了辦公桌前，忐忑不安地縮著脖子就像走上了斷頭臺似的！胖主任正在修剪指甲，見了孫行家也不請坐，只顧著欣賞自己短胖的指頭。「等一下！噗！」他說，順便很放鬆地放了個響屁。「是！是！應該！應該！」孫行家垂著頭用老鼠般的聲音說，主動吸了一口胖主任釋放的催淚瓦斯！這時他突然被飛射過來的指甲屑嚇了一跳，立刻像個小媳婦似地跪下身來清理地上的指甲屑，「現在沒這份薪水，我就死定了！」他頻頻在心裡提醒自己。「誒，別！別！請歐巴桑清掃就可以啦！」胖主任搖著蹄爪說，總算正眼瞧了孫行家一眼。「坐吧！」他挺起了肚皮說，順勢將一隻香港腳擱到了桌面上。孫行家好像得了痔瘡似地不敢坐下來，忽然間覺得渾身上下一陣冷一陣熱的！「啪！」胖主任突然在翹起的大腿上重重拍了一下，「真有你的！孫老豬！」他大聲說，「我們總算沒選錯人！你屎難得一見的好老豬！『師、輸、豬』這字怎這麼難發音？」「沒有！沒有！」孫行家搖著手說，「講什麼鬼？我屎？我真是一坨屎！」他在心裡學胖主任的口音說。「別謙虛啦！咚！咚！」胖主任加大了音量說，還附帶用蹄爪敲桌子配樂，「校長在高層會議上誇你秩序管得好！他說：『有家長反應，調皮搗蛋的孩子被孫老師教得乖乖的，就像一個口令一個動作的大頭兵！在家裡也一樣，叫他鬧都不敢鬧了！』」

孫行家就這麼成了學校裡的紅牌教師，感到同事們欣羨的眼光越來越令他慚愧得想吐！他心中昇起一種詐賭似的虛無感，腦中不時浮現賭徒被掃地出門的慘狀。就在這尷尬的時刻，他終於收到了喪鐘似的消息！「本公司的專家認為貴收藏並非真跡，恕難接受委託拍賣！」國際拍賣公司退回了申請資料，簡單明瞭的一句話將孫行家立刻打趴在地！他像昏死了似地癱倒在斗室冰冷的地磚上，覺得眼前一切都像被墨汁浸染過了似的！「完了！完了！」孫行家躺在地上喃喃自語，不吃不睡不知過了多久！「撐住！撐住！至少也得比對一下嘛！」他終於用理智勉強撐起了身子，顫抖抖地拆開了小拍場的回函。「退件！」他逼自己從頭到尾唸完手上幽默又有人情味的回函，「這種假畫，本公司倉庫裡還很多！你自己賣吧！善意提醒：不要賣太貴了！會出人命的！嘻！（貼上笑臉貼紙一張）」孫行家反覆唸了十遍，忍不住拿起紅色原子筆批上「幹你娘的！這是哪門子幽默感嘛？」幾個大字。

在這個啼笑皆非的夜裡，孫行家的斗室裡並沒有出人命，頂多只是多了一條傻笑不已的蠕蟲！斗室的窗戶看來一片漆黑，宛如一個連風都吹不起來的黑洞！「丟臉死了！」孫行家邊自慰邊罵自己，「這兩家公司或許以為我是詐騙集團？」他癱仰在窗前自慰，望著顛倒過來的天空。他被自己罵得似乎有點清醒起來，咀嚼著膽汁的氣味大聲說：「活該！一個窮光蛋想錢想瘋了！富人的遊戲，窮人怎玩得起呢？還是安分地玩玩自己的生殖器吧！哈哈……」他笑著撐起了軟趴趴的身軀，決定硬著頭皮面對現實活下去！

孫行家攜著兩卷「張大千」出門，要去請教「愛臺灣古董店」的林俠客老闆。「就是真要死，也寧可死在俠客手上！」他對自己說，「至少也得選個尊嚴又清清楚楚的方式了斷嘛！」他一想到小拍場回函上的鳥話就有氣，「玩蛋去吧！假畫？倉庫裡還很多？沒水準！等著倒店吧！」他邊走邊罵，羞憤得有了些還擊一搏的念頭。孫行家騎車奔馳在夜風中，覺得兩卷「張大千」真是礙手礙腳的！「還不如兩根輕盈的棒棒糖！至少嚐在嘴裡也甜些！」他突然間覺得腦袋裡亮了起來，「傻啊！你真傻！若是真畫，別人不會自己拿去拍場賣嗎？豬啊！這麼簡單的道理，你還……真他媽的蠢豬一個！財迷心竅，活該！」他越想越明白，心頭針扎了似地酸楚起來，「絕不可再騙人！這亂世少一隻抓狂的蠢豬總是好事！」他大聲對自己說。

「愛臺灣古董店」到了，清冷得像間禪房似的！「真好！」孫行家嘆了一口氣說，「這真是個適合反省的地方！」「是啊！」老先生微睜著眼說，倚坐在圈椅上像個受挫的賭徒。「冒昧！冒昧！」孫行家垂著頭說，朝老先生拱了拱手，「我貪心迷了心眼，借債買下了假畫……唉……一言難盡！一言難盡！」他越說越小聲，發出像哭一般的哀鳴，「如今痛悔不已……望先生指迷……」他像在唸祭文，低垂的下巴幾乎撞到脖子。「哎呀！」老先生突然睜大了眼說，瞬間立起了身來，「怎會是你？怎會是你？」他的聲音急促得像喘息似的！「我標會借錢買了假畫……如今不知如何是好？」孫行家半掩著口鼻說，深怕翻騰的胃液會立刻噴出口來！「吃不下、睡不著？這我懂！我懂……」老先生說，一會兒搖頭一會兒又猛點頭，發出宛如哽咽起來的鼻音。「吃還是得吃的！孩子……」他說，唐突地抿了抿嘴唇，「交學費？每個人都免不了！但賭局終結前，輸贏誰知道呢？」他擠出了僵硬的笑容，視線只和孫行家的眸子接觸了半秒鐘！「叫我女人下碗麵來吧？」他說，盯著孫行家帶來的兩卷畫長長地吁了一口氣。

「一碗麵來！」老先生么喝似地向店後叫了一聲，就像在使喚下人似的！

「隨來！」一個年輕女子的聲音響起來，店後旋即就是一串叮叮噹噹的動靜。

「不管碰到什麼困難，先吃飽了再說！」老先生拍了拍孫行家的胳膊說，露出了一種無可奈何的笑容，「吃飽了，才有體力再賭一把！不是嗎？」

店後的動靜停了，隨即飄來越來越濃郁的紅蔥頭香氣。老先生突然壓低了聲音說：「待會兒，後頭那個女人出來，你點個頭就行！不必多招呼什麼！」年輕女子笑咧著兩片紅唇一搖一擺地端上麵來，略顯僵硬的笑容看來比麵湯上漂浮的紅蔥頭還油膩！「其實……任何東西的價值都只是認定的問題……」老先生輕摟著女子的細腰說，望著孫行家帶來的兩幅畫兩道眉低垂成了八字形。

孫行家唏哩呼嚕地吃完了麵，暖暖地感受到了一種簡單明白的幸福！「你……

稍候，我去去就來！」老先生些許猶豫地說，起身朝店後走去。孫行家詫異地望著老先生一瘸一拐的背影，驚覺店門外不知何時吹起了「嘖嘖嘎嘎嘖嘖嘎嘎」的風聲。不一會兒，老先生攜著兩卷火箭筒似的圖畫從店後走出來，低垂的視線始終隨著沉重的腳步移動。孫行家看了看老先生手上的畫卷，再看了看自己帶來的兩卷畫，突然張大了嘴說：「怪了！怪了！外觀、裱褙……竟然……幾乎一模一樣！」

老先生吃力似地坐下身來，「這這樣的畫……我我至少還有十十幾幅！」他說，瞇著眼搖頭苦笑起來，「我……還不如你呢！不覺醒，就是想再賭一把！哎呀……」他突然睜大了眼睛盯著店門外看，「孩子！切記！切記！」他用壓抑又急切的聲音說，「你千萬別像我這樣……不怕你笑了！這兩幅畫花了我三十萬哪！哈哈……嗚呼……我當時還以為它們能賣個三千萬呢！咳！財迷心竅……實在是最嚴重的病啦！我……」老先生說著突然間狠狠地用兩排牙齒咬住了自己似乎欲罷不能的舌頭。「原來是這樣……」孫行家想，「這世上恐怕沒有真正的行家，只有賭徒？」

「果然一模一樣！不簡單哪！不簡單……」他展開老先生的兩卷畫看了又看，隨即賞了自己一個紮紮實實的巴掌。「感恩哪！老前輩！哈哈……」孫行家朝老先生拱拱手，嗚咽似地笑出聲來。「泡茶慶祝吧！」老先生沉默了一會兒之後說，顫微微地掀開了茶盤上烏雲似的蓋布，「瞧我生意清淡，這茶具都快發霉啦！」

一老一少的兩個人相對無言，彷彿在茶香之間已完成了一筆大交易似的。老先生突然伸手輕摁著孫行家帶來的兩卷畫問：「嗯……你打算怎麼處理這畫呢？要拿去退嗎？」「喔……不！不了！」孫行家仰頭長嘆說，「那不公道！不公道！咱做這種生意……總不能說——賺錢的貨不退，賠錢的貨就要退吧？」他幾乎是在反問老先生，無意間低頭瞧見了老先生仍穿著厚棉襪的一雙腳。「你或許能成為一個更成功的古董商……」老先生低下了頭說，「但千萬別賭得太大了！」兩人用些許尷尬的笑聲為今夜對談畫上了句點。孫行家有一種放空卻又充實的感覺，隨手拿起兩卷「張大千」站起身來準備告辭。「哎……」老先生雙唇顫抖地說，「騙你的人或許不是故意……或許有什麼苦衷也說不定？誰知道呢？總之一句話

——咱這生意就像是行在虎穴龍潭上！」老先生跟著孫行家走到了店門口，「『乾隆窯』出事了！」他望著店外昏暗的天空低聲說，「六十萬出了一件假官窯，昨晚店門給人放了兩槍！現在暫停營業了！生意不能那樣做……希望……我的運氣會好一點！」他欲言又止似地抿上了雙唇。

孫行家離開了「愛臺灣古董店」，覺悟這社會多數人其實愛的是新臺幣！他感到短暫的釋然正一點一滴地轉化成失落感，心頭一股冷冰冰的怒火令他真想立刻放把火將那兩卷假畫燒掉！「罷了！罷了！罷了！」孫行家迎著夜風努力地催眠自己，「至少比被人放槍好吧？哈哈……在這鬼扯淡的社會求生，教書混口饞便當吃已經是福氣啦！」他腦中悠悠地浮現出胖主任的一顆豬頭，突然間恍然大悟：「原來豬頭皮就是天下第一美味！什麼山珍海味比得上呢？哈哈……」於是，他在狂笑間下定了決心——「從今以後，胖主任就是叫我吃屎，我也歡喜甘願！哈哈……」他像條蟲似地趴倒在地，壓著那兩卷「張大千」放聲大笑。

這終究也算是個有笑聲的夜晚，孫行家決定哼著放牛班的歡呼歌聲向前行！他將機車騎得如牛步，最後索性撐起了屁股問自己：「騎著機車能不能來一段麥可傑克遜的機械舞？」「能！」突然間一個清醒的聲音響起來，「老輸！老輸！」阿水邊叫邊從路邊的垃圾堆裡跳了出來，「能！偶一定能再找到一千元的舊報紙！」孫行家嚇得跳起身來，驚慌失措地用雙手掩住了大半張面孔。「老輸！是偶啦！」阿水咧著嘴迎上前來，「老輸！您晚上睡不著嗎？」他皺起眉頭盯著老師看，孩子氣的笑容瞬間僵住了。「沒有！沒有！不……老師……還好啦！」孫行家用想哭的聲音說，真想立刻調頭逃出孩子的視野。「阿水！」他憋足了氣說，「這麼晚了，你不用睡覺嗎？幹嘛還在路邊溜溜轉？」他刻意加強了語氣，將話說得像罵學生似的！「是！是！老輸，遵命！」阿水諂媚似地說，擠出一臉哄老人家般的笑容。「偶得先清完這騎樓！一清完就馬上返厝去，不會在外頭荒騷！」阿水立正起來向老師報告，「偶替店家免費清掃騎樓，他們就會打電話叫我先來撿東西！偶若是等到天亮再來撿，可能就只剩垃圾可撿啦！嗯！老輸您不豬道——偶們這款生意現在越來越競爭呢！」「喔——真不簡單！」孫行家說，「阿水真棒！老師該向你學習啊……」「老輸老輸……可能也要來撿廢紙啦！老師我已經破產了！真的破產了！」他訝異自己竟然如此輕而易舉地說出了心裡的話，「阿阿水！老老師告訴你一個見笑的消息！你不用擔心，或許這也不算是個太壞的消息吧？老老師真的得搬去『窟仔底』住了！不搬不行啦！我……我是說真的！那兩幅『張大千』是假畫……我不怪誰，只怪我自己一個！」他哽咽得幾乎說不出話來，當下就在路邊發出了一串哭一般的笑聲。「偶豬到了！老輸……」阿水眨了眨清水般的眼睛說，注意到了老師機車上綁著的兩卷畫。「現在……老師得去住房租便宜一點的地方才行！月租超過三千，我就付不起了……」孫行家吁著氣說，拍了拍孩子僵硬起來的肩膀，「阿水！別煩這個！也別跟阿旺提這事！對誰都別說！千萬別說！知道嗎？」他就像在懇求自己的學生原諒似的！阿水將頭撇向一邊去，用帶著鼻音的聲音說：「對不起老輸……都是我害的……」孫行家愣了一下，突然仰頭大笑起來：「咳！瞎話！講什麼呢……」他搖著頭輕鬆地吁了口氣，想像自己的笑聲已延伸到了極遠的山邊。

第七章 **遠離的父親**

老院長一心固守住他的堡壘，堅持要將他最後一份病例報告寫完！他在清醒一點的時候也曾想過——診療室裡的新病人或許存在？或許根本就不存在？但，無論如何，他相信自己一定得面對！一定得堅持到底！「找不到家屬？怪了！」老院長鍵下了社工小姐在某次晨會上的報告，「所有線索都斷在一個魔神仔和人並存的山村裡！」「或許是遊民吧？這世上，遊民總是比想像的多得多！」老院長想起了某個山村裡井口般粗的老樟樹，突然覺得心頭像被擠壓了似地喘不過氣來。「據說是在他老媽過世後……不同父親的孩子們就星散了！」老院長不確定社工小姐是否說過這樣的話，「招贅來的男人，比長工更想逃離！不是嗎？」他啞然地望著診療室的窗戶，腦中浮現山嵐返回幽谷時的模樣。

「生我的那個男人，從我有記憶以來就一直想逃離山村裡的那個家！說是要……走得遠遠的！」新病人孫行家的聲音響起來，「他想要的是自由和冒險！擔心自己會變成一棵被綁在泥土裡的老樹！」老院長悄然地立起身來，想確認自己仍聽得到病房裡傳來的鼾聲。他知道此刻從山裡來的夜色已全然籠罩了「為何療養院」，「有個好爸爸守著，全家都睡得甜！」他吁了一口氣說，嗅到了自己甜甜的笑意。「別別——想了！天底下有那樣的父親嗎？有嗎？」孫行家叫起來，「小時候每個晚上，我都擔心父親會突然消失不見！咳咳……」發出了一種彷彿積壓了數十年的嗚咽聲。「是喔？」老院長問自己，「我的小孩或許也有同感吧？我……不也是總離家遠遠的？」他的思緒像在石磨上兜轉，越轉就越沉重！「但至少我沒讓病人有那樣的感覺吧？我相信——只要我在這兒，他們就安啦！」他吃力地安撫自己，思緒停在最後一次迎著太陽光的晨會上。「同理心！同理心！」他大聲說，「醫者沒了同理心，比巫師還不如！」「院長！可以散會了嗎？」護理長輕聲說，「我們要先去忙了……」「是喔？可以！可以！早上比較忙！比較忙！」老院長用手指頭輕敲自己的腦袋，擔心自己很難再有完全清醒的早晨了！「每個人都是從家庭走向世界的！家庭那裡，一定有一個人本初的線索！」他在電腦裡鍵下了那天晨會的結論，第一次感到那空無一人的會議桌或許就是他最終走向的世界！

時光走向深秋，總是令人步步驚心！「作個父親，我可能在死當邊緣？嗚嗚……」老院長告解似地嗚咽起來，「我不知道怎麼和女人相處……尤其是在她們變成了太太之後！幼年時只能和母親對話，或許已經造成了某種終生的缺陷吧？」他突然想立刻衝向病房去，擔心病人的鼾聲正透露出某種終生性的缺陷！「即便如此……」老院長轉身回嗆窗外的風聲，「我從不甘心只作個有缺陷的醫生——就是面對魔神仔也一樣！」他挺直了腰桿說，雙手牢牢地插在腰際，絲毫沒有再退一步妥協的意思！

「到了這樣的時節，任何夢想、回顧應該都不算是逃避吧？」老院長鼓起勇氣面對病人、面對過去，眷念起年輕時曾有過的夢想。「回顧？我打小只敢在日記裡回顧！」孫行家說，退縮在診療室一角喃喃自語，「生我的那個男人，是個從不回顧的人！他滿心想的，就只是逃離！他憎惡孩子寫日記，深怕被釘死在親情的框架裡！他要的自由，就是不負責任的自由！就是賭博的自由！」老院長凝思揣摩孫行家的憤懣，想起了某個在秋天裡構築又崩毀的夢想。他彷彿又聽見了自己年輕時的啜泣聲——「嗚嗯嗚嗯……我別想當作家了！嗚嗚……○○××……」「那傢伙到底怎麼了？」年輕的張醫師不耐煩地問正在一旁下跳棋的護士，一張臭臉就像痔瘡快發作的表情。「又被退稿了！」護士說，得意地盯著剛跳出來的棋路。「等什麼？快『打一套』吧！」張醫生說，「療養院裡的哭聲會引起暴動的！」他很專業似地下達了指令。「沒用的！這個孫行家……早被打過好幾套了！就是勸不聽！」護士小姐鼻孔噴著氣說，視線終於暫時離開了棋盤，「讓他哭個夠吧！還能怎樣呢？像他寫的那種幻聽似的小說，不退稿才怪？可惜了我的一盤好棋……」她碎碎唸著走到了張醫生面前。「被退稿幾次了？」張醫師問。「誰記得？可能有一百次了吧！」護士說，用眼睛餘光偷看她的跳棋，「怪了！為什麼有人會希望別人看他扯淡？這應該也算是一種嚴重的妄想症吧？既然講不聽，就再『打一套』吧？」

她用鬥雞眼盯著醫生的雙唇看，突然間變成了一隻等著攻擊訊號的獵狗！「別想了！」這時坐在一旁正享受著按摩的一個女病人突然大喊起來，「你別想我會嫁給你！再等三十年也一樣！」「別想三十年？那五十年可以嗎？」流著口水的男病人用祈禱似的聲音說，雙手加緊了按摩的動作，一刻不停！「住手！你們兩個都給我別想了！」護士小姐指著勾纏中的男女病人破口大罵，「男生、女生只可動口談話，不可以動手動腳！講過多少次了？」「哎……」張醫師用鼻音嘆了一口氣，「這世上，別想的事多了！我們別想會有一個不退稿的世界！」他說，「我自己也被退過幾十次了！那感覺就像在自我虐待！」他用參加告別式般的神情說，第一次對孫行家這病人投下了有同理心的一瞥！

「對了！『同理心——Empathy』就是一切醫療行為的基礎！」老院長突然大聲說，「『視病猶親』怎夠呢？很多親戚幾十年也不來往不是嗎？所以，醫生應該要『視病猶己』！就像是自己承受著病痛那樣！就像自己就是病人那般！」老院長似乎想起了自己年輕過的夢想，「不是本來就該這樣嗎？」他望著退縮在角落的孫行家說，「跨出來吧！夢想是沒有對錯的！沒人該被責備！」他用乍暖秋風般的口吻說。「哼！夢想？」孫行家不以為然地說，「人一有了夢想，常會變得不講道理！夢想其實和偏見很像！」「我母親終生的夢想就是守住那片山村裡的土地！但她招贅來的男人卻都夢想著逃離！」孫行家的聲音延伸到了窗外，和吹過樹梢的風聲連成一氣。「嗯！」老院長抿嘴點頭，「其實每個人都夢想過逃離不是嗎？我相信……或許那山村裡的母親也曾這麼夢想過！」他喘著氣停頓了一下，「你可能不信……」他望著孫行家說，「數十年來，我一直想逃離這裡！『逃離』就是我這生所有夢想的起點！你應該很瞭解那個過程吧？但……我不能走！因為這是我自己的抉擇！奇怪的是……後來我漸漸不只是顧念自己，我開始真正地擔心病人……擔心他們又回到過去的處境……」老院長哽咽起來的聲音錚錚響，「我記得了！」他說，奮力地睜大了雙眼，「我就是出生在這樣的時節裡！處女座原來就是秋的星座！」老院長因使勁而顫抖起來的手指在鍵盤上游移，堅定地鍵下了「只要我——張行家還有一口氣，就絕不允許過去那樣的事情再發生！絕不！」

「別想了！要改變一個人，根本是不可能的！」孫行家突然吶喊起來，指著窗戶上躡手躡腳走過的人影。「我媽規定──夜裡大門要上三道鎖！」他說，「所以，她的男人們只得從窗戶跳出去！」「共跑了幾個？一個都留不住嗎？」老院長用快哭出來似的聲音追問。「至少八個！」孫行家說，「其實何必弄得那麼複雜呢？反正，想走的留也留不住，想留下的趕也趕不走！這是『同理心』的問題！」他的身影在窗邊飄忽不定，宛如風中晃動呻吟的枝椏。「我媽需要的……或許也是個永不下班的長工！這事其實很單純……」老院長說，感覺耳膜上響起了金屬磨擦的聲音。「別想了！『單純』永遠比『複雜』難上一百倍！」孫行家大聲說，像在與自己的唇舌力爭，「我媽堅持──每個長工要將下半身種在泥土裡，永遠效法那老樟樹堅定不移的決心！她要求他們只能和她一樣，永久永久地將自私的夢想統統拋棄！」老院長受驚似地站起身來，快步走向那似乎越縮越小的窗戶。「『逃離』原來根本就是件不可能的事！」他抱頭痛哭起來。

「我近來常想……」老院長撫摸著窗框飲泣，「我是不是走了一條別人的路？」他說著用起霧的視線環顧了診療室的四個角落。「雖然我們別想有個不退稿的世界，」新病人孫行家從角落裡跳出來說，「這世界也無法阻擋任何人繼續寫稿子！要幹就硬幹到底吧！我可不想就這麼出賣了自己的人生！」「嗯咳！嗯咳！」老院長猶豫地笑起來，朝自己的臉頰連打了三下。新病人孫行家悄悄地挨近老院長，用簡化的語氣問：「結束前……想告訴我什麼嗎？」「有……有個人後後來還是成了作家！不過……那已是他身後未來未來的事啦！」老院長說，露出了決心硬幹到底的笑容！

孫行家皺起眉頭沉默下來，他不可能明白未來發生的事情；老院長急於弄清楚的，是那段在風中逝去的夢想！「一個偉大小說家的靈魂，或許就誕生於那段『逃離』的過程！」老院長驚慌似地睜大了眼說，伸手在自己的脖頸上摸了又摸。「我一定要離開這裡！」年輕的孫行家突然叫起來，「天亮後，我一定要走出這四周的高牆！悔恨，就等垂死時慢慢咀嚼吧？」「會的！我相信……」老院長仰望著天花板說，感覺新病人孫行家朦朧的身影一寸近似一寸，「我……希望你的人生能有個不同的故事！」

老院長輕輕闔上了雙眼，「有我守在這兒，鐵絲網加高的圍牆內也會開出花朵的！」他哽咽地說，側耳傾聽窗外樹梢蜥蜴在秋風中驚喜蹦跳的聲音。「年輕人！咱就這麼約定好了——」老院長緩緩睜開雙眼說，粉紅珍珠般的光點在眼眶裡打轉，「將來有一天……一定要將你的故事完整地告訴我！」

第八章　世外桃源

錚錚秋聲組合成一首風中的間奏曲，那隨風飄落的片片焦糖黃的樟樹葉宛如無聲的音符！孫行家在窟仔底嗅著嶄新的生活，順利地成了阿水和他阿嬤一起樂活的房客！「老磚房即使久沒人住，感覺起來還是有溫度的！」他瞇著眼遐思，耳裡的間奏曲有了情話般舒緩的節奏。老磚房挨著阿水家後頭，柴房的氣味如百年醇酒般和暢！孫行家靜坐屋前烏心石的長板凳上，立刻有一種心遠神馳的感覺，悠悠地真想大叫：「早搬到這兒就好啦！」「老輸！」阿水的阿嬤露出僅存的兩顆門牙說，「失禮！失禮！這樣的房子給老輸住，不能收錢！」「若不收房租，我就不敢住了！我是老師，一定得照規矩來！」孫行家急著說，拱手朝阿嬤拜了又拜。「這個嘛……這個嘛……」阿嬤急得雙頰泛紅，「那麼……一個月一一千元，會不會太貴？」她說，好像做了什麼虧心事似的。「好……是好……會不會太便宜了？」孫行家結結巴巴地說，興奮得像彈簧似地顫抖了數十下！「本來怎能跟先生收厝租呢？先生是和親爸平大的！」阿嬤真摯地說，忙著從家裡引來了一條手指般粗的電線。「真好！大放光明！」孫行家在點亮起來的新家裡歡呼起來，「我升格住別墅啦！」他隨即提議每月再貼三百元基本電費，以後再視實際的用電量加給！「不可以！不可以！」阿嬤板起臉說，「先生再講，偶就要變臉啦！偶既然已收了厝租，哪有再計較電錢的道理？」老人家執拗的口吻就像在央求似的！

阿嬤領著阿水過來打掃屋子，兩三下就將老磚房清掃得乾乾淨淨！「厝要租給人，一定得先拚掃清潔！這是禮貌！」阿嬤對阿水說，模樣真像個老師！「那些清到屋外的雜物，就——拿去賣了吧！」阿嬤猶豫地交代阿水，「留留著也是礙手礙腳！」她用哭調似的腔調說，一一撫摸了那些老東西。「無礙！無礙！」孫行家說，「我見了老東西就歡喜，擺著不礙事！」他說著走近那些風鼓、石墩、石磨、石臼和老鐵器之前細看，看了一遍又一遍忍不住又伸手輕輕撫摸過每一件老東西。

「無妨礙？嘛得擺放整齊了才行！」阿嬤說，兩片嘴唇奇怪地蠕動起來。「怪了！怪了！」孫行家叫起來，「這些重物……剛才是怎麼被搬出來的呢？」「老輸親像愛這種『老朋友』？偶感覺到了！」阿嬤睜大了眼說，轉身對阿水嘀嘀咕咕地說了些話。阿水大笑起來，大聲應阿嬤：「老輸是自己人，直接問不就好了嗎？」「老輸！偶阿嬤說，假如您喜歡的話，這些老東西統統送給您好嗎？」他說。「不不行！老師不能隨便接受禮物！」孫行家說，「不過，我若是買得起的話，倒是很想買下這些老東西給大家欣賞！」「對啦！對啦！」阿嬤鼓掌歡呼起來，「這麼好的東西就該跟老輸才對！用膝蓋想也豬到！」她很篤定地說，「若是便宜了那些吃銅吃鐵的古物奸商，又被伊們嫌得沒一塊好，偶才不要呢！」「老輸！偶跟你老實講——」阿嬤趨前向孫行家報告，「三個多月前，有人來估過價，伊們攏總只肯出一千！偶當時只是求伊們多加五百，就聽到豬仔被割肉般的哀叫聲！那個奸商還當面嗆偶說：『什麼阿沙不魯？再多給一角，就了錢穩死啦！』講得好像偶是土匪似的？哼！偶最氣欺負老實人了！」「什麼？這些全部才估一千？」孫行家說，下巴瞬間垂落了三寸以上，「看來……那些古物商並不是奸商，簡直就是土匪嘛！」

「對！對！有理！有理！」阿嬤拍打著石磨說，「這就是用南瓜來刻，也不只一千元嘛！」「是啊！是啊！」孫行家拉高了音量說，「那樣賣法，真是太委屈了！這樣吧！我願意用一千五買下這些老東西！還附帶三鞠躬禮表示謝意，這樣好不好？」他硬著頭皮開出了價碼，幾乎不敢直視阿嬤的眼睛。「不行！」阿嬤大聲回答，「賣別人一千，賣老輸只能算五百！再講我就要生氣啦！」「好！好！好！」孫行家連聲說，唇舌彷彿裝上了自動發條似的！就在這時候，四下裡突然吹起了陣陣「嘖嘖嘎嘎嘖嘖嘎嘎」的怪風，那粉紅色的強風頓時令孫行家幾乎睜不開眼睛！當他再睜開眼睛的時候，驚覺原本零亂散置的老東西竟然都齊整地安置妥當了！

「嘿！怎怎怎麼回事？」孫行家叫出聲來，將兩隻眼睛揉了又揉。「哈哈……」阿嬤仰頭大笑，「偶們這裡的東西就是順人意！只要歡喜起來，常常會這樣自己跑來跑去！」她笑瞇瞇地說，「免驚！免驚！慣習就好！慣習就好！」她說著朝天空揮了揮手，「嘖嘖嘎嘎嘖嘖嘎嘎」地笑個不停！

「好東西放在戶外，不會被偷走吧？」孫行家問阿水，喜出望外之間透露出了絲絲不安。「免驚！免驚！」阿水大笑起來，「小件、大件隨意放！您高興就行！」他擠眉弄眼地說，「偶們這裡沒有小偷！真的！」「不要沒禮貌！有什麼好笑的？」阿嬤瞪著阿水說，轉身向孫行家解釋，「外面社會靠警察和鐵窗防小偷，那小偷當然是越抓越多！偶們這裡不用那麼麻煩，抓到小偷交給里長伯直接打到斷手斷腳就解決了！這樣……誰還敢再偷東西呢？畢竟砍掉的手腳是長不回來的……」「嗄！是這樣啊！」孫行家張大了嘴說，下巴瞬間下沉了三寸以上！阿水和阿嬤摀著嘴巴偷笑，向老師再三致謝後嘀嘀咕咕地走開了。

孫行家心中昇起一股暖暖的感覺，「誰說的？」他對自己說，坐在門前的老石座上伸了個懶腰，「『人講毋聽，鬼牽蹌蹌走，早晚落去窟仔底住！』原來竟是這麼幸福的事！」這時候，他嗅到了陣陣甘甜的氣味隨風而來，腦海裡頓時浮現春華那溫熱多汁的肉體。「老輸！老輸！」阿水蹦跳著來到孫行家身前說，「做伙吃飯！我阿嬤買了滷豬腳！」「喔！不不……不要這麼客氣！」孫行家搖著手說，見阿嬤也欠著身來了。他從石座上一躍而起，咧著嘴一時間說不出話來。「第一天來，該慶祝一下！這是偶們這裡的禮貌！」阿嬤說，「做伙吃豬腳！已經買了！老輸！」「偶們這裡的滷豬腳很讚！」阿水說，「您一定要吃吃看！老輸！」孫行家有一種回到了家裡的感覺，帶著鼻音對阿嬤說：「阿阿嬤賺錢不容易，怎能讓讓您破費呢？」「相請無論！客氣生分！」阿嬤豪氣地說，「若是老輸不給偶阿嬤請，偶才會真的生氣唷！哈哈……」

三個人做伙在阿水家門前老樟樹下吃豬腳，空氣中飄散著淡淡爽脆的樟腦氣味。「真好吃！真好吃！沒嚐過這麼好吃的豬腳！」孫行家舔著牙縫說，感覺所有味蕾彷彿都綻放開來了！「怎麼樣？老輸！讚吧！」阿嬤啃著豬腳皮說，「窟仔底街頭『豬腳王』不是喊假的！」「豬腳王是誰？」孫行家問，瞧著頭頂的大樟樹像一把巨傘似的！「這絕不是普通的手藝！」他說，「這大師傅的功夫，比那正宗『萬巒豬腳』一點不差！」「喔！不差！不差！」阿嬤點著頭說，「聽伊自己講……在下港就是做滷豬腳的！伊……真是個好頭人哪！」她說著朝街頭的方向點了點頭。「恁沒問伊——是哪個縣市來的嗎？」孫行家問。「不知也！」阿水說，「咱這裡的人從不去問別人以前的事！這是這裡的規矩！只能聽人家自己講，不可以多問！」他一派世故地說，像在複誦校規似的！

這時候，一黑一黃的兩條大狗搖著尾巴緩緩走近，撒嬌似地趴到了舊門板做成的餐桌下。「黑頭！黃頭！黃頭！黑頭！」阿水輕聲呼喚，探頭朝兩條大狗搖了搖手。「老輸！」他說，「您拏兩塊豬腳賞牠們吧！牠們會是您最忠心的朋友！」「是啊！是啊！」阿嬤叫起來，「伊兩個真精——整個窟仔底顧得好好的！比管區警察還利害十倍！」「這狗是誰家養的？」孫行家問。「牠們是公家狗！是自由狗！愛去哪家就去哪家！」阿水說。「這就叫作『庄頭狗』！」阿嬤說，「好像土地公也是公家的那麼樣！」「黑頭……」孫行家低頭注視著大狗說，「咦！黑頭脖子上的疤是怎麼回事？」「以前被公所的捕犬大隊弄的！他們用的套索太利！惜！惜！」阿水說，伸手輕輕撫摸了黑頭的脖頸，「那時，多虧『豬腳王』挺身相救，否則牠們就慘了！」「喔——」孫行家叫起來，「這『豬腳王』還真佛心哪！」「據說那天豬腳王用真拳腳和捕犬大隊拚輸贏，戰了一百回合才硬將兩條狗救了出來！」阿嬤指手劃腳地說，好像那天她就站在現場看似的！「據說豬腳王那天真猛，打得幾個官人當場哀叫做狗爬！」阿水興奮地補充說明，兩片油亮亮的嘴唇磨擦出嘖嘖的聲響。「那是捨身救苦──人世第一公德！」阿嬤凝視著天空說，「豬腳王甘願被押去關三天──這就是佛心！」「佛心哪！佛心！」孫行家漲紅了臉說，轉頭看著阿水清水般的眼睛，「這樣的佛心……年輕人還是別學比較好？」「也不能那麼講！」阿嬤說，「有些人用講的就是無效嘛！」她說著若有所思地打住了。「問題是……這豬豬腳王常會這麼打人嗎？」孫行家再問。「不常！只是偶而！」阿水笑咧咧地說，「那豬腳王每次打人，都令人爽快得不得了！」「爽快？」孫行家像在罵阿水，「打人爽快？誰教你的歪理？」「確是如此！真爽！」阿嬤主動解釋，「像最近的這一次，那個教什麼『公民與道德』的女老輸就真正是欠揍！連偶們單純看熱鬧的人，個個都想動手打她呢！」「為什麼要打老師？」孫行家追問。「那天偶也在場！」阿水急著說，隨即跳起身來扮戲表演，「那天，那個『道德老輸』竟然問豬腳王：『你這豬腳銷得這麼好，是不是加了嗎啡？』豬腳王應她：『加嗎啡不夠本錢！』『道德老輸』聽了立刻噴著口臭回嗆：『你們窟仔底的壞名聲，大家都很清楚！這豬腳一定是病死豬的！否則怎會這麼便宜？』豬腳王起先沒打人，只是憋著氣請她離開：『請您不要買！請您走開！』他甚至擠出北京腔來跟那女老輸講道理：『您不買就不買唄！也不能隨便罵人兒嘛！作老輸兒隨便侮辱人，教壞囝仔大小唄！若是您再隨便罵偶一句唄，就是自己討皮痛唄……』豬腳王看起來很忍耐地說。」阿水逼真地又說又演，一副很憤慨想打人的模樣！

「後來呢？」孫行家緊繃著面孔問。「後來就響起了『啪』的一聲！」阿水說，「那『道德老輸』的臭臉就瞬間變成豬腳的顏色了！就這麼……暫時沒心情再罵人了！哈哈……」他忍不住笑出聲來，好像很滿意這樣的結果似的！「細節偶們都沒看到！沒看到！」阿嬤攤了攤雙手說，「偶們的眼睛又不是監視錄影帶！在場的人攏嘛這麼向警察報告！」她露出很有正義感的表情，忍不住偷笑出一兩聲來。「咳咳……」孫行家乾笑起來，「我還是堅持不能動手打人！」他說，「對那個『道德老輸』，頂多可以逼她吃下一公斤豬糞就好嘛！看她那張嘴巴還能不能再罵人？」

三個人相視而笑，幾乎笑足了一首歌的時間，其間還不時穿插狗啃骨頭打拍子的應和聲！

「幸福原來就是一種很簡單的感覺！」孫行家說，瞇上了雙眼想抓住當下所有的滋味。「我其實並不討厭豬腳王這樣的一個人！」他說，「從不欺負人！從不騙人！只是偶而會打人！」他突然覺得自己像在評論一個神話人物，視線隨著頭頂的老樟樹舉升到了高空。「豬腳好吃，這水更好！老輸！」阿水突然開口說，從一只大茶壺裡倒了一杯水給老師。「這是屋後竹叢那口井的水！」他說，「清甜爽口！不輸桂花露！老輸喝了就豬道！」「是啊！是啊！那可不是普通的井水……」阿嬤接著說，「偶相信——那就是魔神仔在南面大山裡釀出的仙露——最頂級的山泉水！沒比那更好喝的水了！不過，取水前一定要記得這麼拜一下！」她雙手合十作了個膜拜的動作。「就這麼生喝？」孫行家問。「那當然！」阿水點頭說，「不然就可惜了好水啦！」「那也好！我就是喝山泉水長大的！沒差！」孫行家說，隨即低頭喝下了一大口井水。「哇——好！好！讚啦！」他幾乎瞬間叫出聲來，只覺得五臟六腑就像被人親吻了似的！「真是好水！」孫行家嗅到自己毛孔散發出陣陣桂花香，頓時覺得渾身筋骨有一種好似大病初癒後的俐落！「太棒了！」他手舞足蹈地說，「這水治病！」「這水確實能治病……」阿嬤壓低了聲音說，「但……聽說也有越治越嚴重的！記住！那水只能直接取來喝，絕不可裝在瓶子裡喝！否則……就太冒險了！」她神祕兮兮地說，側耳傾聽樟樹梢窸窸窣窣的動靜。「這是老老一輩人一再提醒的規規矩……可不不是講笑！」阿水結巴地說，「有人就是因為直接用瓶子喝那井水，住進了山邊那間肖病院直到老死都出不來！這是千真萬確……每隔一段時間都會發生的事！」「麥擱講啦！」阿嬤突然開口制止阿水說話，「天暗了……」她說，立起身來開始收拾桌面。

孫行家心中浮現一叢在風中擺盪不停的竹林，彷彿又見到母親倔強佇立的身影躑躅在他眼前。「小孩先去睡吧！媽再吹一會兒風……」母親的話聽在孩子耳裡，總是和竹叢的呻吟聲分不清！幾乎每一次，孫行家都忍不住偷偷在棉被裡哭出聲來，畢竟小孩所瞭解的總是比大人想像的多得多！此刻，孫行家不再有傷感想哭的感覺，他總算又有了對夜風的另一種感受——一種像回家似的感覺！

窟仔底的夜，說來就來！阿水在黑暗中領著老師走回新家，「跟著桂花香走！就對了！」他說，「氣味比視覺還可靠！黑頭、黃頭從不會迷路！」「真怪！井水怎會有那種香氣？」孫行家問自己，盯著阿水手上的老式蚊帳看。「圍心安的！這帳子！」阿水說，「其實這裡的蚊子根本不叮人！就像那『肖病院』四周的鐵絲網，只不過是讓外人感覺心安那樣！老輸您豬道嗎？」阿水噘著嘴發出唏噓唏噓的笑聲，好像已變成了一隻可自由穿越鐵絲網的蚊子！「我知道！我知道！」孫行家說，「那是間古董般的醫院！裡面的精神病人，只能在鐵絲網內幻想飛出去的快感！我猜想他們會很羨慕蚊子的！」「是啊！聽說那裡的針頭比蚊子的尖嘴粗上一百倍！」阿水說，「在『肖病院』裡，沒有人不怕打針！」「『肖病院』不好聽，應該叫『精神病醫院』才對！不要再亂稱呼了！」孫行家提醒阿水，見孩子的眼睛像黑洞似的沒一點反光。「肖病院，喔不，是神經病院，不，是金神醫院，就像是另一個窟仔底！」阿水說，腮幫子風箱似地一脹一縮。孫行家不可能預見那個高牆內永遠吃藥、打針、等死的天堂——「吃藥比吃飯更重要！」白袍院長大聲說，謊言讓他的口臭永遠咄咄逼人！「謝謝！謝謝！」他總是帶著自戀的笑容訓話，「世上最有效的心理治療，就是用一百一十伏特交流電示範出來的！簡直是神效！」白袍院長喜歡大聲宣揚他自己發明的治療理論，然後從病人驚恐的眼神裡尋求一種恆溫似的安全感！「你們抓錯人了！該來這裡的是我媽！」孫行家掙扎著說。「抓你媽和抓你還不是差不多？」白袍院長很專業地解釋，「一個來住院，另一個就可免了！」孫行家連聲哀求換來的永遠只是狂笑和慘叫組合成的迴響，每一次迴響都意味著飛鏢似的針頭又精準地命中了他的屁股！「原來天地間，只有魔神仔是靠得住的！」他終於完全寬恕了母親的偏執，在每一次眼皮開合之間，開始祝禱那自由飛越牆頭的風早日降臨！

孫行家感覺蚊帳從四面八方緩緩垂降下來，想開口卻發不出任何聲音。「阿水走了！」他很清楚已走在意識的邊境線上，「這樣的夢境，永遠只能自己一個人明明白白地走過！」他深怕自己在如此的夢境裡會完全迷失了方向，兩眼始終盯著東面的窗框，直到那黑影似的窗框逐漸鑲上了金色的線條。

孫行家在雄雞啼聲中坐起身來，渾身覺得輕飄飄的！「洗個澡吧？舊的塵垢，一點不留！」他突然間有了這樣的主意，只穿著短褲就飛奔到了井邊。井在一叢蔴竹前，石砌矮欄牆內耀金的水位汩汩作響。「活的感覺！真好！」孫行家叫起來，瞬間褪去了短褲，開始汲水沖洗身軀。「啊哈！啊哈！」他在四濺的光點中歡呼起來，感到一種前所未有的暖意在肌膚上游移、擴散，渾身暢快得幾乎要溶化在陣陣桂花香氣的水霧中！

「好水就該生飲才對！」孫行家聽到一個奇怪的聲音從井底傳來，幾乎同時間瞧見了竹叢邊那只泛著金光的玻璃瓶子。那是個很潔淨的玻璃瓶子，廣口細頸大腹像個安坐的彌勒佛，在它前頭的泥土中插著好幾炷點過的香桿。「這是在拜什麼神祇吧？」孫行家想著，伸手拿起了瓶子。「很重呢！」他叫起來，覺得這玻璃瓶像礦石做的似的！他想起了阿嬤提醒的話，本來想將瓶子放回原處，腦海裡卻昇起了另一種念頭——「賭一把吧！那才算是全新的人生！不是嗎？」「或許……這只是又一個敢不敢賭一把的問題……」他緊握著瓶子想，「賭徒的希望永遠是在重新展開的賭局上！不是嗎？」驚覺手中的瓶子原來早已盛滿了閃著金點的水！「嘖嘖嘎嘎！嘖嘖嘎嘎！喝下吧！喝下吧！這才是真正永遠止渴的好辦法！」他突然聽見風朝著他耳膜吹氣的聲音，一顆心不自主地砰砰跳個不停。孫行家緩緩喝下了瓶中的水，拿起瓶子又盛井水再喝了一瓶，「沒錯！就是這水！」他記得那股輕飄飄的桂花香氣，渾身頓時輕柔得就像被風吹彎的竹枝似的！

這個清早，孫行家笑咧咧地趕著上班去，覺得一路上見到的孩子都像天使似的！他遷居窟仔底的消息在正午前就傳遍了校園，「嗯哈喔……孫老師，你還好吧？」許多同事特地繞路過來探詢，「是真的嗎？是為了就近輔導學生吧？還是為了做某種田野調查呢？」他們個個像徵信社的調查員，皮笑肉不笑地緊盯著孫行家看。「ＯＫ啦！」孫行家仰著頭說，「我好得很！真的！不但很好還很舒服！」他邊說邊笑，「你們的會錢？免驚啦！我不但絕對負責到底，還要奉送各位一種很——舒——服的心得！咱做老師，本來就該做得舒舒服服的！不是嗎？」他樂得幾乎跳起舞來，露出一種很舒服的笑容。「也是！也是！」同事們搖著頭說，有人還伸手探孫行家的額頭，「要是你有什麼困難或是什麼委屈或是想倒會的話……可要大聲說出來喔！我們所有同事都願意傾聽、都願意諒解、都願意相挺到底！我們頂多把你抓去警察局，絕不會剝你的皮！這點我們可以掛保證！」同事們七嘴八舌地安慰孫行家，彼此不時交換著曖昧的眼色。「多謝大家關心！」孫行家大聲說，一手護著褲襠扭起屁股來。「我其實真好！」他加強了語氣說，「我真是好——爽啊！」

這天，孫行家蹦跳著走進教室上課，隨即在講臺上大聲宣告：「新學期會很棒！考試可以是件爽快的事！」「見鬼啦！」臺下同學用壓抑的聲音叫起來，瞌睡中的同學瞬間驚醒了大半，「這窟仔底來的老師說不定卡到陰了？」「不！見鬼哪有這麼爽？」孫行家說，「這學期的數學課，我保證讓大家很爽快——只要在考卷上寫『我愛數學』，就先得三十分！若能寫出上數學課的感覺，就肯定算六十分及格啦！這樣夠爽了吧？」「夠！夠！嘻嘻……」同學們眨著眼頻頻點頭，「所有老師都該先去窟仔底爽快一下才對！一次五百元！」有人小聲說，其他同學頓時像山豬叫春般狂笑起來。「這窟仔底老輸酷斃了！酷斃了！喔嗚喔嗚……」教室裡的歡呼聲一陣接著一陣，彷彿大聲宣示——這是堂全新的數學課！

孫行家第一次有種捨不得下課的情緒，一連幾堂課下來竟沒一絲疲乏的感覺！「怎麼回事？」他問自己，「原來破產竟然是如此美妙的體驗？」「孫老師留步！」胖主任在走廊攔下了孫行家，露出鱷魚悼喪般的眼神。「嗨！No Problem！兩下嘛可以！」孫行家大聲說，扭腰作了個麥可傑克遜式的迴旋。「你怎回事？剛才打學生練身體了嗎？」胖主任瞇起一雙細眼問，「你……搬到窟仔底去住了？那到底是怎麼回事？」他揮手示意孫行家跟上來，邁開大步朝辦公室走去，就像要抓同學去記大過似的！孫行家隨胖主任進了主任衙門，一屁股在沙發上坐了下來。「太好了！」他說，「窟仔底的環境太好啦！怪不得我昨天搬家，今天就上了社會版頭條！改天請主任來泡茶吧？」他扮了個鬼臉說，感覺胖主任一張臉好像想殺人似的。「你標了個三十萬的會？然後投資失利賠光，對吧？」胖主任像在審問人犯，惡狠狠地盯著孫行家看。「啊哈——誤會！誤會！」孫行家叫起來，「不過是幫了朋友一個小忙！」他說，「不吃虧！不吃虧！窟仔底環境好，省房租又睡得甜，福氣！福氣啦！」

胖主任張大了嘴，半吐的舌頭像剛被高壓電電到似的！「三……三十萬是小忙？三三百塊可能就要出人命啦！」他比劃著三根短小的指頭說，似乎突然想起了自己那快縮進腹腔裡的小雞雞。「嘿嘿嘿……」孫行家忍不住笑出聲來，驚覺自己竟突然有了透視「豬腦」的能力。「你笑笑什麼？」胖主任有些氣弱地問，鼻頭垂到了六點半的方位。「我覺得……想像力讓人想笑！」孫行家說，覺得胖主任的脖子已縮成了一條皺紋。「是唷！是唷！教育是該有想像力的，但也不能逃避現實嘛……」胖主任說，低頭察看他的褲襠，「責任，是男人的一切！男人不能逃避責任、不能倒會！」他說著撐起了一點主任的官威來，「小小孫啊！你是個人才啊！」他噴著口臭說，「校長和我們幾個主任都很肯定你！你『大才小用』是有些委屈，但年輕人一定得先認命才行！情勢的演變，誰想得到呢？像以前我念的那個窮人才想去的『吃飯大學』，成績吊車尾的同學現在都當了校長啦！我啊算是最淡薄名利、最有理想性的一個，所以只幹到主任而已！主任而已……」胖主任像小政客說謊似地長長嘆了一口氣，順便連直腸裡的廢氣也一併排放了！「正常！正常！」孫行家抖著腿說，「一代有一代的福氣嘛！年輕人耐心等待活該！總不能天天燒香祈禱老人們趕快回老家吧？」「是很正常！還好！腸道暢通，表示沒長大腸癌！」小政客自我感覺良好地說，揮動起胖手掌搧開自己製造的瓦斯氣，似乎想快一點和他人分享他沒得大腸癌的好消息！「直說了——告訴你一個真正的好消息吧！」胖主任大氣地說，「只要你不倒會，明年代課老師肯定非你莫屬！講白的——就這麼內定了！一句話，怎樣？」他喘都不喘一口氣又再補充說明，「校長認為你是帶放牛班的最佳人選！而且，只要你不倒會，所有會腳同仁都會大力推薦你！就算跪求你留下，也可以考慮！到時候，你就是中風半身不遂，我們也非留你不可！先恭喜囉！這樣的條件……你知道該怎麼做了吧？」「No Problem！」孫行家驚喜得說不出中國話來，「謝謝校長！謝謝主任！謝謝同事！謝謝魔神仔……呃……」他像隻叩頭蟲似地匍匐在胖主任身前，巴不得再多吸收一些小政客還沒散盡的臭屁。「我絕對負責到底！否則我去吃屎……」他大聲說。「那……就對啦！」胖主任終於放聲大笑。

孫行家感覺好運氣像風一般直追著他跑，下班時他突然覺得眼皮跳個不停，心想：「前頭停車棚裡，不知還有什麼好事正等著呢？」就在這時候，他瞧見了一個熟悉的身影正斜坐在他的機車後座上，一陣狂喜間不由地起了一身雞皮疙瘩！那個長腿妹噘著小嘴噴氣，就像是要來催討會錢似的！「春春華！是是妳？」孫行家說，覺得一口濃涎幾乎黏住舌尖。「廢話！很失望嗎？」春華甩過頭去說，「怎麼？礙著你了嗎？」她的聲音隱約地透露出一種荷爾蒙失調的乾燥！「別別這樣……學學生會笑！」孫行家搖擺著頭手說，壓低的嗓音宛如求愛前的呢喃，「其其實我……想死妳了！真的！」「想我？屁啦！你瞭解我嗎？瞭解嗎？」春華破口大罵，「搬家也不說一聲！想始亂終棄嗎？」她邊說邊掄起粉拳展開攻擊，一張紅嘴巴就像想吃人似的！「我現在瞭解了！」孫行家說，「妳的腦中明寫著『我要做愛』對不對？我現在瞭解了！」「神經病！大壞蛋！你完全答對了！」春華亢奮地說，「活活想死人啦！我氣你老嫌東嫌西，故意憋著不打電話，沒想到你這死沒良心、悶騷的色情狂竟連搬家也不說一聲！是真想拋棄我嗎？」她使出做愛般的狠勁罵人，劈里啪啦之間突然抓起了孫行家的手猛力搖晃，大聲說：「我——現在就要做愛！」「哪裡都行！學校的車棚裡不行！」孫行家急著說，用力緊縮了一下尿道上方的括約肌。「我不管！你是怕被女老師看到嗎？」春華繼續向前進攻，整張臉幾乎貼上了孫行家的胸膛。「拜託！控制一下！控制一下！學生看到會笑！」孫行家說，視線快速地朝四面八方掃視。「你就是怕被女老師看到嘛！是不是？你說！你說！」春華用刑求的口吻追問，一雙粉拳在孫行家胸膛打起鼓來。「好！我說！我說！」孫行家高舉雙手說，「我投資失利，賠光了三十萬會錢！現在窮得連鬼都怕！嘻嘻……」他突然露出了幸災樂禍般的笑容，「說出來妳不信，我那窟仔底的新家其實舒適極了！所以，我自己是ＯＫ啦！只是怕妳會受委屈！」「投資？」春華的眼睛亮起來，「我喜歡敢投資的男人！」她說，「敢賺敢賠，乾脆！我請你吃芒果冰去！我要聽你講那精彩的投資故事！出發吧！」她摟著孫行家的腰說。「耶——老師要去約會囉！嘻嘻……」車棚外偷窺的學生歡呼起來，「老師小心！師母好凶唷！」有同學好心好意地說。春華揚起下巴甩了甩頭髮，大聲回嗆：「要你們管啊！還不趕快回家寫功課！」

孫行家騎機車載春華來到了街頭轉角處的冰果室，見那禿頭老闆的頭頂似乎更亮了些！「老輸好！歡迎光臨！」禿頭老闆叫起來，朝孫行家擠了擠眼說：「今天老輸坐裡面一點比較好！」他的禿頭這時看起來亮得像個電燈泡似的！「這裡吃冰，還要指定座位的嗎？哼！」春華說，鼻孔噴出氣來。「沒事！沒事！」孫行家朝老闆眨眨眼說，「裡面卡座氣氛好嘛！好嘛！」「今天生意還可以，咱這裡的人最愛當電燈泡了！」老闆搧起扇子解釋，順便拍落了幾隻大頭烏蠅。「老師也來冰果室？」店裡的客人興奮似地說，窸窸窣窣地轉著大頭烏蠅般的腦袋。孫行家將搬去窟仔底的原由一一說了，覺得高背卡座內春華熟悉的體香令他說得面紅耳赤！「哎呀！騙人的人真夭壽！」有客人小聲說，「是啊！是啊！」其他客人很有正義感地應著。「No problem！」孫行家說，「我搬去窟仔底爽快極了！但可不想連累女朋友！」「Idiot！你這話應該 Make Love 完再說才對！」春華罵起來，將孫行家緊摟在懷裡用力親吻。「對啦！對啦！有緣做伙，莫講那連累不連累的生分話！」有客人發聲安慰，「一枝草一點露嘛！有人愛才是最幸福的！」「住口！要你們管啊？Ridiculous！」春華朝前頭客人大罵，罵得所有客人紛紛縮短了脖子。「你不必臉紅嘛！」春華回過頭來安慰孫行家，「我倒是覺得這次你很有 Guts！男人就該那麼樣嘛！」她越說越小聲，宛如母羊發情時的低鳴！「聽無啦！大聲點！說國語好嗎？」有客人提出了建言，眾人立刻報以掌聲鼓勵。「惦惦啦！有點公德心好嗎？」春華又站起來大罵，「電燈泡當得有禮貌一點好不好？我講這樣聽得懂吧？」她雙手插在腰際說，活像老師正在管理班級秩序！「人才哪！妳是個天生的導師！」孫行家嘆了一口氣說，「將來妳的兒子會被妳在土地公廟前打到叫不敢！」所有客人都咯咯地笑起來，「趣味！這查某會顧尪！」有人小聲說。「我是想……我得自己先想辦法解決問題……我倆暫時分開冷靜一下也許比較好……」孫行家坐直了身子說。「啪！」春華一巴掌揮上孫行家的臉孔，「不許說分開！不許！老公！」她說，「沒事！大不了我養你！哪！這個多月我賺的三萬多元！沒事！大不了我養你嘛！」她說著掏出夾克內袋裡的一疊大鈔，不忘先朝客人們叫了聲——「別偷看！專心吃你們的芒果冰！」「我這人是不會變心的，除非我老公不回家！」春華噘著嘴說，伸出手來輕撫孫行家剛挨打的面頰，「痛不痛？痛不痛？敷敷！敷敷！」她哈著氣說。「喔——真爽！這芒果冰吃得趣味！嘻嘻……」有客人發出尖細的笑聲，其他客人紛紛搗著嘴巴偷笑起來。「笑什麼？沒看過夫妻相好嗎？」春華再罵，狠狠地用舌尖撐開了孫行家閉鎖不緊的兩排牙齒。「老闆！再來一盤芒果冰！」有客人叫起來，「今天就是吃十盤也甘願！」

「老公！咱走！去做愛！」春華大聲說，隨即站起身來指著客人罵起來，「我剛作了一個多月看護，覺得那些植物人比你們有禮貌得多！白目！」她拉起男友的手往櫃檯走，完全不理會所有客人哀求、挽留的眼光。許多客人開始不安似地蠕動屁股，好像想立刻跟上來繼續當電燈泡似的！「咳！慢慢吃你們的芒果吧！最好個個都吃到『長芒果』！」春華揚起下巴說，摟著孫行家扭了扭屁股，「想看更精彩的？自己演去吧！」

孫行家面紅耳赤地離開了冰果室，感覺這天的芒果剉冰似乎添加了胡椒粉！「哈啾！住窟仔底真哈啾舒服！哈啾！」他一路上噴嚏連連地說，還迫不及待似地介紹了那比溫泉還棒的井水。「多棒？」春華從機車後座拉長了脖子問，「比做愛還棒嗎？你確定嗎？」一雙無影手緊掐著孫行家的兩肋。「難說！」孫行家說，旋即像被電擊似地發出了一聲慘叫。

機車一路西行，爬過了一條長長的、向右彎的緩坡，隨即溜滑梯似地抵達了窟仔底街口。孫行家瞧見路口老榕樹晃動的氣根，便知道窟仔底已經到了！「這榕樹看來超過一百歲！」他說，注視著華蓋般樹冠覆蓋下的一檔豬腳攤。這時，攤桌後正坐著一胖一瘦的兩個漢子，那胖漢不時輕拍瘦漢的胳膊，好像一直在說些安慰的話。瘦漢一會兒點頭，一會兒又嘆氣，臉色一陣青一陣白的。「我嗅到滷豬腳的香味了！」春華說。「我知道！我知道！」孫行家叫起來，隨即壓低了聲音說：「我知道——妳現在暫時不想做愛了！心裡只想吃豬腳！對吧？」他說著將機車在榕樹下停好了，牽起春華的手向豬腳攤走去。「奇怪咧？」春華捏了孫行家一把問，「你現在能讀人的心嗎？」「我也不知道！」孫行家聳聳肩說，「感覺也滿奇怪的——我現在聽人說話、看人表情，心裡馬上就會有一種共鳴，就像自己正親身經驗著似的！」「神經！想太多！」春華罵起來，突然伸出一手輕拍孫行家的褲襠。「這樣有共鳴嗎？傻子！」她說，拉起了孫行家的褲帶快步走向豬腳攤前。「想太多有什麼好？吃豬腳才好！對男人好！對你好！吃了豬腳筋，小弟弟半兩也變一斤！」她大聲說。「別！別！」孫行家求饒似地叫起來，忙著阻擋春華那不太規矩的一隻手，「別這樣！人家看了會笑……」「哼！」春華鼻孔瞬間噴出氣來，「還說你瞭解窟仔底呢？誰不知道——這裡的人看男女之間的事，就像看待吃飯似的！男人們打招呼，若不說點有顏色的，不親切！懂嗎？」她加大了音量說。

「老輸好！老輸好！」胖漢突然親切地叫起來，「伊是老輸！阿水阿嬤今早跟偶們厝邊介紹過！」他向身旁的瘦漢說。「老輸好！偶是里長！叫偶『豬腳王』就可以啦！伊是『猴三』，是偶們這裡的好厝邊、偶的好兄弟！請多多指教！」胖漢說著摀住瘦漢的頭一起向孫行家彎腰鞠躬，下巴幾乎撞到了凸出的大肚子！「挑幾塊！老輸！偶請客！」豬腳王說。「不行！不行！那怎麼好意思？」孫行家搖著五隻手指頭說。「老輸！免客氣啦！」猴三說，不以為然似地笑起來，「偶們這裡的人，第一次買豬腳，一定是要給里長伯仔請的！否則就是失禮！」「對啦！對啦！」豬腳王點頭說，「厝邊捧場，第一遍叫『試吃』，免錢才公道！至少也要吃不死人，才可以收錢嘛！哈哈……」他說著豪邁地笑出聲來。「打擾了！」孫行家拱拱手說，「打斷你們講話，真不好意思！我們等一下再來買吧！失禮啦！」「哎呀！老輸，免客氣！免！」豬腳王叫起來，「自己人免生分嘛！真的！」孫行家望著猴三蒼白的臉龐，覺得心頭酸酸地抽搐了一下，忍不住說：「你看來很心痛！」「對啦！偶很想跟老輸請教一下……」猴三帶著鼻音說，胸前的孝麻微微晃動。豬腳王輕觸孫行家的胳臂說：「老輸，猴三的阿母剛死幾天，他非常傷心！」「喔！

原來是這樣……」孫行家摁著胸口說，感覺心口又是一陣緊縮。「人之常情！人之常情！我瞭解……」他輕聲說，注意到了猴三領口露出的刺青。「老輸……您說……人死了到底有沒有可能再活起來呢？」猴三突然激動地問，雙手合十就像在拜拜似的！「這天氣，看似不會再熱啦！」豬腳王抬頭看天空，眼角閃現晶瑩的光點。「是啊！是啊！」孫行家說，「自然法則……人只能接受！」他也抬頭看天，沒勇氣再直視猴三的眼睛。「偶……偶真不孝！嗚嗚……」猴三孩子氣地哭起來，「偶在裡面關了二十年……都無奉待有孝老母！偶偶……真是不孝！」他抽抽噎噎地掄起了拳頭，突然間就朝著自己的胸膛捶打起來。孫行家突然覺得心臟像被鐵錘搥打了好幾下，整個人瞬間踉蹌倒退了兩三步。豬腳王見狀，立刻一個箭步衝上前去抓著猴三的手臂說：「麥阿捏！兄弟！阿母會更傷心的！」猴三茫然地盯著榕樹擺盪的長鬚看，彷彿什麼聲音也聽不見了。「喔——不得了！真是孝子一個！」春華張大了嘴說，「我當看護，見到的是另一種『孝子』！」孫行家連忙挨近春華耳邊說：「不要亂說話！」「誒，知道啦！囉嗦！」春華賞了孫行家一拐子說，

「我只是照實說嘛——我照顧的伯伯一死，他三個孝子立刻發獎金給我！『妳照顧得好極了！好極了！』他們像中獎似地抖擻起來，連聲對我說：『感恩！感恩！老的若再這麼拖屎連下去，偶們也要順便請妳看護啦！真是受不了！』」「喔！有這種事？」猴三睜大了眼說，「怎會說受不了呢？這講的是番邦的規矩嗎？」「事情是這樣的……」春華像在表演似地說，「醫院第一次發病危通知的時候，三個兒子半夜就衝到醫院裡來，有的抓手有的抓腳大聲哭喊：『阿爸，不要走！阿爸，不要走！』他們好像在參加喊叫比賽似的，沒有一個人肯稍微降低音量！」「那後來呢？」猴三追問，神情像個愛聽故事的孩子。「醫院第二次發病危通知的時候，三個兒子走到父親的病床前冷靜地觀察了半天，然後都像唸經似地說：『阿爸，保重！阿爸，保重！』到了第三次發病危通知時，兒子們久久不見人影，原來都先打電話來查詢過了！『醫生來看過了嗎？確定是時候了嗎？確定不行了嗎？』據說他們在電話裡很認真地再三確認！到了第十次發病危通知的時候……哈哈……」春華突然放聲大笑起來，「咳！笑死人！你們不會信的！

三個兒子竟竟竟然打電話來要申訴，他們要要求醫生要先保保保證、要醫生先開出證證證明書來！」春華上氣不接下氣地說，一句話說得幾乎要岔了氣！「是什麼證明書？」三個觀眾異口同聲地問。「必死證明！他們要醫生先開出『必死證明書』！」春華憋著丹田之氣說，「如若他們的老爸再不立刻死去，兒子們便要去告醫生『詐欺』！」「這……」現場的三個觀眾個個像舌頭抽筋了似的，半晌都完全說不出一句話來！過了宛如一整年似的靜默，猴三搖著頭長嘆了一聲說：「唉——這笑話一點都不好笑！」豬腳王和孫行家的腮幫子瞬間脹大了三倍以上，然後不約而同地摀著肚皮笑折了腰！

「幹嘛笑成這樣？」春華板著臉說，狠狠擰了孫行家一下。她說著想起什麼似地從衣袋裡掏出了一張皺巴巴的紙來，「哪！這是伯伯臨終前寫給我的！」她說，將那紙攤平在攤桌上。「寶瓶水——死而復生的祕密——熊洞山光明頂之泉，以琉璃瓶盛之服用！哼！」孫行家唸出紙上蚯蚓走泥紋似的幾個字，鼻孔噴著氣笑出聲來，「真有效？那伯伯怎會死呢？」他抖動著雙眉說。「去！那伯伯不死行嗎？瞧那些兒子的德性……」春華說，「伯伯死前最後一句話就是──『我看透啦』！」

「看透了？真巧！剛才猴三也這麼說……不是嗎？」豬腳王盯著字條說，「猴三好像是說──死而復生的『寶瓶水』根本是騙人的！猴三，是嗎？」「嗯──」猴三低垂著頭說，鼻尖幾乎碰觸到攤桌上的紙張，「但但願那是真的！」「這琉璃指的是一種古董吧？」豬腳王喃喃自語，不知是在問誰，「這恐怕是真正的天機吧？」他神祕兮兮地眨眨眼，比劃著手指頭示意春華快將那字條收好了！

孫行家拎著豬腳王送的滷豬腳，帶春華回到了住處。「我帶妳去看天機！」他說，牽起春華的手直接來到了井邊的竹叢前。「又發什麼神經？不先吃豬腳？」春華嘟囔著拖腳步，「快搬家吧？你越來越不正常了！」「咳！」孫行家笑起來，「妳讀不出別人的心，我能！那豬腳王想的是……榮鎮千真萬確的古老傳說！」「強迫人家先來看這破瓶子……」春華罵起來，「是要拿來裝油還是盛醋呢？」「別罵！別罵！」孫行家拉起春華的手說，「沒看見這瓶是有人拜的嗎？」他指著瓶前插在土裡的炷香，露出了略顯驚恐的眼色。「有病！」春華說，瞇起雙眼盯著孫行家看，「我猜──你喝過『寶瓶水』了？」「天曉得？」孫行家說，「的確──今天清早，我用那瓶子盛井水喝了！」「沒拉肚子！只有──真爽的感覺！真的！」他提高了音量加強語氣，旋即伸了個好像很滿足的懶腰！「你是真有病了！」春華再罵，吐著小舌頭猛搖頭，「得了！得了！你孫行家可以長生不老啦！要是可以先壯陽，我會更高興！」她說。

小倆口回到小磚房裡吃滷豬腳，春華斜坐在長板凳上吃得像隻餓虎似的！「吃了豬腳筋，半兩變一斤！」孫行家在春華身旁舔著嘴唇說。「嘔……！」春華叫起來，「老實招來──你和哪個辣妹一起吃過？」「神經！想到哪兒去了？」孫行家說，「我學生的阿嬤請的啦！亂想什麼？」「人家愛你嘛！」春華擰著孫行家的肚皮說，噗哧一聲笑倒在他懷裡。小倆口像連體嬰似地緊緊依偎在一起，「有伴的感覺真好！」春華說，探出一手直接攻占了孫行家的褲襠。這時，阿水阿嬤突然笑瞇瞇地出現在敞開的木門前，身旁一左一右還伴著兩條搖著尾巴的大狗。「偶拿開水來了！」她說，將一隻沉甸甸的大茶壺擱到了門邊。「多謝！多謝！真不好意思……」孫行家對阿嬤說，感覺春華在他懷裡微微哆嗦起來。「我……我怕狗！」春華說，伸手指了指門外。孫行家哈哈大笑，「妳啊！總算也有怕的！」他說，朝兩條大狗揮手招呼起來，「黑頭！黃頭！這怕狗的美女是我老婆……不是壞人……不可以咬喔！」兩條大狗仰頭發出喔喔的叫聲，熱情地搖起了芒花似的尾巴。「恐怖！」春華喘著氣說，「誰養的？放著趴趴走，不怕咬到人嗎？」阿水阿嬤打量著春華，似乎越看越有趣，「師娘真水！」她說，「比摩托兒還漂亮！」她邊說邊朝春華鞠躬致意。春華漲紅了臉，捏著孫行家的手指頭說：「阿嬤說笑了……」她一會兒搖頭一會兒又點頭，模樣顯得滿滑稽的！「嗯……」阿嬤點著頭說，搓著一雙長繭的手緊盯著春華看，「福相！興家旺業的好媳婦！沒錯的！還很會管教小孩喔！」她劈里啪啦地說完了長句，才依依不捨似地拖著步伐告辭離開。

孫行家盯著磚房前的石階看，注意到那裡就像剛被刷洗過了似的！「嗯！」他說，視線延伸到屋前潔淨的地面，「哪找得到這麼好的房東呢？這裡莫非就是

『世外桃源』？」「剛才阿嬤叫『師娘』，說得人家真害羞！」春華用貓叫般的聲音說，突然間一把摟住了孫行家，「咱現在就快來『夫妻』一下吧！」兩具年輕的肉體瞬間進入激戰狀態，開始虎狼似地相互掠奪對方身上任何覆蓋的衣物！「喔嗚！」春華喘著氣嘷叫起來，「憋死我啦！快兩個月了……死鬼！門還沒關呢？」她指著敞開的扉門說。孫行家一口吻封了眼前不安的小嘴，「沒事！」他說，「黑頭、黃頭會把風！」「唷……快！快！」春華的嘶吼聲宛如絲綢磨擦，渾身肌膚瞬間緊繃出了粉紅色的光澤！這時候，有陣陣薰風突然間「嘖嘖嘎嘎」地吹了起來，從門口直接吹到了木床上，吹得孫行家腦中頓時起了個朦朧的大問號！「等等！等等！」孫行家焦慮不安地叫起來，緊急煞車似地暫停了動作，「春華！妳……真想做嗎？有聽到什什麼聲音嗎？有被控制的感覺嗎？不……我是怕……我是說──妳確定是自願想做的嗎？」他舌頭撞擊著牙齒說。「神經哪！」春華瞪眼罵起來，「什麼話？我還不自願但很想做呢？」她邊罵邊軟趴趴地賞了孫行家一巴掌！

兩個年輕人濕淋淋地糾纏在一起，都像剛給大雨淋過了一般暢快！「滿足！滿足！」春華癱仰在孫行家身旁呢喃，渾身肌膚粉紅色的光澤久久不褪！過了輕飄飄的十多分鐘，春華突然開口問：「你確定房東不會大嘴巴吧？」她緊張兮兮地轉頭看著門口，隨手抓了件衣物遮掩住部分裸露的軀體。「沒事！」孫行家微睜著雙眼說，心頭仍游移著方才瞬間緊縮的甜美，「窟仔底好就好在——這裡的人把做愛看成是一種身心運動！就像看待游泳、慢跑那樣！」「才不呢！」春華叫起來，「不像慢跑，倒是比較像『摔角比賽』才對！」小倆口咯咯笑個不停，「好笑！」春華說，褪去了所有遮掩縮進孫行家的臂彎裡，「講個笑話給你聽——我同學在鎮上租了間套房住，她那房東比她媽還囉嗦，簡直就像是調查局派來的！我跟你講喔——只要我同學的男朋友一來，那房東就豎起耳朵在房門口站崗不去！真是……比蒼蠅還討厭！真正變態一個！」「有那麼誇張？」孫行家問。「對！對！變態！」春華咬著牙根說，「那個包租婆規定：『不可以關房門！』我同學只要發出像呻吟的笑聲，就要被問東問西！」「那妳同學還受得了啊？」

孫行家又問。「哼！我同學才不鳥她呢！」春華說，「她想和男友Happy，就說是要換衣服！不但關門，還外加反鎖呢！」「那她房東受得了啊？」孫行家再問。「我同學總是用喘氣的聲音大聲回嗆：『難道換衣服也不能關門嗎？』」春華大聲說，笑得幾乎岔了氣，「那那個死老老太婆竟竟竟然回答：『換衣服也不可以太久嘛！』簡直超級變態一個！」「哼！鬼扯！」孫行家罵起來，「難道無殼蝸牛只能開房門辦事嗎？」「對嘛！房租讓人賺，竟還要受氣！這是什麼社會？」春華咆哮起來，「若是總統再不出來主持公道，年輕情侶們乾脆統統搬來窟仔底住！」她邊說邊用自走似的手指頭探索孫行家的身子，「說這些……我又想做了！」她緊摟著男友說。

孫行家領著春華走到井邊，見那叢竹子晃晃悠悠地立在薄暮中。「真怪！」他說，「這井邊的風怎麼『嘖嘖嘎嘎』地笑個不停？妳聽見了嗎？」「那是竹竿互相磨擦的聲音！」春華說，嘩啦啦地沖下了第一桶水。「哇喔！真爽！真爽！」她幾乎瞬間叫出聲來，隨即在水霧交織成的螢光幕裡跳起舞來！「好爽！」孫行家伸展著脊背說，「我不必洗了！妳爽快的感覺，我全感受到了！奇怪？就像自己親身的感覺一樣！」他覺得自己渾身輕飄飄的，耳裡嘩啦嘩啦的水聲透出了風的節奏。「要死啦！快來洗啦！你不洗澡，以後我不跟你做愛！」春華大聲說，將手上的水滴彈射到孫行家臉上。「真奇怪的感覺！我莫非中邪了？」孫行家問自己。

兩人一直沖洗到天色全暗下來，才輕手輕腳地回到了屋內。孫行家摸著肚皮說：「好像甩掉了幾斤板油似的！」「妙！多美妙的感覺！」春華說，「洗個澡竟然比做愛還爽！」「好吧！以後咱乾脆只洗澡就好了！」孫行家笑說，「就像許多老夫老妻那樣！」「不行！」春華說，發出了一聲餓獸般的低吼，「我要一直做愛到老公散架為止！」「那我真得多吃些豬腳了！」孫行家叫起來，味蕾間有一種略帶緊繃的快感！「做愛說不定也是永生的祕密！」他說，突然間又想起了春華的『永生的祕笈』！「妳那張『寶瓶水』祕笈再借看一下！好嗎？」孫行家急著說，伸手向春華要那張寶貝便條紙。「送你！送你！慢慢研究吧！別緊張！」春華說，不以為然地搖了搖頭，「你自個兒去永生吧！我活個七八十就很滿足了！」「俗見！永生可是宇宙間第一神聖的課題啊！」孫行家說，「剛才你沒看到猴三的表情嗎？死而復生永遠比新生還可貴！」「嘿！還沒永生，就先罵起人來了？哪！這破紙條……快收起來吧！沒人跟你爭！」春華撣著手說，「搞什麼鬼？盡說瘋話！咱出去轉轉吧？你的腦袋得換一換氣啦！」

孫行家牽著春華的手走出戶外，感覺夜色中的窟仔底宛如夢境一般輕鬆！「真輕鬆！」春華叫起來，墊步跳起了蝶步，「外界都說窟仔底墮落，原來是妒嫉的心理居多！那些愛說教的鬼，簡直就是變態！」「讚啦！讚啦！」這時前頭私娼寮的方向突然爆出了「嘻嘻嘩嘩」的笑鬧聲，就像有脫衣舞之類的表演正在那裡上演似的！「這麼輕鬆的夜晚，感覺只存在於小說裡！」孫行家說，「去看看吧！那裡肯定有很多輕鬆的人！」「搞什麼鬼？莫非是在開里民大會？」春華說，「真難得喲！開會竟還笑得出來？」「啊！等等……」孫行家突然叫起來，「我的永生祕笈呢？」「腦殘啊？」春華罵起來，用食指抵刺孫行家的太陽穴，「不是早收在那本《古文觀止》裡了嗎？」「妳不腦殘？說話別動手動腳行嗎？又不是演話劇！」孫行家回嗆，「動作派！少根筋！」「我打你喔！」春華揮著拳說，「其實做人最真的，就是我們雙魚座！」「哪像悶騷的某種星座？講話假惺惺又愛傷人！」她大聲說，伸出食指猛戳了孫行家的胳肢窩一下。「老輸！輸母！等等！等等！」阿水的叫聲突然從後頭傳來，陣陣甘甜的蒸氣旋即也跟了上來！「我阿嬤煮的麥仔茶——止嘴乾又不礙胃！真材實料——別處喝不到！」阿水笑著說，兩眼直愣愣地望著春華看。「來！春華！」孫行家指著阿水說，「這是我的高徒！除了妳老公之外，世上最標準的好男兒！將來肯定也是個模範老公！」「好像在哪兒見過？」春華說，打量著阿水精瘦的身子。「本來是要拿去老輸家的！」阿水說，「碰巧看到你們往街上走，就跟過來了！」他靦腆地笑起來，搓著手指頭問孫行家：「阿嬤叫我來問老輸——不知住得慣否？」「慣——慣！」孫行家連聲說，「簡直快被慣壞啦！老師我，住上癮了！你一定要轉達老師的意思——多謝！多謝！」「阿水都是大人了，怎還這麼瘦小？」春華盯著阿水問。「要改善！要改善！」孫行家說，轉身拍拍阿水的胳膊，「高徒！你得多吃一點才行！」「可是我體力很好呢！」阿水說，

「老輪，你看！」他突然趴下身來，作出標準伏地挺身的動作。「一二！一二！一二……」阿水呼口號像蛙人部隊，那毫無贅肉的屁股宛如裝上了彈簧似的！「利害！利害！」春華用虛軟的聲音說，挨著孫行家的背脊骨微微顫抖起來。「將來……阿水的老婆會很幸福！」她說，隨即哈著氣笑個不停。「妳妳控制一下！學生面前……」孫行家在春華耳邊說，彎腰拉起了阿水。「好啦！好啦！快起來吧！留點力氣念書更重要！」他說。

「好像打啵的滋味！」春華說，一連喝了三杯麥仔茶。「那裡到底在開什麼會？笑成那樣——嘻嘻嘩嘩！嘩嘩嘻嘻！」孫行家問阿水，指著前頭老茄苳樹的方向。「那不是里民大會啦！」阿水說，「那是……一種……『講笑會』啦！」「有些賺吃查某愛說笑……」他壓低了音量解釋，「晚飯後閒閒，就要在店前開講『房間術』！好像是某種義務的補習班那樣！」「喔——講笑會？」春華叫起來，興奮得兩眼發亮，「那一定有講黃色笑話！」她說，「師母和你老師現在就去檢查看看！阿水嘛……就趕快回家讀書吧！」

孫行家和春華來到私娼寮前的老茄苳樹下，見那水銀路燈照耀下一幕幕鬧熱的即興野臺戲正上演著。「這裡的路燈好像比鎮上的亮得多？」春華說，「簡直就像探照燈似的！」「那當然！不照亮一點，警察晚上就不敢來了！」孫行家笑說，見那橫豎幾板凳的人影正笑得東倒西歪的！「在說什麼呢？樂得像喀藥似的！」春華斜視孫行家說，「這裡真像賣壯陽藥的夜市！」「噓！」孫行家眨著眼說，以食指封在嘴巴前，「人家鄰居感情好嘛！」

「注意！注意！大家注意——老輸來啦！老輸來啦！」一個濃妝艷抹的婦人突然大聲叫起來，「這帥哥老輸，我認識很久了！」她邊叫邊快步走向孫行家，張開了雙臂像要抓人似的！「老輸好！記得偶嗎？」她用心悸般的聲音說，「偶就是那個……在這裡專門替男人調理身體的阿桑嘛！想起來了嗎？」「記得！記得！有點印象！有點印象！」孫行家漲紅了臉說，宛如布袋戲人偶在唸臺詞。「阿姊！阿姊！」他說，「不要這麼大聲嘛！拜託！拜託！」眾人笑得像老鼠偷食得逞似的，交換著眼色打起暗號來。「很熟嘛！」春華掐著孫行家的腰質問，

「常來是嗎？」她似乎刻意拉高了音量！「不！不！不熟！一點不熟！真的！」

孫行家掙扎著說，「別誤會！別別別亂想！妳的爪子……拜託！拜託！」他縮著脖頸扭腰求饒，就像要擁抱濃妝老娼似的！眾人大笑起來，「趣味！」有人高呼，「老師要跳探戈啦！」「那就三個一起跳吧！水某才不會吃醋！」濃妝老娼說，體貼地伸手攙扶孫行家的胳臂。春華氣得鼻孔冒煙，將捏人的那隻手使勁地扭了一下。「還叫我禁聲？這裡人人講話像賣藥！」她大聲說，「你——大概也需要吃藥了！」「沒有！沒有！我真的沒給這阿婆調理過！真的！」孫行家邊抽搐邊說，「阿婆！您也卡好心一點！快講公道話吧！救人啊！」「是啦！是啦！師母息怒！息怒！」濃妝老娼搔著頭說，「偶記得……那天好像有講到……老輸如果和阿水一起來，偶就一定半價優待！免客氣啦！」她像日本婆仔似地哈起腰來，「偶們不講客套！客套生分！」「唷！」孫行家終於發出一聲慘叫，「阿阿娘喂！阿阿婆，您您也真夠好心的！」他搖著頭呻吟了老久，耳朵裡盡是全場觀眾豬哥似的大笑聲！

眾人幾乎笑到岔氣，哼出了一種合音似的哭調仔。這時，一個老太婆曲折地走上前來，「師母！免歹勢啦！」她很有禮貌地說，一副正義參天的模樣，「為了查甫人身體好、為了偶們能睡個完完整整的好覺，」她比劃起雞爪似的玉手說，「妳不要去管那麼多才對！惡溲咬骨，查甫人憋著只會變成青狂狗！那樣真不好！像阮厝的老猴，偶就鼓勵伊兩禮拜來這裡透一次！定食定量，也不要太多！」她用輔導老師的口吻說。「有理！有理！」濃妝老娼點頭響應，「這個姊仔是生理學博士！」「有理！有理！有理！兩個禮拜運動一次，有益無害！有益無害！」孫行家隨口說，納悶怎會扯到「生理學」來了！「淫亂！還說有理呢？」春華大罵，無影手在暗處又發動了一波攻勢，「想什麼？當我不懂嗎？」她用令人齒冷的聲音說。「唷……」孫行家飆出了男高音，「我真的沒進去舒服過……」他痛得眼圈都黑起來了！

老茄苳樹下，笑聲串聯不絕，人人都像喝了醇酒似的！「各位好厝邊！我們初來，請多多指教！」孫行家向眾鄉親拱手致意，行了個九十度的鞠躬禮。「嘿！

真厚禮！老輸不愧是老輸！」一個脖子長痣毛的中年漢子起身回應，「偶們才是要來請老輸多多主教啊！」他說，「老輸搬來這裡住，讓偶們窟仔底現在變成了『文化區』啦！」「哼！愛說笑！」春華小聲說，「我看這裡簡直就是風化區嘛！豬道嗎？豬道嗎？哼！笑死人！」「偶豬道——以後講髒話的人要罰錢！」痣毛男說，「偶們真的想變成文化區！真的！」眾人面面相覷，笑容瞬間都僵固成了喇叭花狀！這時一個小孩突然大聲說：「每個大人都嘛有講！罰不完啦！」眾人擠出幾聲乾笑，許多人笑得漲紅了臉！「還是囝仔老實！這囝仔能牽的！」正義參天老太婆說，露出了孩子氣的笑容。「老輸，偶在路口賣果汁，叫偶『果汁林』就可以啦！」痣毛男向孫行家介紹了自己，「能和老輸做鄰居真好！」他諂媚地說，「真好！就像喝偶的果汁的滋味！」孫行家跟著說：「真好！真好！」「不好！」濃妝老娼跳出來吐嘲，「老輸！果汁林的果汁是爛水果打的！」她用起乩般虔誠的口吻說。「阿唷！阮老姊仔見笑啦！」果汁林嗲聲嗲氣地說，「偶做的狗汁，生津止渴，和姊仔一樣能調理身體！」「不老實！」濃妝老娼用右手食指戳果汁林的胸膛，「對唇邊，咱應該講老實話！」她左手插在腰際，指著果汁林教訓起來。「你的水果明明就是撿人扔在地下的！這是事實！偶又沒說你的果汁不好喝，你緊張什麼？」她說。「當然好喝囉！便秘的人喝一杯，保證落屎三天！免開錢抓藥啦！」這時一個六十開外的老娼扭著腰走過來幫腔，手上高舉著一只看來剛洗過的玻璃杯。「老輸又沒便秘，不用你們這麼體貼！」正義阿婆說，搖著手向孫行家打暗號。「呵呵……偶……哦……每每晚都愛來這裡聽說笑，幾……十年也免開錢抓藥！真的！」這時一個長髯翁咧著嘴走過來說，他看來雖然紅光滿面，但笑起來就像哮喘病快發作了似的！「喂喂！老猴，你可要多保重啊！」六十老娼牽起長髯翁顫抖抖的手說，「有偶調理，你會活到一百二十歲！」她很有信心似地說，「偶準備至少還要再幫你調理二十年以上！」她露出專業、自信的笑容。眾人咿歪咿歪地笑起來，「是啊！是啊！有調理有差！」有人說，「阿伯喝果汁林的爛果汁，從不便秘！」

「來！老輸！這杯仔給你專用！你太太也用這個，夫妻感情才會好！」六十老娼說明了來意，「你看——『老師專用』，偶寫的！別人碰一下都不行！保證衛生！歡迎你有閒常來偶店裡坐，飲茶喝咖啡統統免費招待！」春華交叉著下垂的雙臂緊挨著孫行家，「你你可別去喝咖啡喔！」她小聲說，「更不可以真的進去調理……」六十老娼聽了春華的話並沒生氣，反而露出很有尊嚴的表情說：「偶們的生意，絕不會勉強人！蓋高尚的生意怎會勉強人呢？」她揚起下巴像在當眾宣告：「阮這款生理，是歷史悠久的良心事業！是皇帝見了都要脫褲的高尚事業！豬到嗎？」她的神情就像在傳教似的！眾人忍不住又笑出聲來，「這老查某還真臭屁！」有人小聲評論，似乎看來並不很服氣！「誰說的？」六十老娼厲聲問，果然是耳聽目明得很。「老猴！你來說句公道話！」她收起了下頦對長鬍翁說，「你說！你說！你兒子交待兩個禮拜給你透爽一次，偶有沒有定時定量？偶有沒有照訂單辦事？你說！你說！你說！」「有……呃！汗啦！汗啦！」長鬍翁漲紅了臉說，雙手合十像在拜觀音，「麥擱講啦！拜……託！拜拜託！」「你是在歹勢啥？身體好還怕人知嗎？所以講嘛！偶們的生意是做信用的，絕對是服務社會的良心事業！」

六十老娼抬頭挺胸地說，順便端了端自己已乾扁的胸膛。「好啦！好啦！妳最有良心？偶問妳：『為什麼每次都將阮老猴吸得乾涸涸，一點田水都不留給偶呢？』」正義感阿婆沒好氣地說，當下賞了長鬚翁——她的好翁婿一拐子。六十老娼看來並不服氣，立刻舉起了右手食指回嗆：「我敢詛咒——和妳老猴做，純粹是在做功德！伊呀，精氣不順，每一回來都像是幾年沒解透似的！也不知伊的查某人是怎麼顧的？房間內的功夫是咱做查某人的本分，光是正義參天有個屁用？妳要是不會的話……偶願意教免錢，功德做到底！」「哼！哼！」正義阿婆將頭撇向一邊猛噴氣，「哼！誰人功夫好還不知呢？」她大聲說，「妳若是真正功夫蓋世，會落得整天閒閒洗杯子泡茶？」「這……我……」六十老娼一時間急得說不出話來，「嗚嗚……我真是好心反給雷親啦！」她咿咿嗚嗚地哭出聲來，「若是沒偶來調理……恁老猴早就倒陽無效啦！哪有可能如此紅光滿面呢？」她用歌仔戲哭調仔的腔調反問，扭著腰踏出了幾個蓮花步。「厝厝內的，少少講兩句吧！」長鬚翁嘴角漏風地說，「人家公道做生意，服務也很確實嘛……嗯！嗯！咱回厝內去吧！」他拉起正義阿婆的手，哄著她回家去。正義阿婆一拐子架開長髯翁的手臂，轉身指著六十老娼大罵：「做生意不能貪！不能沒節制！」「誰人沒節制？是偶去押恁老猴來做的嗎？」六十老娼立刻回罵，一副想要釘孤支的架勢！長髯翁向果汁林揮手求援，一張臉紅得像關公。「誤會！誤會！」果汁林精猴似地說，「都是好厝邊，莫傷和氣！」他平展雙臂在交戰雙方之間，拉出了一個維持安全的距離。「這樣吧……兩位姊仔都先來喝偶的果汁吧！先消消火，有話慢慢講嘛……」果汁林作出拜媽祖的動作，一顆腦袋瓜像裝了馬達似地點個不停！眾人曖昧地大笑起來，「有話慢慢講，偶們來作裁判嘛可以，看誰人的功夫卡好？」人群中有人提議，眾人紛紛瞪大了眼鼓掌叫好。「是是……啊！」長髯翁也拍手附議，「眠眠床上的功功夫，業餘隊不不一定會輸職業隊！對對不對？對不對？誰人的功夫卡好？可可以請請大家評分嘛！」他試圖安慰身旁的老太婆，擠出一種好像很公道的表情。「對！對！對！對！對！對！」眾人用響板一般的聲音附和，個個都瞬間笑花了臉！兩個老太婆繃著臉對看，兩張臉上連一絲笑容都沒有！

「先消消火吧！」果汁林斟滿兩杯「爛果汁」送到兩位老太婆面前，隨即又叫他太太速速取來了兩大壺。「偶先乾杯！」六十老娼大聲說，抓起杯子咕嚕咕嚕地先喝下了一大杯「爛果汁」，「功夫好不驚落屎！」「偶不必嗆聲壯膽！」正義阿婆說，轉身命令紅面老公替她喝果汁，「你這老猴該先退退火才對！」「有小朋友在場，還講這些色情話……警察都不管嗎？老師都不管嗎？」春華說，無影手在暗處又捏了孫行家一把。「免驚！免驚！」果汁林轉身向師母解釋，「警察不管咱窟仔底，已經很久啦！伊們官爺閒閒沒事才算賺到，坐在警車裡打瞌睡都來不及了，哪有工夫聽咱講趣味生理呢？現在的『大人們』好像都是吃菜唸經的信者似的！」「對……對！對！」長髯翁咿咿咿呀呀地說，「哪像日本時代的警察大人？個個都像學校的管理組長一般！但但是……就算是日日本時代的警察大人……也不不敢來咱窟仔底這裡亂來！即使伊伊們跑來這裡開開查某，都都嘛是要排隊守守規矩的！」果汁林點著頭笑個不停，「這是咱窟仔底光榮的歷史啊！」他說，「聽老人講——從很久以前開始，日本人郡守就下了定論——『放彼等自己去爛吧！』以後的各代官府也都遵守這規矩，就像咱窟仔底已爛得消失在風中似的！哼……臭官府還怪人爛呢？笑死人！咱在這裡住得爽歪歪，伊們麥來亂就好啦！阮百姓顧自己的生活嘟啊好，哪可能像大官那般頭殼壞去？」「是啊！是啊！」眾人很有同感地附和起來，「這個果汁林很有政治理念嘛！」「注意！注意！大家注意！看這裡來——恁老輸要說重點啦！」六十老娼突然叫起來，似乎不喜歡有人搶了她的手采！「查甫人未起先發，就是陰陽沒調和！伊的查某人應該自我檢討才對！」她開始講「生理學」，跩得像個大學教授似的！「冤枉！」正義阿婆大聲回嗆，「這跟偶什麼關係？一定是外面的肖貪查某，調理過頭造成的！」「不對！不對！」六十老娼用學院派的口吻說，「理論上——一定是妳房間內的功夫不得要領！」「哼！不——得——要領？」正義阿婆像在打嗝，旋即雙手插腰挺起了胸膛，「跟妳講白的——阮老猴每一次和偶做，都是戰到天明也不休！整張眠床就親像戰場一般！這安怎怪偶功夫不對呢？不豬道還亂講，不怕舌頭生瘡嗎？」「麥啦！麥啦！大家都是好厝邊嘛！」果汁林跳到兩個阿婆之間維持和平，「來！來！偶請客！偶請客！恁倆都多喝一點爛冬瓜茶吧！這是真正爛冬瓜熬的，消火、通腸又不含防腐劑！相罵傷身體無效！把好功夫講清楚比較重要！拜託！拜託！」他頻頻打躬作揖，全然一副小政客拉票的孬樣！「緊講！緊講嘛！好功夫還不緊講？」一個猴急的男子鼓噪起來，急得就像要撲上前來似的！

「我功夫好，不驚落屎！」六十老娼說，氣魄地又喝下了一杯爛冬瓜茶。「嗯嗯……」她清了清喉嚨說，像生理學教授似地盯著猴急男子的軀體看，「那偶就不再留一手啦！講到這眠床頂的功夫……重點是手口並用、上下交攻……」「啊唷！好嘔心喔……」一個小孩突然尖叫起來，假惺惺地躲到了大人身後。「等一下！等一下！」果汁林大聲說，比出了暫停的手勢，「咱不能教壞囝仔大小，應該先清場！先清場！」他說著將雙手圈成了喇叭狀開始廣播：「各家的囝仔人、高中以下的小朋友，請你們馬上離開現場！囝仔人學大人的功夫，會長不高的！趕快回家寫功課吧！功課沒寫完的話，會被老輸打屁屁的！」「我們功課早寫完了！」小朋友們幾乎是齊聲回答，沒一個人肯挪動半步走開！「那……功課寫完的小朋友，麻煩你們趕快到三十公尺以外玩跳房子！打彈珠也可以、躲貓貓也隨意，最好是玩那種把兩個耳朵摀住的遊戲！豬道嗎？這點對囝仔人的心理健康特別重要！」果汁林說著掏出一支原子筆在手掌上比劃起來，「若是有囝仔不緊走、或是鐵齒講不聽、或是偏要偷聽的，偶就要把名字統統記下來！名單就交給這個孫老輸，拿到訓導處去記大過！」他邊說邊向孫行家眨眼打起暗號來。「那為什麼老師就可以聽呢？」一個小孩細聲問，朝果汁林拱鼻作了個鬼臉。「咳咳……不不對！這不對！」長髯翁指著果汁林罵起來，「對囝仔人講話，不要落落長！那那樣效效果不好！無效啦！」他漲紅了臉環視還在現場的小朋友，「應該簡單講——不聽話的，統統打斷腳骨！皮在癢的，就給偶試試看！那——就夠了！」「又來了！又來了！嗄——每次都這樣！」小朋友們咂著嘴說，個個都像拖著犁一般腳步沉重！他們走得並不遠，調皮一點的索性躲在附近大樹幹後偷笑，像玩躲貓貓似地彼此交換著眼色。「好啦！好啦！不要再打斷偶了！好嗎？」六十老娼大聲抱怨起來，「精彩的，偶只講一遍！沒聽清楚我不管！」她說著攤開雙手望著天空，用傳福音般的口吻說：「查某人要疼惜自己的查甫人，就親像顧好自己的耕牛那樣！要給伊們消除疲勞的爽快的感覺，而不是日操暝也操，逼得伊們辦事像在加夜班！偶說啊——『感覺是最重要的！』查甫人拚死拚活跑生理、腰酸背痛做粗工，賺錢並不輕鬆！咱查某人要瞭解這點，要給伊們暢快的感覺，讓伊們覺得把艱苦錢交給偶們很值得！會爽最重要！會爽不會爽不在時間長短，而是在有沒有感覺！真的會爽，五分鐘就很爽了！根本不必拚到天明也不休！又不是在做苦工、拚業績！」「是是啊！是啊！」長髯翁率先點頭喊讚，老僵的脖頸突然像是上了潤滑油一般！正義阿婆當場氣得像要吐血似的，「你……」她用扁鑽般的食指抵著老公的鼻頭說，「你這個會吃不會相咬的死老猴！家後不愛顧公田？賺吃查某是飼你吃屎了嗎？」「姊仔！姊仔！麥生氣！麥衝動！有話慢慢講！」果汁林趕緊過來打圓場，「研究功夫求進步，隨人發揮嘛！有理的，人就信！」他很有學術倫理似地說。「有理！有理！」眾人朝果汁林豎起大拇指說。「哈啾！不不要凌遲老實人嘛！」長髯翁打了個噴嚏說，「阿姨仔講得確是有理嘛……」「是喔！是喔！不要欺負老不修嘛！」一個小孩從大樹幹後探出頭來聲援老翁，眾人頓時笑得東倒西歪！「誰人講的？」正義阿婆轉著脖頸大吼，「無平！無平！連囝仔都欺負阮良家的？嗚嗚……這社會還有正義嗎？這講法甘有公理？」她孩子氣地癱倒在地上，用力踢飛了一只包頭鞋！

「好啊啦！妳贏！妳贏！妳這踢鞋的功夫沒人有！」長鬍翁漲紅了臉說，拉著正義阿婆的手拍了又拍，「算妳業餘組冠軍吧！憑良心講……厝內業餘的和職業隊比賽，並不公平！」他吃力地將賴在地上的老婆攙扶起身來。「你講！你講！我就要你講——到底誰人的功夫卡好？」正義阿婆噘著嘴唇追問，緊緊掐住長鬍翁的手指頭不放！就在這時候，人群外圍有人突然大喊起來：「吃麵喔！吃麵喔！」眾人像聽到空襲警報似地瞬間抹去了笑容，旋即紛紛反射動作似地跟著叫喊：「吃麵喔！吃麵喔！」老茄苳樹下頓時起了一陣騷動，輕鬆的空氣瞬間像沾上了柏油似的！六十老娼疾走如風，濃妝娼婦緊跟在後，一溜煙似地都閃進了矮厝仔內！「練過！練過……」眾人讚嘆聲不絕，望著唏哩嘩啦被拉下的鐵捲門張大了嘴巴。

「嚄！驚人！驚人！好功夫！好功夫！」正義阿婆大聲拍手叫好，「偶作小姐時，躲美軍轟炸也沒這等功夫！欽佩！欽佩！」她終於鬆開了掐著老公的手爪，露出了五體投地似的表情。「大家注意！大家注意！」果汁林突然尖叫起來，「根據偶的『精工社』，剛才兩個阿嬷已經打破世界跑路紀錄啦！大家掌聲鼓勵一下！」眾人睜大了眼面面相覷，許多人搖著自己的腕錶瞧了又瞧，隨即中邪似地大聲歡呼起來了。

兩輛警車在歡呼聲中緩緩駛近，走紅地毯似地咿哦了兩聲高傲的警笛。「快請豬腳王來！戴帽子的這早就來……不合規矩！」眾人紛紛抗議起來，像見了仇家似地瞪大了眼睛。孫行家拉起春華的手說：「咱走吧！這裡怕要惹事生非了？」

「唔——」春華頂開孫行家的手說，圓睜著杏眼盯著警車看，「『吃麵』顯然是江湖暗語！好戲要登場啦！」這時候，三個攜槍的警察跨出車來，靦腆似地朝觀眾們揮了揮手。「免禮！免禮！」帶隊的警官拱起鼻頭說，「別假仙啦！還要放炮歡迎嗎？」他說著朝警車裡招招手說：「別怕！別怕！放心出來吧！」過了整整三十秒鐘，一個穿西裝打領帶的年輕男子才大姑娘似地鑽出了車來！他傴僂著身軀一跨出車門，便高舉起雙手保護自己包著紗布的頭殼，好像深怕再被人攻擊似的！「別怕！」警官大聲說，比劃起如槍的手指向眾人，「你們這麼多人集結，幹什麼來的？」「幹——你的屁眼睛！」人群中有人小聲回嗆，頓時引來了陣陣竊笑聲。「誰講的？誰講的？給我站出來！」警官吆喝著四下張望，「這裡沒王法了嗎？」「大人息怒！偶們在開里民大會！」果汁林哈著腰說，喇咧出一臉癩皮狗似的笑容。「偶們在開查某！」人群中的雜音又響起，像老鼠的笑聲一般清晰！警官的鼻孔瞬間脹大了三倍，刀光似的眼神就像要立刻槍斃幾個人似的！「里民大會？我咧……怎里長沒來？」他大聲斥問，一副專程來查翹課的架勢。「報告——里長落屎，走便所去了！」果汁林行著軍禮說，「去了半小時，也不知清乾淨了沒？」他說著轉身向觀眾求援：「是不是這樣啊？偶說的正確嗎？」「是！是！正確！正確！完全正確！」眾人近乎齊聲地回答，個個抬頭、挺胸、縮小腹、鎖屁眼，儼然都是一副莒光日受政治教育的蠢樣。「廢話！」警官說，「一定是爛果汁喝太多的關係！」「免褒！免褒！」果汁林向警官拱手致意，笑得比土狼還噁心，「偶正想請大人也喝一些『通腸果汁』呢！喝偶的果汁比較不會得痔瘡！」他說。眾人憋著不敢笑出聲來，許多人乾脆用放屁的聲音表達了贊同的意思。「那……有沒有人代理呢？」警官板著臉追問。「偶偶又沒讀讀過書……」果汁林便秘似地說，「偶不豬道怎麼做主席！」「笨蛋！老師就在這裡嘛！」一個小孩從大樹後探出頭來說，旋即摀住小嘴巴笑個不停。眾人你看我我看你，半晌說不出話來，紛紛轉身巴望著孫行家。「他是代理人！」果汁林突然指著孫行家說，「孫老輸正在教偶們怎麼開里民大會！」他眨著眼說話，朝孫行家拍出了密碼電報。「對！對！」眾人歡呼似地叫起來，有人還連忙用北京腔補充說明：「孫老輸兒正在教偶們兒『公民與道德』兒！等一會兒考試兒不會的，立馬要像豬仔兒，被壓在地上兒打五十大板唄！」說話的人舌頭抽筋似地喘起氣來，發出和尚唸經似的呻吟聲。「不知警官先生有何公幹？」孫行家被眾人推著上前致意，擠出了一臉豬八戒般的笑容。眾人鼓掌歡呼起來，許多人還朝警官大人作鬼臉、扭屁股。「代理人？」

有人回嗆，「我咧——Do Re Me啦！」「刁民！」一個警察抖著三七步說，「刁民就是刁民！」帶隊警官舉手示意那警員住口，轉過身來對孫行家說：「你們窟仔底的鄉親既然重視『公民與道德』，為何還要亂打人？這位賴先生來報案，他剛從急診室出來，一顆頭殼縫了二十多針！說是在你們這裡被一個大肚子的人打的！」「不……不會吧？」孫行家搖著頭說，皺起眉頭環視眾鄉親，「我們這裡的人只愛講笑，不愛打人！」他很肯定地說，「這裡沒有人會隨便打人！你看——我也是剛搬來，有被什麼人打嗎？」他攤開雙臂，露出很老實的笑容。「不隨便打人？」警官冷笑起來，「把人的頭殼打到縫二十多針才止血，難道還有什麼不隨便的理由嗎？」他指手劃腳地說，「這是天理不容、法律不赦的重傷害！」他用力地將食指在頭頂揮搗起來，宛如握著一把上膛待發的凶器似的！「那……真是遺憾！」孫行家趨前問候瑟縮在警官身後的賴先生，「記得是誰打的嗎？」他說著平靜地轉身面對警官，突然間加大了聲音說：「不能誣賴好人！要確認真正的兇手才公道！」他像檢察官似地朝著警官噴口水，逗得眾人又是一陣歇斯底里地大笑。「他不是窟仔底人，怎知是誰打他的？」警官說，回過頭去再問受害者，「記得打你的人長得什麼樣嗎？」「大塊頭！大肚子！像個殺豬的！」賴先生顫抖著下巴說，立刻引來了眾人窸窣的竊笑聲。「窟仔底沒那樣的人！」孫行家說，「不可能有！我們這裡並沒有屠宰場！」「哼！可不可能都要指認！」警官大聲回嗆，噴出的口水差點命中孫行家，「來人啊！每個人都給我好好辨認一番！大人、小孩，男的、女的、不男不女的……統統不能放過！」他終於嚴厲地下達了指令。

「統統站起來接受檢查！」一個警察指著長髯翁說，「都讓這位賴先生看清楚一點！」「措啥溭？偶又不是開屠宰場的！」長髯翁氣得大叫，「連偶這個八十多的人也要來立正出操嗎？伊娘咧！」他拗著不肯站起身來，像個孩子似地要起了脾氣。警官白了他一眼說：「就先指認他吧！你斟酌看好了！」賴先生很快地搖頭說：「不是這位鬍鬚伯！這阿伯我記得！當時我本來正和他說話，說得好好的……突然間一個大肚壯漢就衝過來打我！」「喔——有證人啦！那好！老人家氣色真好！您記得是誰打賴先生的嗎？您直接講！講完就可以先回家睏覺了！我可以保證您的安全！」警官喜孜孜地說，弓著身子挨近了長髯翁。「偶偶偶……早已老番癲啦！咳咳咳……」長髯翁氣喘吁吁地說，「偶哦嘔……不不記得有人打架！偶偶現在只會開查某，什什麼都不會啦！」他噘著嘴搖頭，正眼也不瞧警官一下。「好樣的兒！」眾人又說起了北京話，「噗噗噗」地拍起手來。「放心！」警官拉下臉說，「我們一向毋枉毋縱！」他說著朝老茄苳樹下走去，招手吩咐躲在樹幹後的小孩們統統出來受檢。「樹下這堆，看仔細一點！」他說。就在這幾秒鐘的空檔間，果汁林突然湊近孫行家耳邊低聲說：「豬腳王不能來……你知道……拜託你擋一下！」「沒問題！」孫行家興奮地說，作過放牛班導師的他，很快就明白了個中玄機！「看來……這些都不是兇手！」賴先生噘著嘴說，呆望著私娼寮拉下的鐵捲門。這時，孫行家突然一個箭步上前，哈著腰向警官報告：「窟仔底這裡，偶而也有外人走動，會不會是外人犯的案？」警官搖搖手說：「老師剛搬來可能不知道——窟仔底名聲『太好』，鎮上沒人喜歡往這裡竄！所以一旦有事，也不必考慮別的啦……」「那倒不一定！」孫行家指著賴先生說，「他就不是窟仔底的人！不也是來這裡走動嗎？所以，我覺得應該先瞭解事情的原委經過才對！」「對！對！對！對！對！」眾人大聲喊讚起來，頓時歡呼聲此起彼落。警官脫下大盤帽，搔了搔頭說：「去……我們警察已經夠忙了！你們這裡又來添麻煩……」「不過……老師說的也對！不是嗎？」他轉身問賴先生，「今天一大早……你沒事來這裡幹什麼？你不是本地人吧？」「我……我來拉保險！」賴先生靦腆地說，「我是『臺灣妥當人壽保險公司』新派駐本鎮的業代！」年輕人抬頭挺胸地說，不忘用手爪整理了一下頭頂纏繞的紗布。「哎呀！你們公司也真白目！都沒有職前教育嗎？窟仔底這裡的人，鮮食就不夠哪還有剩餘的來曝乾呢？伊們要是真會保險，就不會搬來窟仔底住了！這裡只有『自保』和『自身難保』兩種人，從沒聽說過有什麼會參加保險的人！你……真是搞不清楚狀況！」警官指著賴先生的腦袋劈里啪啦地罵起來，末了時還不忘補充說明：「敢來這裡的人，我建議他——最好自己先去買好保險再說！」眾人爆出陣陣有味的笑聲，第一次對警察投以不厭惡的眼光！

「是啊！是啊！大人說得有理！有理！」孫行家說，樂得抖起腿來，「或許完全是誤會一場！」「也對！」警官說，狠狠瞪了倜促的賴保險員一眼，「賴先生！事情的經過到底是怎樣呢？你現在就當眾說清楚，不要只講頭殼被打的部分！」他比劃著自己微禿的頭頂說，露出包青天般的表情！「英明！英明！」長髯翁擠上前來用練外丹功般的力氣說，「少年仔沒講完全，不公道！偶偶現在就來講講個詳細吧！」警官瞇起雙眼凝視長髯翁，沒好氣地說：「您不是已老番癲不記得事了嗎？怎麼突然又好起來啦？」「咳！咳！」長髯翁朝警官的鼻頭輕咳了兩聲，揮揮手說：「偶只要一激動，就會記起一些事來！」他喝了一口鄉親遞過來的爛冬瓜茶，挺直了腰桿說：「偶現在就來說分明吧！今……今天一大早，偶和平常一樣……來來這樹下運動一下！不是來開查某喔！這個少年仔騎著歐托拜就來了，起先還算滿有有禮貌，問偶高壽多少了？偶因為忙著運動，就告訴他說：『快要死啦！』沒想到……他他竟然就開始唸肖話啦！」「什麼肖話？」

警官急問。孫行家立刻安撫長髯翁說：「阿伯！您慢慢講！照實講！不要怕！給大人來評評理！大人向來很公正的！」長髯翁又輕咳了兩聲，「偶這個人從不講假話！從日本時代就是這樣！」他吞了一口口水說，「伊啊……就開始介紹那個『保證承保』、『保證妥當』、『保證會賺』啥物碗糕的人壽保險啦！而且越說越離譜……伊講啊——『阿伯您如果今年就死翹翹，會得多少錢……如果出去被車撞死，會得多少錢……若是被撞得半死半活拖屎連，也有錢可以拿！』偶先拜託伊怗怗！再求伊說：『麥擱講啦！麥擱講啦！』伊就是不聽！」「哦！是喔！」警官大人慘叫起來，工整的臉上瞬間現出了有陰影的線條，蟾蜍肚般的腮幫子越脹越大。他突然發出一種痛苦又爽快的呻吟聲，然後雙手合十哀求說：「拜託——莫……莫再講啦！莫再……」他突然放聲大笑起來，笑得幾乎要落下頦！「好哇！案情終於有了突破啦！」孫行家說，啪啦啪啦地拍起手來。眾人交換了偷腥得逞似的眼神，沒多久就全都笑得東倒西歪了！

全場只有長髯翁和賴保險先生沒笑出來，兩人看來都滿腹委屈似地想再申訴一番！「不不行！偶還還沒說完呢！」長髯翁叫起來，撫掌請眾人安靜下來。他咿咿呀呀地急著補充說明：「這賴保險還講——『若是您出國坐飛機從天上摔下來，也可以拿多少錢……您愛喫菸，得到肺癌會得多少錢……若是做化療也有錢領！若是開查某中風，又能得多少錢……』」警官大人早已笑得站不住腳了，強摀著肚皮苦苦哀求起來：「阿伯！阿伯！莫再講啦！麥擱講啦！拜託……」他像個徹底被打敗了的拳手，一臉只求速速脫離戰場的無奈！「你……你真的這樣講嗎？」警官咬牙切齒地問賴保險，透出了準備刑求的模樣。「嗯……」賴保險茫然地點頭說，「我的工作就是那樣！我要開發業務，就要主動、積極地拉保險！那是一定要的啦！我們的業績壓力真的很大！」「要是碰到我……你肯定也會挨揍！」警官冷笑著說，戴回了安全帽似的大盤帽。「是啊！是啊！拉保險也不能無禮嘛！」眾人按摩著快抽筋的肚皮說，「講笑嘟啊好就好！不能太離譜嘛！」「哇——阿伯剛才講得真是太精彩了！」孫行家豎起了大拇指說，真想立刻親老人家一下。「有什麼精彩的？」長髯翁拗著性子說，「偶大清早就被咒開查某會中風，難道是應該的嗎？

難道沒有國家賠償法嗎？」「說得有理！有理！」警官說，戴正了大盤帽，恢復了大人的口吻，「但是……就算少年仔不懂規矩，也不能打人嘛！國有國法，出手打人就是不對！現在，請阿伯快講出——到底是誰動手打人的？我們儘快處理，才不會耽誤大家快樂的里民大會！」他朝老人家拱手致意。「沒耽誤！沒耽誤！這齣更精彩！多講一些吧！偶們聽得趣味極了！」眾人興味地說，專注的目光盯著長鬍翁不放。「偶真的老番癲很久了……」長鬍翁露出猴精的眼神說，「偶哪會記得是誰打賴保險的呢？當時偶已氣得血壓飆高到一百八，要不是有好漢跳出來打賴保險的嘴巴，偶就是沒氣死也只剩半條命啦！那那個叫賴保險住嘴的好漢，其其實就是偶的救命恩人哪！官府應該要給他頒獎表揚一下才對！」他說著朝街口的方向拜了又拜，一副很感恩的模樣！「咳……您是長輩，您不說我也不能押著您說嘛！」警官攤開雙手說，語氣明顯緩和了下來，「我看……再瞭解一下吧！哎呀！你這年輕人……以後拉保險也該改一改……拚業績這麼衝，會出人命的！」他轉身數落了賴保險幾句。賴保險垂著頭跟著警官縮回了警車裡，身旁兩位警員狐疑地盯著私娼寮的鐵捲門看。警官甩甩手說：「怎麼？『調理業』今天公休？還是那幾隻老貓都躲起來了？」「誰豬道？大概都去吃菜唸經了吧？」果汁林大聲回答，頓時引來了幾聲曖昧的笑聲。「大人，恁半暝尚好莫來查，要是撞見高階長官正在調理就歹勢啦！」人群中有人好心提醒，逗得眾人又是一陣狂笑。「來這套！」警官瞪著私娼寮說，「那就麻煩各位轉告那幾隻老貓——要調理就乖乖在房間內調理，若是跑到路上拉客……我們就照抓不誤了！」

兩輛警車一前一後地走了，四周空氣彷彿瞬間輕盈起來！「收——碗喔！收——碗喔！」人群中響起了解除警報，小孩們從大樹幹後跳出來跟著叫喊。私娼寮的鐵捲門很快地有了反應，哩哩啦啦地升起了半個人身。兩隻老貓從半開的鐵捲門下探頭問：「走遠了嗎？到街口了嗎？不要騙人喔！」「走到一百公里外啦！」果汁林大聲說，「出來透透氣吧！快！」「大人們有說什麼嗎？」六十老娼問。「嘻！戴帽子的誇妳手腳俐落呢！還說今晚就要來顧妳們的生意！」果汁林眨著眼說，豎起了大拇指笑出聲來。「阿婆手腳俐落，不輸新嫁娘！」孫行家趨前致意，「欽佩！欽佩！」「練練過！練過！職業隊就就是這樣！」長髯翁舔著嘴唇說，身旁的正義阿婆立刻露出假牙作勢要咬他一口！「俐落！俐落！好功夫就是好功夫！」眾人紛紛誇讚起兩位娼婆來，許多人乾脆站起身來學扭屁股走路的動作。「廢話！不俐落敢來做這款拚功夫的武市！」六十老娼挺直了腰桿說。

「比戲裡演的還精彩！」春華說，「兩個老姊姊要不有輕功，就是一定練過武旦！」「老師，等偶一下！」六十老娼揮手叫住孫行家，同時笑瞇瞇地盯著春華看，「這是偶的一點心意！感謝您剛才替偶們解圍！」她說著雙手奉上了一只泛著玻璃光澤的翠玉手鐲。孫行家詫異地睜大了眼，覺得那鐲子上層次分明的翠綠色晶瑩透亮得像寶石似的！「喔——這肯定是件好東西！」他在心裡興奮地大叫，心跳像打鼓似地一陣急似一陣！「喔！不不……這禮太貴重了！我可受不起啊……」孫行家說，搖著頭緊盯著那只手鐲看。「唉……什麼貴重不貴重嘛？」六十老娼苦笑著反問，「這東西對偶還有什麼意義呢？既然沒意義，又怎麼會有價值呢？」「老輸，你就收下吧！你若是不收下『感恩禮』，就表示阿姊作人失敗！作人失敗就是生意失敗！這是偶們窟仔底的忌諱！」果汁林走上前說，露出了懇求的神情。「喔——有這樣的忌諱？」孫行家說，聽到了自己胸口噗噗的心跳聲。「嗯……嗯……」長鬚翁也舉手發言了，「老老輸，阿阿妹仔那那一行忌諱多，你你千千萬不要太太客氣啦！大大家高興就好嘛！」「偶用人格保證——這手環是偶自己花錢買的！絕不是偷來的！」六十老娼突然按著自己的胸口大聲說，兩眼巴巴地望著春華，「師娘！師娘！講白的——這是幾十年前我買給自己的嫁妝！」她的聲音像在申冤，「後來那個死沒良心的膽小鬼落跑了……偶並不是沒想過要結婚的……咳咳……」她吃力地將哽咽起來的聲音化作了片片乾燥的笑聲。「給妳的！妹仔！」六十老娼執起春華的手腕說，「妳一定有這種福氣！戴上吧！」「好！好！但那那怎麼好意思呢？」春華喘著氣說，兩顆眼珠子映照出晶亮又多層次的翠綠色！

「謝謝！謝謝！我們再逛逛！逛逛！」春華牽起孫行家的手快步離開，興奮得活像隻醺然起舞的蝴蝶！兩人信步朝窟仔底街口走去，濃厚的夜色中漸漸透出了絲絲脂粉味。孫行家和春華立在靠近街口的一排鐵皮屋前，傾聽著屋裡隱隱約約傳出來的笑鬧聲。孫行家感到一種略帶悲哀的好奇，但又覺得那夾雜在喊酒拳和嘶吼聲之間的片刻死寂令他怔忡驚心！「小白兔！」春華唸著鐵皮屋前俗豔的霓虹看板，「什麼鬼？是養兔場嗎？」她拉著孫行家問。「這是『抓兔仔』的場所！」孫行家說，「阿公店！聽過嗎？」「喔──阿公店？就是老不修的色情酒家嘛！誰不知道！」春華說，「喝酒還耍花樣？裡頭的阿公真不老實！噁心！」「寂寞是不分年齡的！」孫行家隨口說，想起了某個男人曾說過這樣的話。「我爸以前就說過這種混帳話！」春華說，「拋棄我和母親不管，還他媽的說寂寞……」她用食指猛刺了孫行家一下，「男人都壞死了！」

這時，兩條漢子從「里民大會」的方向快步走來，「老輸！老輸！」果汁林揮著手說，身後的大塊頭朝孫行家頻頻點頭。「里長伯！您好！」孫行家認出了豬腳王，立刻趨前向他致意。「老輸剛才救了偶！感恩！感恩！」豬腳王屈身行起大禮，雙臂上兩條刺青猛龍溫馴地跟著鞠躬。「不敢當！不敢當！」孫行家說，慌張地攙扶起豬腳王厚重的身子，「我怎麼擔當得起呢？我又沒做什麼！里長伯千萬別這麼客氣！」「感恩！感恩！感恩！」豬腳王仰望著孫行家說，哽咽得像個大孩子，「偶欠老輸一個人情！偶欠老輸一份大恩！」「嘻嘻……」果汁林笑起來，「老輸！」他說，「那個賴保險就是被咱里長大仔修理的！」「你你你不要給偶廢話！」豬腳王回頭低聲罵果汁林，比了個禁聲的動作。「是！是！是！大仔！」果汁林低頭偷笑，渾身僵硬得像個二等兵似的！「老輸！請你相信偶——偶絕對不是愛打人的人！請你相信我！」豬腳王捶著胸脯說。「對啦！對啦！」果汁林眨著眼插嘴說，「要是非打不可的話，至少也要驗無傷才行！」他露出了頑童般的笑容！

三個男人相視而笑，欣賞著「小白兔」前躍動的霓虹燈。突然間，「小白兔」裡響起了陣陣刮玻璃般的叫喊聲，急雷似地從門裡某一點迅速地衝向門外來！「什麼代誌？誰人這大聲？」豬腳王叫起來，突然間變成了一隻嗅到獵物的猛虎！「阿兄！」果汁林拉住豬腳王的胳臂說，「控制一下！賴保險那條代誌還沒解決！忍一下！」「知道啦！你不要一直給偶廢話！」豬腳王說，一拐子架開了果汁林猴般的身軀，「偶絕不會再打人，除非有人真正欠揍！」他鼻孔噴著氣說。這時候，「小白兔」虛掩的門「砰」地被踢開來了，裡頭搖搖晃晃地走出兩個西裝散亂的醉漢。兩個醉漢挾著一個死命掙扎的酒女往店外拖，口裡不停地飆著三字五字的成語。老媽媽桑慌裡慌張地緊跟在一旁，不停地雙手合十苦苦哀求兩個醉漢。「又是外客鬧事！哼！賭爛！」果汁林說，「現今社會，只有窟仔底人最懂規矩！」這時，瘦高醉漢突然咆哮起來：「幹！今天妳不跟我老闆做……以後就乾脆不要做了！」他邊說邊拉酒女的手臂，就像在拔河似的！酒女蹲下身來抵抗，高叉的旗袍下露出兩條硬繃繃的玉白大腿。「幹！假清高！跟我來這套？窟仔底阿公店……哪個不在賣？要錢？恁爸有！」矮胖醉漢不耐煩地罵起來，「要恁爸用『強的』，妳才爽嗎？」他說著將一口腥臭的口水直接吐到了酒女玉白的大腿上。豬腳王鼻孔咻咻地噴出氣來，「我……不……不能再打人！不能再打人了！」他唸經似地對自己喊話，兩個拳頭握得像鐵鎚似的！「阿兄！忍一個！忍一個！」果汁林小聲說，「讓小的來處理吧！」「是啊！」孫行家朝豬腳王拱拱手說，刻意壓低了聲音，「管區的才來過……就讓林桑去勸勸吧！」這時，老媽媽桑注意到了一旁的觀眾，突然就像扮歌仔戲似地哀號起來：「阮阿美啊！真歹命啊！生意來了，偏偏身子不方便啊！我我……我苦啊！乾脆偶來做這條生意吧！保證乎恁大爺爽到天光！」她停頓了一下等待掌聲，然後些許失望似地繼續補充說明：「還有啊！還有啊！阿美伊的囝仔正感冒發燒到四十多度，不馬上送去先生館會死翹翹啊！就是好運沒死翹翹，囝仔人頭殼燒壞，就無效啦！若是大爺嫌我老，偶就馬上叫兩個功夫超讚的小姐來！保證妥當！保證乎恁爽歸暝！拜託！拜託！叫偶現在給兩位大爺跪，嘛可以啦！」「爽恁祖嬤！敢跟恁爸裝肖維？恁店內幾隻老貓……恁爸早就玩膩啦！現在，就剩這個不知死活的白目仔還再跟咱假高尚！是看不起偶們嗎？還是存心討皮痛？」瘦高醉漢指著老媽媽桑的鼻頭罵，繼續拔蘿蔔似地從地上拉人，踉蹌間褲襠的拉鍊滑落了一半以上！「阿尼基！莫要這樣！」果汁林笑著走上前說，「這樣……沒趣味！」瘦高醉漢先是愣了一下，接著噴著酒氣大聲說：「管閒事？閃啦！沒你的事！閃啦！」果汁林拱手再說：「這小姐今日月經不順，不要勉強她吧！破鼎時硬來，對咱查甫人健康不好！恁愛功夫好的，那頭矮厝內多的是！都是教授級的！」這時，矮胖醉漢突然用力揮起拳來，狗吠似地說：「沒你的代誌，莫來討皮疼！」豬腳王幾乎渾身冒起煙來，咬著嘴唇一直唸：「偶不能打人！不能打人……」果汁林見狀一個箭步過來擋住豬腳王往前衝的路線，旋即拿出一顆檳榔塞進了豬腳王口中。他雙手合十頻頻點頭說：「阿兄！拜託！拜託！」這時，瘦高醉漢突然間滑了一跤，整個齷齪的身軀頓時撲壓在白玉酒女身上。孫行家心頭一陣痙攣，不由自己地向夜風祈禱起來：「求您了——這兩個禽獸，不修理不行！」他瞬間有一種舒坦的感覺，隨即聽到了耳膜上「嘖嘖嘎嘎嘖嘖嘎嘎」的聲響。「最好還是不要……」他突然徒然地叫起來，試圖用理智重新掌握自己的靈魂，兩排牙齒卻碰撞出吋吋吋的聲音，「不要……不要放過這兩個禽獸！」就在這連霓虹燈都來不及閃爍的瞬間，兩道一黃一黑的閃電像救世主般地降臨了！「偶不能再打人了！不能再打人了……」豬腳王閉目緊唸，越來越大的聲音一陣急似一陣！兩條大狗宛如從天而降一般，轉眼間就撲倒了兩個來不及酒醒的醉漢身上！「黑頭！黃頭！」孫行家突然用噴火般的聲音大喊，「咬！咬！咬！連卵鳥也咬！」

老媽媽桑興奮地繼續表演歌仔戲，和著醉漢的慘叫聲扭腰比劃手爪，「不饒！不饒！咬！咬！咬！不饒！不饒！不饒！」她細聲唱起來，精準地踏出了有節奏感的花旦步！兩個醉漢被狗咬得滿地打滾，「救命！救命！」矮胖漢大叫，「哎喲喂！我才不要得狂犬病啊！」「誰家的瘋狗？都沒人管嗎？救命！救命！」瘦高漢護著下體苦苦哀求，「狗大爺！狗大爺！饒了我吧！我今天身子不方便！真的！至少也別咬我的小弟弟嘛！」他那幾近慘白的嘴唇瞬間飆出了高八度的哭調，宛如亂髮般的尾音呈現出一種類似高潮的效果！

「好戲！好戲！」不知何時已圍了兩圈的群眾大聲歡呼起來，個個都笑得像過年似的！「世外桃源！」春華說，「不過就是這種爽快的感覺吧？」她突然摟緊了孫行家的身軀，「老公，咱結婚吧？就在這世外桃源裡，永遠也不再分離了！」「要是這麼簡單就好了！」孫行家說，「世外桃源的夢想，還需要一點奇蹟！妳媽那關不好過！」他低下頭來看錶，冷冷地說：「看──我還是得在十二點前送妳回到妳媽面前！」春華伸長脖子看孫行家的腕錶，驚慌似地說：「糟了！我媽已在巷口罵人啦！我死定了！」

兩個年輕人不甘不願地離開了窟仔底，胯下的機車在夜風中咿咿呀呀地咒罵不停！「好姻緣也可以求助大神嗎？」孫行家突然在心裡問自己，「笑話──誰不想求好姻緣？那魔神仔不就要忙死了嗎？況且春華的媽認定的『好姻緣』根本就是個屁！不是嗎？那魔神仔又該怎麼幫忙呢？」機車一路由西向東行，引擎聲聽起來就像快縮缸了似的！「到了！」孫行家說，將機車停在國民小學後的巷弄裡。「哎！沉悶！這裡的連空氣都比窟仔底重！」春華說，「真怪！不是嗎？」學校四周的公寓齊整得像營房，靜悄悄的就像有衛兵在看管似的！「拘束感！」孫行家搖頭說，「這麼靜？莫非這裡住的社會精英都是憋著鼾聲入睡的？好奇怪！」「再溫存一下嘛！老公！」春華說，膩著孫行家強索吻。「真靜！這裡不會連做愛都管制吧？」孫行家笑說，「聽說那些什麼『長』、什麼『主任』的，平均三個月也做不到一次愛！」「討厭！不專心！」春華噗哧地笑出聲來，「真想就在這裡打野砲！」她用著長髮說。「噓！」孫行家以食指封口，小聲說：「學校殿堂在旁，說粗話會被雷擊！」「我偏要！」春華說，飢渴似地伸手偷襲孫行家的下體。「真厭惡這種虛偽的壓力！」她說，「在窟仔底的感覺，才叫過日子！」兩個年輕人在電線桿後交纏起來，春華喘著氣的小口像要吃人似的！「我們不是小孩了，要幸福……就得自己想辦法！」春華堅定地說，蛇樣的身軀溫熱地蠕動起來。「我倆嘿咻超速配！不過……你得再專注一點才行！」她說，「以後做愛時千萬別再問東問西了！拜託！要是窟仔底的魔力能治好你這悶騷的毛病，損失三千萬都值！」她咧開兩排門齒輕咬住孫行家的舌尖，發出像電磁波似的低頻震盪！「喂！喂！住手！喔不！住口！住口！」電線桿後突然響起了說話聲，一隻老母雞爪似的手伸過來抓住了春華的胳臂，「丫頭，停！停！幹什麼來的？」「媽呀！什麼鬼？」春華瞬間發出一聲驚叫，整個人幾乎鑽進了孫行家的胳肢窩裡！「我明明規定好了——晚上——十二點正以前，一定要回到家裡！妳這丫頭還在這裡幹什麼？」高瘦的老太婆跳出來指著春華的鼻頭大罵，張牙舞爪間仍不忘擺出了一個優雅的Pose。「媽——嚇死人啦！您您這麼晚不睡覺，躲在電線桿後幹嘛？我……得去收驚啦！」春華拍著胸脯說，緩緩站直了身子。「擔心妳！幹嘛？」老太婆圓睜著眼說，「以前我年輕時，就是在電線桿後頭吃大虧的！」「伯母好！」孫行家向春華的媽鞠躬問候，在心裡提醒自己絕不能提到「窟仔底」三個字！「我不好！等得快昏倒啦！」老太婆不正眼瞧孫行家，就像見了仇人似的！「媽——您不要這樣嘛！我又不是小孩了！」春華嬌聲嬌氣地說。「就怕妳吃虧！」老太婆再罵，「廢話！不是小孩？等妳肚裡有了小孩，就慘啦！」她一把抓起春華的手說。春華噘著嘴甩手，哼哼唧唧地央求起來：「媽——您先進去，我們再話別一下！這是禮貌！我馬上就回家去嘛！」老太婆的嘴巴一開一合，側著頭說：「那就快點！」「咳！真是一代不如一代！我以前至少也沒這麼粗魯過！」她僵硬地跨出了幾步，就像踩著高蹺似的！春華一把抓起孫行家的手，傾倒在電線桿後就是一陣狂吻！「妳妳妳該回去了……電線桿後妳媽忌諱……」孫行家喘著氣說。「管她的！電線桿後才刺激！」春華大聲說。「喂！

丫頭！」老太婆的聲音突然又來了，「才告訴妳——電線桿後會吃大虧的！」「媽呀！」春華驚叫起來，「媽呀！媽呀！」她勉強摁著起伏的胸口說：「我我我不去收驚不行了！媽——您怎老是陰魂不散呢？」這時，一顆白髮蒼蒼的頭，從電線桿的陰影中冒了出來。「怕你們給鄰居撞見！不好看不是？」春華的媽用老師的口吻說，拍下了孫行家仍擱在春華腰枝上的手。「伯伯母好！我們沒沒怎樣……」孫行家結巴地說，「您看到了——我我我也也有吃虧……」「媽——我被您嚇出心臟病來啦！」春華說，摀住胸口一副快昏倒的模樣。春華的媽長長地嘆了一口氣，「媽擔心——你們將來要是買不起房子，恐怕真要睡在電線桿後面了！」她搖著頭說。

「媽——又來了！又來了！說好不再提這的！」春華甩著手說，用力跺起腳來。

「傻丫頭！愛情得有自己的房住！才有保障！」春華的媽瞪著孫行家說，「『家』是自己買的房子才算！租的房好比上賓館！」「那當然！那當然！有理！有理！」孫行家吊著白眼說，「快跟妳媽回去吧！聽話！聽話……否則連我的心臟病也要犯啦！」他雙手合十起來，開始苦苦哀求春華。「媽——」春華仍泥著不走，「媽——

讓我和行家再話別一次吧！剛才那次不算！」「不！不！」孫行家連忙搖頭說，「再話別一次，妳可能就要送急診啦！」三條人影咯吱咯吱地笑個不停，杵在一旁的電線桿路燈活像個超大的電燈泡！

孫行家眼睜睜地看著春華的媽將她拖進了雞籠似的公寓裡，突然覺得自己簡直就像個見死不救的懦夫！他甚至開始懷疑——此刻頭頂那一輪和窩仔底看來一模一樣的明月是不是同一個？「真怪！撒野好像就是快感？真怪！」他搔著頭想，「窩仔底的氣味莫非已鑽進了我的腦袋裡了？」他迫不及待似地驅車飛馳，想立即做個「世外桃源」的美夢！

第九章 死而復生的祕密

「活該！要是沒買那兩幅假畫，買間小公寓的自備款早有了不是？」孫行家儘管一直在風中罵自己，卻一門心思想快點回那令人爽快的窟仔底去！「奇怪耶？這世俗界定的『成功』為何老是和人的感覺作對呢？追求『爽快』是否一定就是敗德呢？我花三十萬換來『爽快』到底划不划算呢？」他心中起了一長串問號，忍不住嗯嗯哈哈地在風中笑出聲來。孫行家騎著機車一路西行，眼前的榮鎮中央大道宛如一條飄向西天的絲帶！「都住到窟仔底了……再想發財應該也算是公道吧？」他笑問自己，追索著迎風而來的一股濕潤的土氣。孫行家駛上窟仔底前長長的爬坡道，瞇起眼來想像坡道盡頭不遠處大力溪在夜裡歌唱的模樣。這時，他看到一輛滿載的三輪貨車在路肩緩緩前行，阿水瘦小的身軀正直立在那三輪車上用力踩著腳踏板。

「阿水！阿水！」孫行家揮手招呼，將機車駛向了三輪車邊。「咻——呼——老輪！老輪好！」阿水氣喘吁吁地說，受驚似地睜大了一對蒼白的眼睛。「載貨？這麼晚了……」孫行家問，嗅到了陣陣鹼水味的汗臭味，「怎麼回事？」他盯著孩子僵硬的笑容問。「出出代誌啦！」阿水用想哭的聲音說，低垂著頭不敢直視老師。「是阿旺惹禍了嗎？」孫行家問，直覺到有人已闖了大禍！「嗯……」阿水點頭說，下巴幾乎碰觸到了胸前，「先回回家再再說吧！」

兩人匆匆返回住處，「偶阿嬤去撿酒瓶還沒回來！」阿水說，摸索著牆壁上日光燈的開關。「老輪……阿阿旺殺人啦！」阿水說，「他說——已經好幾次了……這騙子這次一定得死！他要替老輪討回公道……」孫行家覺得那日光燈管閃爍了好久才完全亮起來，頃刻間就像被閃電擊中似地暈癱在一張破藤椅上。「我的天啊！我的天啊！」他像在說夢話，「怎麼辦？怎麼辦呢？」他虛弱得連吞口水的力氣都沒有了！「阿旺說——他馬上會來處理！」阿水說，「他說：『這沒什麼大不了！我在電玩裡還殺過千軍萬馬呢！』」「白癡！不知死活的渾蛋！」孫行家緊握著拳頭說，突然間聽見門外傳來急促的引擎聲。「阿旺到了！」阿水叫起來，逃命似地朝屋外衝去。

「嘿嘿嘿……老師好！」阿旺向孫行家揮手招呼，隨即轉身質問阿水：「幹！你叫老師來的？」「幹什麼？」孫行家罵起來，「噓！你給我先閉嘴！一切到屋裡再說！」阿旺邊走邊交代阿水：「你先幫我把東西搬好！」「要搬搬去哪兒？」阿水結巴地問。「去老師家！廢話！」阿旺說，「你車上的東西統統是要賠老師的！」「幹嘛賠我？」孫行家說，驚訝地注視著阿水的三輪車，「一整車？這麼多！」「那當然！」阿旺瞥了阿水載來的東西一眼說，「三十萬欸！不多A一些哪夠？」這時，孫行家注意到車斗裡有一個長長的、人形的物體，心頭頓時涼了半截似地一陣痙攣，他幾乎當下就明白了那包裹在重重的帆布卷裡的是件什麼東西了！「阿旺！你真好心啊？想害死大家嗎？」他咬著牙根說，突然間將聲音壓低成耳語似的，「快！快點！統統搬進老師屋內！不要讓人家看到！」

三人合力將阿水車上的東西搬入了孫行家住的磚房裡，坐在一堆物品前喘得說不出話來。過了一會兒，「老師！您該相信了吧——不是我老闆、更不是我設計騙老師的！」阿旺說，露出了些許得意的笑容，「怎麼樣？這三十萬的賠償，夠不夠？老師！」「你行！你行！連連人也敢殺？」孫行家激動地說，有一種快窒息的感覺。阿旺聳聳肩乾笑了兩聲，「政府也槍斃人，不是嗎？」他晃著腦袋說，「等政府槍斃人太慢！會浪費了不少糧食！嘿嘿……」「渾蛋！誰教你這歪理的？」孫行家漲紅了臉大罵，「我不想看死人，更不想看我的學生被槍斃！」他越罵越臉紅，竟隱約罵出了一絲想笑的衝動，「有病！有病！」他瞪著阿旺說，突然間覺得眼前這半傻半瘋又毫不在乎的模樣簡直就是一張鬼臉！「是我渾蛋！是我教育失敗！」孫行家哀叫起來，揚起手來呼了自己一巴掌！「老輸不要傷心！不要打自己！」阿水握住老師的手說，一臉向神明悔過般的哀戚，「都是偶們不對！老輸沒錯！」他抽抽噎噎地望著老師頭頂三尺的位置，「先看看吧……」他用嬰兒般的聲音說，「說不定還可以救活呢？聽說只要用『寶瓶水』，死去三年的也救得活！」

「真有這種事嗎？死而復生？可能嗎？凡夫俗子……可能嗎？」孫行家問自

己，一顆心隨著每個問號怦怦跳個不停！「先看看吧——看什麼呢？看屍體是否頭顱完整嗎？完整的死人模樣又該是怎樣呢？」他皺起眉頭深思阿水的話，「被凶殺又完整的屍體說不定會咬人？哼……」他冷笑著轉身對阿旺說：「你自己去看看吧！敢做敢當嘛！對了！阿水，你快退到三公尺外！」「死不到七個時辰，應該還新鮮、可口！」阿旺笑說，高舉起雙手裝出鬼臉嚇阿水。「你快一點行嗎？」阿水說，「搞不好屍體還會講話呢！」孫行家伸手又呼了自己一巴掌，「你們兩個慢慢聊吧！」他說，「老師我就先自己打自己！打到你們也清醒一點為止！」「一二三！一二三！」阿旺雙手齊用拉開了裹屍的帆布，將帆布下一顆白髮蒼蒼的人頭暴露了出來。孫行家挨近屍體瞧了一眼，就幾乎當場昏厥過去了！「怎怎會是他？怎會是他？『臺灣文物』的林老闆……我的恩人……」他發出一種虛軟、尖細的叫聲，直覺那死人臉上的一抹笑意似乎有話要說！「這到底是怎麼回事？」他大聲問阿旺，「這明明是個正直的好人……你你不會殺錯人了吧？」他舉起雙手，按了按似乎發麻鬆動起來的頭皮。「哼！好人？」阿旺用喉音回答，笑得像個劊子手，「好——好愛賭的人吧？」他說著掀開了整片帆布，指著屍體殘缺不全的雙腳說：「你們看！腳趾頭沒剩幾根啦！這麼多年來，我老闆只斷他腳趾沒切他手指，已經夠給他面子了！我老闆是個講道理的人——這傢伙口口聲聲要做正派古董生意，缺了那麼多手指頭不好看嘛！我們替他著想……他竟然還敢跟偶們裝肖維？」

孫行家一時間不知該將心頭崩裂的一角擱在哪兒？「原來我買的兩幅假畫就是他的？是嗎？是嗎？」他突然有一種想吐的感覺，整個人瞬間癱軟在地猛喘氣！「陷阱！陷阱！真正的陷阱……」孫行家喃喃自語著，思緒彷彿漫遊在一片芒草搖曳的河岸，什麼也看不清楚！這時，阿水突然開口問阿旺：「他死前說了什麼？怎會這種表情？」「這賭鬼說：『真好！我終於可以戒賭啦！』哼！」阿旺白了屍體一眼說，鼻孔噴出了陣陣胃酸氣，「這傢伙竟還嗆我說——『快點！快點！乾脆一點——我不想再被斷任何一種指頭了！我——想要真正戒賭了！』」「那……你是叫人將他壓在地上殺的嗎？像殺豬那麼樣？」阿水再問。「不！」阿旺說，「他伸長了脖子拜託我殺！他說：『我們來談一個條件！』」「是賠償的條件！笨蛋！」孫行家突然跳起身來大喊，「兇手！殺了人，當然要賠償家屬嘛！」「哈哈……」阿旺詭異地笑起來，「老師猜錯啦！零分！」他說，「難啊！我猜老師可能猜到天亮也猜不透！」「咳咳！」孫行家乾笑了幾聲說，「老師不會傻傻地猜到天亮，我會先抓你到派出所去自首！那樣或許你可以不被槍斃！」「好！好！我招！我招！」阿旺笑著高舉雙手說，「這賭鬼臨死前拜託我跟他再賭一把最大的！」「怎麼賭法？」孫行家和阿水異口同聲問，節拍抓得幾乎分秒不差！「咳！咳！」阿旺清了清喉嚨，用唸祭文般的莊重說：「林老闆拜託我割斷他的脖子，然後在七七四十九個時辰內，用他收藏了一輩子的銀瓶盛熊洞山光明頂的泉水餵他！」「是這樣？」阿水睜大了眼說，「那是寶瓶水死而復生的傳說！他是想賭命嗎？」「沒救了！這死人……」孫行家說，搖著頭瞪了屍體一眼，「不是才說要戒賭嗎？唉……」「不只如此！」阿旺冷笑著說，「這傢伙還想順便鑑定一下他收藏的一件古董！他說：『我絞盡腦汁想了又想，還是鑑定不出來——我的銀瓶到底是不是真正的寶瓶？這拜託你的事，就是我能想到的最後辦法了！如何？就讓我痛快地再賭一把吧？』

我當時立刻回答他：『瘋子！去死吧！』」「阿旺啊！阿旺！」孫行家指著阿旺的鼻頭說，「這傢伙肯定是個瘋子！而你不只是瘋子，還是個可憐的傻子！」「你拿到銀瓶了嗎？」阿水急問，雙手合十像在祈禱似的。「廢話！」阿旺大聲說，「就在你剛搬進來的那口木箱裡！」「嘎！怪不得——好沉！好沉！」阿水說，「裡頭還裝著金塊嗎？」「傻瓜！金塊算什麼？」孫行家說，蹲下身來輕輕撫摸眼前的木箱，「若是真能死而復生，金塊又算得上什麼呢？」他直覺到某種超乎想像的祕密正隱藏在眼前的木箱中。「嘎！這好像是真正的古董嘛！」阿水說，「一副超過一百年以上的老樣子！」三個人蹲在木箱邊，目不轉睛地盯著木箱看！「先給我蓋上被子吧！我會冷！」孫行家突然聽到一種熟悉卻又古怪的聲音，猛一抬頭正好瞧見那具裸露的屍體，「你們聽到他在說話嗎？聽到了嗎？」他指著屍體小聲問阿水、阿旺，耳道裡突然轟轟地響起了「嘖嘖嘎嘎嘖嘖嘎嘎」的笑聲。「沒沒有啊！阿旺有嗎？」阿水說，抬頭眼巴巴地望著屍體，「若是還會講話，那就真的有救了！」他用孩子氣的口吻說。「條件說好了，還囉嗦什麼？」阿旺嘟囔著將屍體重新包裹好了，忍不住小聲地笑出聲來，「咱要拿伊收藏的寶物，伊可能還不高興呢？」

烏溜溜的木箱看來光潤細緻，長約有一尺半、寬則大約足一尺！孫行家用掌幅量著木箱，注意到了箱蓋上牛毛似的木紋。「這是老紫檀木！難得一見的大料！」他說，「真正的寶瓶就該裝在這麼講究的箱子裡吧？」「看好喔！金的來啦！」阿旺叫起來，用雙手掀開了箱蓋。孫行家和阿水睜大了眼睛，兩顆頭瞬間下沉了十公分以上！孫行家看見一只細口寬肩的金屬瓶擱在白絲絨襯墊上，「這叫『梅瓶』！」他說，「看這烏亮光澤，肯定是純銀的！而且還是真正的古董！」銀梅瓶左右各有兩只看來同樣質地的杯子，細看下瓶、杯上都鏨刻著精緻的鎏金紋飾。「我看不太像……」阿旺說，精明地搖了搖頭，「真有寶瓶水的話，怎麼可能拿來請客人喝呢？」「你住嘴！」孫行家罵起來，似乎一聽到阿旺講話就有氣，「老師我要是有寶瓶水可喝，一定會先請你們兩個寶貝享用！把箱子抬到桌上看清楚點吧？寶貝！」「沒辦法！」阿水說，「真的太重了！剛才就差點閃到腰呢！」「是啊！」阿旺說，「要再搬這箱子，就得先把裡頭的東西清空才行！」「也好！」孫行家點頭說，著迷似地盯著木箱上鑲嵌的精緻銅件看，「紫檀不愧是『帝王之木』！素雅的一口木箱就貴氣逼人！」

這時小磚房外似乎起風了，不遠處河岸邊隱約傳來唰唰的聲響。「原來窟仔底距河這麼近！孫行家說，腦中浮現芒草在風中搖曳的模樣。「對了！光是銀瓶、銀杯怎麼可能這麼重呢？」孫行家突然叫起來，發覺木箱裡的白色絲絨襯墊並沒有貼到底板，頂多只是鋪到箱壁一半不到的深度！「這下頭肯定還有別的東西！」他說著伸出利剪般的雙手慢慢將密貼著箱壁的白絲絨布分開來。一片排列齊整的塊狀物呈現孫行家眼前，每一塊都裹在一種特殊的印花油紙內。「純金壹百兩臺灣總督府監造」孫行家唸著油紙上兩行工整的毛筆字，突然間注意到了一張挾在塊狀物之間的字條。「若是寶瓶水救不活我，就拿這些金塊賄賂閻羅王！」阿旺抓起了字條大聲唸出來，將「賄賂」唸成了「有各」！「幹你娘的！騙子！」他捏著字條破口大罵，緊咬著牙根就像要再殺一次人似的，「原來是有錢裝窮賴帳！我老闆最恨這種人啦！」

孫行家腦中一片空白，「這些金磚代表了多大的財富呢？」他問自己，「我都不會算了！難算！難算！」他才剝去了一張印花油紙，就覺得眼前黃澄澄的金光幾乎讓他喘不過氣來！「可惡！」阿旺突然叫起來，「可惡的渾蛋！既然還有金塊，幹嘛還要拜託我殺你呢？」他轉過身來對著屍體繼續罵，「可惡的大渾蛋！你跟我無冤無仇，為什麼要害我？」「對了！我跟你無冤無仇，為什麼要害我？為什麼要害我？」孫行家想起一句兒時常說的話，腦中隱約又浮現出母親因心痛而在夜風中失常的恐怖模樣。「怪責那個遠離的生父，到底有什麼意義呢？」幼小的孫行家反覆問自己，躲在棉被裡一會兒哭一會兒笑，祈禱熊洞山幽谷中的風能將父親再帶回家來！

「一共是二十四塊！」阿水說，「值一條人命嗎？」他回過頭來問屍體。「不值！不值！二百四十塊也買不回一條人命！」孫行家大聲說，像一尊固結的蠟像似地瞪著阿旺，「走吧！咱去熊洞山——只有這條路了！」「那熊熊洞山是魔魔神仔出沒的地方……」阿水結結巴巴地說，眨了眨看似一片灰白的眼睛。「別怕！那裡，老師很熟！」孫行家說，「我的老家就在那裡！」「真的嗎？」阿旺興奮地叫起來，「你有救了！我也有救了！」他望著屍體說，「我還年輕……不想就那麼被帆布包著死去！」

三個人沉默了幾陣風吹過的時間，終於等到了河岸邊的夜鷺嘖嘖嘎嘎嘖嘖嘎嘎竄飛起來的笑聲。孫行家突然跪下身來，「我就再求你一次了！大神！」他說，雙手合十開始向門外的夜風祈禱，「救救這兩條可惡又可憐的生命吧？我求你，但不是為我自己！」他用一種透亮的聲音說。「老輸！」阿水挨近了身子說，「這銀瓶說不定不是真的寶瓶……聽說真正的寶瓶應該是琉璃或是水晶做的！」孫行家緊縮著額頭站起身來，「唉……」他嘆了一口氣說，「這……我好像也聽說過！」「那……玻璃瓶不知算不算呢？」孫行家輕聲問自己，隨即轉身問阿水：「阿水！老師曾在井邊的竹叢裡看到過一個怪怪的玻璃瓶，後來不知怎麼就不見了？你知道它被擱到哪去了嗎？」「那個瓶子啊……」阿水說，搔著頭傻笑起來，「我阿嬤拿去裝香港腳藥水了！她知道一種很有效的偏方……」「那……你阿嬤的香港腳菌肯定會死而復生！」阿旺說，一張嘴巴亂咧咧地笑得像哭似的！

屋外的夜色更濃了，漆黑的空氣就像摻了墨汁似的！「咱分頭去準備吧？」孫行家說，「去熊洞山！就這麼決定了！這事不能拖，救命要緊！」阿旺有些困惑地問：「若是真把這傢伙救活了，這些金塊該還他嗎？」「不還！」孫行家說，「還他幹嘛？讓他再去賭博嗎？蠢！蠢！蠢！賭博就是最蠢的事了！」他低下頭來，長長地嘆了一口氣。「愚蠢是一切悲劇的根源！」他說，「這筆財富應該用來開一間『治愚補習班』——專門教人別再犯傻了！請阿旺來教賭鬼們跳『殺豬舞』，看這種起乩似的舞步能不能讓人頭腦清醒一點？能不能紅遍全世界？」「可以！」阿旺大聲說，「別逼我用盛香港腳藥水的瓶子喝水，什麼都嘛可以！」「難得你也有怕的東西！」孫行家笑說，「阿水！將那香港腳藥水瓶帶好囉！只要阿旺不聽話，我就逼他喝下一整瓶！」「咱分頭去準備吧！」他再三叮嚀兩個學生，「記住！記住！後天清晨六點半，準時在熊洞山腳的土地公廟集合！」「那他怎麼辦？」阿旺指著屍體問。「他留守！」孫行家說，「等著復活吧！」

孫行家握著一塊金磚入睡，希望這金色的好夢能更真實一些！他迷迷糊糊地將扉門關了又關，就是怕那老木門仍關得不夠嚴實！他甚至對自己的兩個學生都有些多慮起來，平生第一次要和金塊、屍體一起過夜，他甚至想把自己也一起藏起來！「別犯傻啦！」屍體說，「騙人的代價就是像我現在這樣！我還等著你救呢！不是？」「不藏了！我什麼都不藏了！就這樣！」孫行家大聲說，「若有誰真缺錢缺到半夜睡不著，就儘管將金塊拿去花吧！請便！」孫行家決定真正放下一切好好睡個覺，不顧形像地張開四肢癱倒在床板上，「你也歇一會兒吧！」他對屍體說，「至少不許半夜跳起來嚇人！」

夢境裡的世界百花盛開，空氣中盡是奶酥般的香氣！路上往來的人們皆不多言，簡單古典的衣著像寫意畫一般！這裡沒有賭香腸的總統，也不會產生偏偏愛和人民作對的英明領導人，一切如四季更迭、日起日落，生活不必傷腦筋就能一天過一天！窟仔底破落戶般的景象不再，看不出新舊、精緻巍峨的房舍間飄蕩著朗朗書聲。「怎會變成這樣？」孫行家逢人便問，得到的回答永遠只是粉紅色的笑靨！滷豬腳放在路邊攤板上隨人取食，咯吱咯吱的咀嚼聲聽起來格外親切自然！夢境裡一切行事皆順理成章，官府的法規、訓示統統成了廢話！

孫行家來到熊洞山山腳下，感覺清晨六點半的晨曦透亮如水！在這無人看管的小廟前，他想不起來要和什麼人見面！突然間，廟前井口般粗的老樟樹後閃出了幾個人影，「一二三四五！一二三四五！」孫行家連數了兩遍，「咦！怎麼都來了？」他揉著眼睛想，「警察也跟來了嗎？」「哈哈……老師早！老輸好！」阿旺的笑臉浮現，「人多不怕魔神仔！」「是喔？警察不要跟來就好！」孫行家點頭致意，看見胖主任、豬腳王和猴三的臉出現在樟樹蔭下。「小孫！我已向學校請了長假！」胖主任的臉縮成了瘦苦瓜，「我說不定永遠不必再回學校去了！」「其實這事不能怪我一個人！你知道的……嗚！嗚！」他像小政客似地哽咽起來，「『精英超人班』出人命啦！好心好意放他們去上廁所，有人竟然就從四樓一躍而下！你說——我冤不冤枉？冤不冤枉？難道是我逼他去跳樓的嗎？學校的苦心是希望他們成為考場的超人，又沒叫他們去作跳樓的『蜘蛛人』！」他滿腹委屈似地說個不停，一下子搖頭一下子嘆氣活像輸光了家產似的，「你、我不也是從這種『精英班』出來的嗎？我們頂多有些心理變態，再怎樣也不會去跳樓嘛！不是嗎？」「媽你個屄！你去死吧！你這隻肥豬要是從四樓跳下，大家就有烤豬肉可吃了！」孫行家破口大罵，突然感到頭殼一陣劇痛，看見自己的腦漿星點似地噴進了老樹幹深陷的皺紋裡！「那……就快跟我們去求『寶瓶水』吧！一定要救起那個可憐的孩子！」孫行家指著胖主任的頭殼大吼起來。「是啊！是啊！」胖主任點著頭說，不倒翁似地閃避孫行家的手指頭，「哪！『寶瓶』我都帶來了！純金的——昨天銀樓趕工打出來的！」他很有誠意地說。豬腳王的一張臉泛起粉紅色的光，「老輸！偶們也來了！我兄弟想他死去的阿母！」他的聲音像管風琴，低沉的共鳴帶出了猴三蒼白的臉龐。「偶們只帶了米酒瓶！」豬腳王的聲音透著醉意，「我兄弟現在沒米酒不能入睡！猴三的阿母不復活的話，他和偶都可能變成酒鬼！」「誰知道呢？」孫行家用接近喝醉的聲音說，「治生老病死的痛，說不定米酒瓶才是真正的寶瓶！」

「豬——任好！」突然間阿旺張大了嘴巴撲過來，全然一張討債似的臉孔，

「主任好——好你媽的！」他的拳頭瞬間砲彈似地打在胖主任凸出的肚臍上，「好耶！正中紅心！一百分！這——就是你最愛的！」他哽咽地說。胖主任發出屠宰場特有的哀號聲，跪在地上緊抱住孫行家的大腿，「孫老師，救我！我保你做孫主任！現在就做也可以！求求你！救命！救命！」孫行家用盡力氣也拉不住阿旺活塞般的拳臂，索性自己也賞了自己一記紮紮實實的右勾拳！

「住手！住手！」豬腳王的吼聲像打雷，「馬上去求寶瓶水吧！快！若是救不活那個可憐的精英小孩，這隻肥豬就隨你當沙包打！」阿旺繞著胖主任跳起舞來，比劃出屠夫耍利刃的拳腳動作！「殺豬舞啊！舞殺豬！咿呀嘿啊！咿呀嘿！」阿旺邊跳邊唱，四肢連動像具木偶似的！「你要改一改！」豬腳王咬著胖主任的耳朵說，「讀冊囝仔的頭，就是孔子公住的所在！逼伊們去跳樓，孔子公會氣得從墳墓裡跳出來打人！相信嗎？」猴三的臉有了些血色，「恁這三人是人才，去讀精英班嘟啊好！」他說，「統統是打死也不可能跳樓的！」「是啊！是啊！」胖主任點頭

如搗蒜，「真正的人才，至少不該去跳樓給我找麻煩！」

「我一定要把那可憐的孩子救起來！我不想變成沙包任人打！」胖主任一路呢喃，始終盯著曙光中越來越巨大的熊洞山看！登山口瞬間浮現，一條往上的山徑，兩旁菅芒花怒放！「魔神仔國度──俗人莫入！」孫行家唸著路肩一塊寫得奇醜無比的告示牌，心想：「還嫌人俗呢？寫這字的肯定是個豬八戒！」這時芒草叢中突然響起了一種很爽快的哀號聲──「啊嗯！喔耶！要死啦！救命啊！」，「嚇我一跳！」孫行家說，「俗就俗吧！也別製造出這種噁心叭啦的豬叫聲嘛！」豬腳王哈哈大笑，「都是這傢伙害的！」他掏出一支烏亮的行動電話說。「這和手機有什麼關係？」孫行家小聲說，感到雞皮疙瘩冒出了全身皮膚，「那玩意兒的電磁波會引來魔神仔嗎？」「你猜吧！」他抖動著眉毛說，「等一下到了前頭的草寮尖，魔神仔的聲音會大得嚇死人！」「草寮尖到了！說到就到！」孫行家眼前浮現一座凸字形的山巒，感覺一切到來得像風一樣快！「怪了！怪了！我好像嗅到了人流汗的氣味！」阿旺說，轉身指著登山口的方向，「我剛才就注意到了──那裡草叢後，停了好多部汽車呢！」

草寮尖擋著北面的寒氣，向南環抱出一片大床似的緩坡。金色的陽光隨芒草晃蕩，編織成的金秋美景透著羅曼蒂克的氣氛！「真想躺在那上頭撒野一下！」孫行家說，「多棒的暖床啊！」「是啊！是啊！誰不想呢？仔細聽！老輸！」豬腳王指著芒草坡說，抓起了他的手機給孫行家瞧了一眼，「麥擱卡啦！電話不會通！沒訊號——一格也沒了！」「救命哪！」突然間草叢裡傳出一聲慘叫，「爽死我啦！等下我還要！哥哥偶還要！」「阿娘喂！」一行人瞬間臥倒在地，形成一幅保齡球全倒的畫面！「答答答……」胖主任用唇齒發求救電報，「救救命呀！魔魔神仔來來抓人啦！」豬腳王和猴三縮著脖子大笑，渾身抖得像抽搐似的！阿水和阿旺飛到草坡上空轉了一圈，「都是人嘛！」阿水說，留在原地的本尊慢慢立起了身來。「是喔！老輸就是老輸！老輸就是老師兒！怎會懂這種烏魯木齊的事呢？」豬腳王救人似地扶起了孫行家，「別怕！爽死的鬼，沒什麼好怕的！」「是在玩某種躲貓貓的遊戲吧？」胖主任像在說國家機密，溜溜的視線一秒鐘也離不開眼前的大暖床！就在這時，草坡上突然冒出了一顆人頭──看來是完全真實的一張嘴臉，刮颱風似地大叫：「人家在爽快，你們小聲一點好不好？」胖主任頓時嚇成了一隻仆地蛤蟆，「是！是！我我再小聲一點！再小聲一點！」他用蛤蟆氣喘般的聲音說，「這是怎回事？大清早的，怎會有人躲在草叢裡練氣功？」「客氣點！誰在躲啊？」一個光著身子的男子從草叢中跳起來抗議，「這裡是『三不管』地帶！我們身體好，犯什麼王法？」「請問──是哪三不管？」胖主任虛心請益，額頭幾乎觸及地面。「官府不管、魔神仔不管，連『天』也不管！」光身紳士說。「你們怎知天不管呢？」豬腳王大聲問。「手機收不到，就是『天』管不到嘛！」光身紳士聳著肩說。「就是嘛！」另一個赤裸漢子也跳出來聲援，「偶們都是紳士！偶們這是風度好，有顧慮到太太的面子！」「喔──」胖主任叫起來，「你們的事，我明白了！」他撐起週會訓話的架勢，指著草叢質詢：「你們狗男女野地苟合，怎麼還好意思這麼大聲？」「誰是狗男女？我們製造爽快有錯嗎？至少我們沒逼人去跳樓嘛！」草叢裡倏地跳出十多條光溜溜的人體，女人們很有公德心地環抱雙臂遮掩住鬆弛下垂的乳房，紳士們則個個氣呼呼地揮拳作勢要打人——每個人看起來都絕對是社會的領導精英！「這些阿伯、阿嬸以前可能就是讀精英班的？」阿旺小聲說，吊起雙眼一副快暈倒的模樣！「各位先進！抱歉！抱歉！這個大箍呆腦筋阿達阿達的……失禮了！失禮了！」豬腳王朝草坡打躬作揖，然後一個迴旋壓在胖主任身上大吼：「白目！叫你吃藥不吃藥？不懂規矩也不要在這裡聳鬚討皮痛！」「是啦！是啦！」胖主任縮短的脖子像裝了彈簧似的，「我吃！我吃！我一定照三餐吃藥！」

「看——這裡還有休息站呢？」孫行家指著草坡旁的茅草亭子說，見亭下一角正滾著一鍋熱湯。「這些精英狗男女們還真會選場地嘛！」胖主任大聲說，就像在誇讚精英班同學似的！「講起來嘛可憐！」豬腳王說，「手機仔現在變成了牽手的遙控器！偷爽的古意人只好跑來這裡和魔神仔作伴！」「麥擱卡啦！拜託你不要再打啦！偶正在忙生理！正在忙爽快的生理活動！」猴三裝模作樣地逗大家笑，蒼白的臉孔泛起了粉紅色的光彩。「是啊！是啊！這裡完全收不到訊號！真的！」豬腳王摟著猴三的肩頭大笑，用笑聲請出了一旁草寮內一老一少的兩個人。

「飲燒湯！」老者說話像打雷，不等人回應就開始用粗瓷碗舀湯。「奇怪了！」胖主任說，「又沒說要買湯喝！手腳未免太快了吧？萬一我們沒帶錢怎麼辦？」「喂！留一些給我們吧！等一下我們會口渴！」草叢裡突然冒出一顆人頭說話，很紳士地朝這頭拱手拜了又拜。「老闆！老闆！請問——」孫行家趴在老者身前問，「一碗多少錢？拜託！」老者還是沒答腔，一心一意地繼續舀湯！「這裡的待客之道真怪！」胖主任輕聲說，嗅著髒兮兮的小孩捧來的熱湯。「哇呀——打野砲真爽啊！」「是——啊！是——啊！就這麼被魔神仔抓去也甘願！」草叢裡發出幾聲慘叫，就像有人被口水噎住喊救命似的！「鬼叫什麼？狗男女不害羞！」胖主任罵起來，「這裡電信局不管、警察局不管……小孩子最好摀住耳朵吧！」他指了指現場的青少年說。髒兮兮的小孩只管將熱湯擱到客人面前，不說一句招呼話掉頭就走！「好像在餵狗嘛！」胖主任說。「喂！喂！老闆！」孫行家加大了音量說，「請問……借問——一碗湯到底是多少錢呢？」「麥擱問啦！」草叢裡的光身紳士說，「老的是聾子！小的是啞巴！價錢隨意！就這樣！」「真的隨意嗎？有這麼隨意的生意嗎？」孫行家再問，朝草坡上的紳士拜了又拜。「相信我！」光身紳士說，「我們定食定量——每週固定來兩次，對這裡熟得像走廚房！」

「這些老人家活得真趣味！不是嗎？」猴三搓著手說，笑得眼眶濕潤起來，「我阿母要是能復活，我希望她也來參加這種戶外活動！說真的——十多年前我阿爸過世後，她要是能過得這麼趣味，說不定可以活到一百二十！」「我好……好羨慕這些狗……一般快樂的男女！啊——」胖主任結結巴巴地說，突然仰天長嘆一聲，「我已經十多年沒和我老婆……敦倫了！我在家裡……仍然不過是個討人厭的肥豬主任罷了！」「蹲的做，也能輪轉嗎？」豬腳王問，指著自己凸出的大肚子。「什麼姿勢都行！態度最重要！」光身紳士說，低頭親了一下草叢裡冒出來的一隻嫩手，「對不起！時間寶貴，細節自己去體會吧！」他話都還沒說完，整個人就倏地被拉進了草叢中去！孫行家腦中浮現和春華在一起的畫面，感覺胖主任擠出的笑容比哭還緊繃！「其實……誰不想帶老婆來這裡打野砲呢？他媽的——誰不想爽死呢？」胖主任用完全鬆弛的聲音大聲吶喊，「我也想復活啊！誰不想像那些狗……

一般痛快地過日子！」「原來是這樣！」孫行家嘆了一口氣說，「為了教育的理想，您實在犧牲太大了！」他第一次對胖主任有了同理心，忍不住就在那胖嘟嘟的臉頰上親了一下！

一行人繞過了草寮尖，眼前出現一片白茫茫的大霧。山徑旁的芒草花與白霧連成一氣，看來就像要飛上天去似的！「噓！這裡真正就是魔神仔的國度了！」豬腳王壓低了聲音說，一顆頭顱在濃霧中上上下下的。阿旺哼起了〈墓仔埔也敢去〉的小調，凌亂的舞步若隱若現。「今天你唱歌感覺特別好聽！」阿水說，「好像有樂隊伴奏和Echo效果呢！」「是加了乾冰效果！」阿旺說，歌聲化作了一種貼著地面的低沉節奏。「前面有瀑布！」孫行家突然大聲叫起來，「聽——不小的瀑布！注意！注意！大家不要走散了！」「奇怪！這裡好像有點『窟仔底』的味道？」阿水說，獵狗似地嗅著前方飄來的水氣。「會不會走錯路了？」胖主任問，聲音在他雙唇上瞬間凝結成了水珠！「怎麼會呢？」豬腳王大聲說，「你和猴三不是已經復活了一部分了嗎？」「是啊！是啊！」胖主任靦腆地說，「我的命……根子，好像真有那麼一點復活的意思了！」

一片水霧中，陣陣桂花香撲鼻而來，一波接著一波從翻滾的水簾裡散發出來！眼前巨大的瀑布高達天際，寬度明顯超出了孫行家的視野範圍！從天際墜落的激流將水簾下的巨石敲打得「嘖嘖嘎嘎嘖嘖嘎嘎」響，和空氣激盪出一種宛如受壓迫者吐血前嘔出的粉紅色氣息！「我明白了！完全明白了！」孫行家驚嘆著跪倒在粉紅色的氣流前，感覺到那低沉、令人噴飯的節奏貼著地面延伸到了極遠極遠的地方！

一行人在孫行家清明起來的意念中騰空而起，隨即像一列燕鳥似地穿越了巨大的水簾！「水簾後是空的！」孫行家感覺渾身輕得像一陣風，「有出路了！有出路了！」越來越大的笑聲迴盪在山嵐水氣間，「嘖嘖嘎嘎嘖嘖嘎嘎」的回音一陣接著一陣！「這條路，不會錯的！」孫行家想，眼前浮現出一條沿著溪谷向上延伸的金色絲絨山徑。太陽不見蹤影，柔和、泛金的光芒卻八方普照！「這裡莫非就是傳說中的『光明頂』？」孫行家無聲地問伙伴，感覺四周的景象全然自由飄浮在意念中！所有因壓縮空氣而形成的聲響都停止了，人們開始用思維來表達想說的話！

「從沒有人真正到過『光明頂』！」胖主任說，「所以人們總是祝別人前途光明！這……不知道算不算是個笑話？哈哈……」胖主任笑得像個孩子，露出了渴望擁抱老婆的笑容！小小的村落在山巔前冒出頭來，像剛被露水梳洗過似的，一塵不染！一切影像看來逼真如舞臺表演，在老樟樹下上演著各式各樣的做愛姿態！孫行家感到自己的肺臟因鮮氧滲透而變得柔軟，驚覺渾身肌膚已漸漸轉變成了粉紅色！「奇怪？這裡感覺就是輕鬆！輕鬆得像小孩子似的！」豬腳王咧嘴笑開了，孩子氣地高舉雙臂扭屁股！「這麼輕鬆的環境，孩子們還肯讀書、考試嗎？」胖主任問，「莫非這裡只有放牛班？」「還說呢？」孫行家提起胖主任多肉的耳朵說，「至少這裡的孩子不會有人想跳樓自殺吧？那樣才算教育成功嘛！」

「上頭就是光明頂了！」路邊粉紅色的小矮人指著五十公尺外金光穿雲而出的地方，清澈如紅寶石的眼中閃爍著瑤池仙境才有的光華！一行人比賽跑似地向上飛奔，旋即一一降落在彩雲環繞的廣場上！一間簡單的石屋立在兩塊光禿禿的巨石前，迎著一行人展現自己——「這裡就是觀音神殿！別不信！」「的確！沒錯！」

廟前的地攤老闆用紅眼睛說話，光禿禿的圓頭下細長的脖子彈簧似地一伸一縮，「我這攤上的真古董，不要買！拜託！統統不要買！垃圾一堆！」「垃圾？不買賣？」孫行家瞪著老闆的眼睛，「那你賺什麼呢？」「賺到『閒』！賺到『笑』！真好！真好！」老闆紅寶石般的眼睛發出光來，一張忽大忽小的臉龐陶醉似的！「說得好！說得好！說得——好傻！」胖主任的兩顆眼珠子烏亮如柏油，「在這裡買古董，肯定賺到！賺到！」「嘖嘖嘎嘎！嘖嘖嘎嘎！」紅眼老闆笑得滿地打滾，圓滾滾的肚皮像風箱似的！孫行家驚覺胖主任就快變成了一尊伏地的石膏像，「大家快將他抬進廟裡！」他用快速轉動的眼珠子說話，「奇怪！怎只有他一個人暈船？」豬腳王扛死豬似地將胖主任抬進了「觀音神殿」，粗壯的手臂僵硬得像上了石膏似的！「窟仔底人平日被老貓磨練過，當然比較不會暈船！」阿旺用彈簧震動的聲音說，顫抖抖地跳起了「殺豬舞」。這時，一個矮小的禿子手執拂塵突然出現在眾人眼前，一身古意的紅色袍服像濕透的花瓣似的！「沒事！沒事！」禿子抿嘴搖頭，「別大驚小怪！朝他口裡給點氣就行！」「怎麼給法？孫行家點頭請教，盯著禿子兩泡猩紅眼看，「莫非和尚都學過口對口人工呼吸？問題是——救人也得先睡飽不是？」矮禿子揚起拂塵朝孫行家劈頭就來：「我是尼姑，不是和尚！請放莊重一點！」「阿娘喂！這師父挺有脾……個性！」眾人低頭偷笑，在一張巨大的隨形石桌旁坐下來。「這算間廟嗎？怎不見神桌呢？」孫行家撫摸著屁股下的石凳想，注意到了殿後兩塊好似通上了天般的巨石。「石！石！石！這是間石器時代的廟嗎？」孫行家想大聲說，卻見眾人都瞌睡得頻頻點頭！「廢話！這就是古意！懂嗎？」老尼將拂塵揮得像舌頭一般長，「別連觀音你媽都不識？」「這這這……」胖主任看來有些甦醒過來了，「怎麼聽起來像在講髒話？」「我識！我識！我要買！我要買！那些地攤上的古董說不定全是真的！不能錯過！」他突然跳起身來，起乩般地要再衝出屋外去！老尼姑揚起拂塵朝胖主任的圓頭一鞭揮下，用超音波的頻率罵道：「老毛病！見屎就舔！」胖主任頓時眨著眼清醒了一點，隨即趴下身來親吻灰濛的石板地。「通病！通病！」老尼姑當場賞了每人一鞭，「你們也好不到哪兒去！」「大師慈悲！大師慈悲！」孫行家跪下身來哀求，將丹田之力舉昇到了腦門，「我等是為活人命而來，求大師惠施救命靈泉水！」突然間，他聽見兩塊通天巨石間響起了串串笑語——「嘖嘖嘎嘎嘖嘖嘎嘎……凡人既然愛活在謊言中，死生有何差異？窮忙！窮忙！活著只是等死，死了卻又想再活過來！無聊！」「高見！高見！說得一點不錯！」孫行家將眾人攜來的「寶瓶」擱在兩塊巨石前，一張嘴巴嗶嗶噗噗地像在放屁，「這正是我們的來意！我們凡人除了求『無聊』，從不敢再有別的奢望！」

「明白！難得有說話老實的凡人！我喜歡！」老尼姑揮舞著拂塵在通天巨石前扭屁股，將四下的空氣攪出了陣陣粉紅色的風。兩塊巨石彷彿瞬間膨脹起來，之間的石縫間汩汩地湧出一條瀑布來。孫行家覺得眼前的兩塊巨石簡直就像孕婦的一雙大腿，瞧著石縫間攀附的幾叢蘭草令他一顆心狂跳不已！這時，他嗅到了一種熟悉的暗香，腦海中欣悅的激素瞬間氾濫成了汪洋一片！胖主任原本萎縮的鼻孔脹大了三倍，發情似地弓起了身子要往前衝去！「大師！再給他一鞭吧！這胖子比較嚴重！」豬腳王央求老尼，緊抓著胖主任的腰帶不放。

「阿母！阿母！」猴三突然叫起來，霧樣的神情濕濛濛的，「阿母在叫我！我聽到……」孫行家想起了一個久遠的故事，用手摀住了口鼻，幾乎要哭出聲來！

「我嚐過的藥湯，才敢拿給阿母喝！」猴三率先喝下了靈泉水，手上的紅標米酒瓶顫抖不已。「糟啦！這湯水好像比酒還猛？」豬腳王彎下身來攙扶猴三失控的身軀。「停！停！吃錯湯藥更嚴重！不能再喝啦！」阿旺展開雙臂橫在眾人面前，「活人不能喝救死人的猛藥！」

「阿母！阿母！」猴三又哭又笑滿地狗爬，繞著眾人一直兜圈子。「猴三的阿母就是真能復活，也不會想看到他現在的模樣吧？」孫行家一顆心越縮越小，腦海中一個無助稚子的身影越來越大！這時，他耳中突然響起了「嘖嘖嘎嘎嘖嘖嘎嘎」的聲響，還來不及摀住耳朵，就聽見「兒子兒子回來回來」的呼喚聲已刮在他那過敏的耳膜上。孫行家的心思陀螺般兜轉不停，瞧著眼前的石縫漸漸擴大成了一座開敞的拱門！他像被磁吸似地進了拱門內，漸漸嗅到了一種多年來就是在夢裡也不敢親近的氣味——一種沉重得幾乎令他窒息的土氣！拱門之內，山谷裡一成不變的梯田浮現，在綠得透亮的田土裡，埋著母親倔強的半截身軀！「你總算還是回來了？」母親盯著孫行家細嫩的雙手看，「所有田地我都守住了！我還要再守個一萬年！不信嗎？人不助我，我就求魔神仔幫忙！」她抓起一把田土塞入口裡咀嚼，「告訴你——泥土的滋味有三百多種！要看牛糞的含量而定！相信阿母吧？魔神仔永遠比人還可靠！」「阿母！我們已經是不同世界的人了！」孫行家驚覺母親已將自己也種植在泥土裡了！「你們一個個離開這裡，我不留下來，誰留下？誰來守祖先拚來的土地？」母親的憤怒聽來比地震還深沉！「我知道——那始終是您的夢想！」孫行家擔心自己的腳尖正一點一滴地陷入泥土中，「但每個人的夢想不同！」他低頭不敢再直視母親的表情，眼中老人家緊繃的雙腿頑強如老樹根！「別傻了！你們的妄想……我明白！」母親晃動著身軀說，「任何財物都比不上土地！土地是最可靠的！」她又抓起一把泥巴塞進嘴裡。「您不能一直吃那個！」孫行家搖手制止，身軀不覺間已縮成了不足四尺！「為什麼不能？哈哈……」母親粉紅色的氣息像飆風，「你自己小時候也吃過不少！」「我不記得了！」孫行家慢慢移動視線想確定梯田的界限，「我只記得小時候總是在田裡爬行！」「哈哈哈……」母親吐出的氣息和緩了許多，「千百年來，山裡的孩子都是那麼長大的！憨囝仔！想媽媽嗎？」她眨了眨沾著露珠的眼睛，一瞬間就像過了一整年似的！「很想！很想！」孫行家抱著老樹幹痛哭不止，「想您……毀了我每個年節！」他輕輕啃下了一口樟樹皮，覺得那有個性的氣味一點也沒變！「想我？為什麼一直不回來看看？」母親眼中起了霧樣的漣漪。「我怕……咱倆會再爭吵……也怕會再吃泥巴！」孫行家抽抽噎噎地笑起來，「那個家一向用爭吵來維繫……我怕一沾上就永遠走不開了！」

就在綠得透亮的田野中，母子倆第一次用輕柔的風來對話。孫行家覺得心頭一切糾結的思念在風中逐漸失去了重量，開始貼著母親的胸膛撒嬌起來：「媽，您為什麼變得硬繃繃的？」「你真想知道祕方？」母親溜轉著眼珠子抓起了一把田土含在口裡，「喔喔喔……你你若吃過三年這土，自自然就會知道！」她以食指輕點嘴唇，笑得神祕兮兮。「您聽了魔神仔的話？」孫行家緊盯著母親的眼睛看，注意到了那似曾相識的猩紅眼。「嘖嘖嘎嘎！嘖嘖嘎嘎！不聽行嗎？人，都靠不住啊！人走絕了，我不聽魔神仔，聽誰？」母親的雙腿在泥土中似乎越陷越深，「我就愛守在這裡！我高興！這就是我要的！」孫行家不捨地撫摸著母親宛如老樟樹般的皺紋，驚覺自己離開母親已超過了一百年！

孫行家跪在爛泥裡放聲大哭，連磕了十多次頭，完全不敢直視母親那張始終笑個不停的臉龐。「別！別！別哭成那麼樣！」母親的話語像惠風，「我早就不怪你們了，希望你們也不要怪自己！愛什麼、追求什麼，是無法勉強的！嘖嘖嘎嘎！嘖嘖嘎嘎！」風中的笑聲忽起忽落，輕柔得聲聲嘆息！孫行家完全明白了——母親確實已變成了魔神仔！因為只有魔神仔能做到「完全同理心」、只有魔神仔能永遠守住土地！一百年、一千年……直到永遠！「我真的想通了——一切衝突只不過是選擇的問題！高興就好！」母親用呢喃的風聲安撫孩子仍難以平復的心情，「快樂就是——追求你愛的！守住你真正想要的！現在，我只希望你們都能像我一般快樂！我叫你回來只是想幫助你，如此而已！」

孫行家終於參透了這一年多來的種種奇遇，忽然發覺那原本一成不變的田野其實已起了很大的變化——梯田裡滿是雜草，野禾已蔓生到了田埂上！他跟著看不出時辰的日頭走，不久就見到紅磚厝的身影魅影似地浮現在芒草叢中。那是個一度興隆的大戶人家，雙進雙護龍的氣勢依稀可見。「這是個起點！不知是否也算個終點？」孫行家想起家族多年來代代口傳的歷史——勇猛的先人在擊敗生番奪占了山林後，竟然也好強地和魔神仔決戰起來！據說，一切詛咒就是這麼來的！三百年來，這家族永遠只有女人當家，男人死的死、跑的跑一個也不留下來！據說，多年後會出現一個永遠不死不活的大男人，那個自命不凡的勇士將再回到這裡，然後幾乎別無選擇地困在這附近的精神病院裡直到老死！「這是個老古董的故事了！」孫行家推開了滿是蜘蛛網的扉門，跪爬著進了大堂，感受到粉紅色的風一路輕撫著他的背脊。

大堂上那具盤踞在太師椅上的白骨看來依舊頑強，骷髏頭見了孫行家就鬆開了顎關節咧嘴笑起來。「媽！我回來了！」孫行家在白骨腳尖前三叩首，十根指頭幾乎插進了地磚裡！「好好吃完這頓團圓飯，你就走吧！我已經習慣自己一個人過日子了！」白骨骸微微晃動起來，「別難過了！我們總會再相聚的！嘖嘖嘎嘎！嘖嘖嘎嘎！」孫行家慢慢站起身來，嗅到了熟悉的飯菜香。

孫行家在神桌前和母親吃團圓飯，「慢慢吃！沒人敢跟你搶！」母親說過的話在圓桌四周兜轉著。他幾近狼吞虎嚥地猛吃，感覺口裡的飯粒帶著剛從莊稼地取來的稻香！他就像已餓了一百年似的，對手指頭上任何一絲熟悉的滋味都不放過！「住在山裡沒什麼好怕的，只怕吃不飽！」母親的笑聲讓青草和泥土的氣味越來越濃，堂屋內外彷彿漸漸失去了界線！孫行家抓起棒槌大的雞腿一口咬下，嘴角竟溢出了一種綠色的黏液！「媽只吃白飯？」他盯著母親的白骨架看，感覺她吃飯的速度像變魔術！「不！我只吃泥巴！已經很多年啦！我好像告訴過你吧……」骷髏頭咧嘴晃動了幾下，嘴角上的飯粒看來比白骨還白！「吃泥巴比吃素更崇敬土地！」母親的骷髏頭板起臉來，兩個大窟窿瞪著孫行家看。孫行家突然覺得碗筷輕飄飄的，「這米飯……好像有些怪……好吃的風味？」他吞下了一口黏性突然增加的口水，懷疑在他腹裡的飯粒已變成了一堆泥巴！孫行家搖著頭擱下了碗筷，感覺四周的山嵐氣越來越重！「怎麼？連媽都不信？」骷髏頭瞪著孫行家的眼睛，眼窩窟窿射出兩道粉紅色的光來。「媽！我求您——有些方面的事……您可不可以不要管？」孫行家望著白骨架苦苦哀求。「你說！你說！哪些事媽媽不能管？」骷髏頭冒出煙來，張大了的上下顎骨像是要咬人似的！「喔！多了！」孫行家乾脆跪下身來說話，「比如說兒子的房事！那總不好管吧？」「我……早在管啦！跟你講白的——別再守著那個長腿辣妹啦！她不是塊肥沃的土地！哪有爽忒多還沒有身的媳婦？無采溲——可惜了你的精血啦！你知道嗎？你們每一次……阿母都助了多大的力氣？你以為靠你自己那點排骨力氣，在床上就能那麼勇猛嗎？嘖嘖嘎嘎！嘖嘖……」骷髏頭發出的笑聲尖銳得像刺針，幾乎在孫行家的耳膜上鑽出洞來！孫行家的視野因驚嚇而開始收縮，瞧著眼前的美食瞬間都變成了泥巴的顏色！

孫行家重重擱下了手上的筷子，卻虛軟得敲不出任何聲響。這沒人同他爭食的團圓飯已全然走味了！他想起了兒時第一次自慰的經驗——在荒郊野外將一部分的自己釋放到流水中去，那時候他能做的「逃脫」，就只是那麼樣了！此刻，他想做的是立刻衝出門去，想立刻衝到春華的床上證明自己的存在，他——絕不願永遠綁在這魔神仔的國境裡自慰下去！

孫行家在彎彎曲曲的田埂上飛奔，身後的呼喚聲一刻不停——「憨囝仔！傻孩子！回到山裡！回到山裡！外人靠官，咱們靠山！別再走出山去才對！」孫行家不敢將腳步停在泥土上，深怕自己會被吸入其間去！他幾乎是一路逆風奔逃，感覺身前的風阻像一棵大樹似地攔阻著他的去路！那棵永遠離不開土地的老樟樹始終擋在孫行家面前，空氣中迴盪著一種低頻的怨嘆——「嘖嘖嘎嘎！嘖嘖嘎嘎！傻瓜！你怕什麼？媽一直在幫你，你都沒感覺嗎？」「有是有……」孫行家趴在虯曲的根盤上喘氣，「咳！感恩嘔！」他想起母親在悲苦時愛說笑的個性，「您再這麼幫下去，我恐怕就得住進精神病院啦！」他發出癩蛤蟆般的笑聲，撒嬌地開始替老樹幹按摩。「樂興仔人！」老樟樹微微晃動起來，「喔！喔……你和你那個沒一點責任感的父親一個樣！歹種！就是會這款叫人爽歪歪的功夫！」孫行家嗅到樟腦氣從母親的腋下飄散出來，感覺自己已被母親緊緊地抱在懷裡了！「阿母！我不走出這裡，就會變成一棵永遠長不大的樹！那麼樣的人生好嗎？」他在根盤上叩了幾個無聲的頭，旋即開始奮力扭動身軀，試圖吐出所有帶著乳臭味的氣息！「傻！傻！傻！你還不明白那『噴噴嘎嘎』的奇蹟嗎？傻瓜！」幾片枯黃的樟樹葉刮著孫行家的臉皮滑落，「媽媽的用心，你完全不明瞭嗎？為什麼這一切奇蹟只發生在榮鎮呢？你想過沒？」老樟樹巨大的陰影瞬間吞噬了孫行家的視野，讓他頓時完全分辨不出方向來！「嗚嗚……沒別的選擇了嗎？我的人生……」孫行家只有哭的份，除非他願意像嬰兒似地繞著樟樹幹繼續爬行下去。「你這無可救藥的傻瓜！噴噴嘎嘎……」老樟樹的笑聲像怒氣噴發，陣陣粉紅色的風從四面八方襲來，「跟你明講了──咱魔神仔國度的人，是永遠走不出去的！這是咱祖先和魔神仔早就約定好的！」「那是祖先的約定，不是我的約定！」孫行家揚起脖子一口咬住了眼前的虯根，「我可不想變成一棵只能等著老去的樟樹！就是這麼做狗爬，我也一定要爬出這裡！」就在這時候，他因為抬起頭來，而瞧見了極遠處烏雲下的一個光點！

「光明頂就在那兒！」孫行家第一次很真誠地飆出淚來，「出路——有了！」他用一種和風賽跑的姿態開始向前狂奔，緊盯著越來越大的光點直飛而去！母親的呼喚聲一陣急似一陣——「回頭吧！回頭吧！別再跑了！你跑不掉的！沒用的！你一走出咱的山野，就會被關進瘋人院裡！你會一直待在那裡直到永遠！你跑不掉的！既然你出生在這裡，一切就早已注定好了！『瘋人院』就是媽給你唯一的……別的選擇了！你想清楚啊！」孫行家分不清泥土和空氣的界線，一心盼著前方的光點越變越大、全心全意渴望著一座透亮的拱門！「阿母！我……真不孝！孩兒不……」孫行家想到已經變成一具白骨的母親，想到種種令人哭笑不得的因緣，他哭了！淚如雨下地放聲大哭起來！「您安心地留下來吧！媽媽！孩兒想的……只是要像您那樣……好好地活著！」他用一種極真摯的卑微向母親告別，突然間感到所有心中的風暴倏地都歇止了！孫行家鑽進一條幾乎令他窒息的隧道裡，堅決地向自己喊話：「我，只有一個方向！只剩一種選擇！」

「恭喜！恭喜！重獲新生的寶貝！」老尼用拂塵撣去孫行家臉上的熱淚，也掃去了白骨架仍留在他心中的殘影！「我這樣的選擇好嗎？」孫行家最後一次如此問自己，因為他知道——未來的一切已全然注定好了！「其他人呢？」孫行家問。「回家作夢去了！那些俗人要百年後才會再回到這裡！」老尼咧嘴笑成了蓮花綻放狀，逕自朝觀音殿外淡出了孫行家的視線。

孫行家呼吸著一種完全屬於自己的氣息，感覺腦中的眼睛逐漸透亮了起來！他輕飄飄地來到觀音殿前的廣場，驚覺這四周的一切其實盡是蓮花白石砌成的！觀音殿前的古董地攤彷佛變大了，而石城般的廟宇一下子變得好遠好遠！孫行家又看見老尼紅色的身影，勉強用視線將她固定在古董地攤上，以免她東南西北地飄來飄去。「這古董……是世間真正有價值的東西！」老尼高舉起一幅法書中堂說，「古代中國書法家寫出的草書，勝過西方的抽象畫一萬倍！」「垃圾！不過是廢紙一張！」地攤的紅眼老闆突然開口說，「還不如讓我好醉的一罈老酒！」「醉生夢死！」老尼將拂塵一鞭揮在紅眼老闆的禿頭上，「你的眼睛已經夠紅啦！」她氣得往東方轉了一圈消火氣，然後回到地攤捧起一顆翡翠西瓜說：「說這不是寶的人，不是騙子、就是瞎子！玉雕是巧奪天工的古意——隨色巧作，栩栩如生，勝過實物十萬倍！」「垃圾！又硬又重，顏色單調！還不如小孩吹出的七彩氣泡！又不是只有綠色才美嘛！」紅眼老闆回嗆，「還不如賞我一顆真西瓜吃來得痛快一點！」「吃！吃！吃！就知道吃！生個腦袋幹嘛？」老尼揚起拂塵揮下了兩鞭，打得紅眼老闆頭頂發紅，「你這顆頭得上點豬油啦！」她鼻孔噴著氣往西方飛了兩圈回來，用雙手捧起了一只小瓷杯說：「中國明朝的鬥彩瓷杯是最偉大的立體瓷繪！勝過3D照相百萬倍！先用青花料畫輪廓，施過透明釉後高溫燒第一次，然後再用彩釉填色低溫燒第二次，燒成的紋飾疏影橫斜、氤氳活潑，宛如呼之欲出——這是天才才想得出來的點子！」「垃圾！勞民傷財，魅態惑人！無實利之器！」紅眼老闆撫摸著頭頂發脾氣，「不過是奇技淫巧添麻煩！如此小杯，用來飲酒難成醉，用來喝水難止渴！只怕又要叫我挨一回打？」老尼用力揮下了三鞭，打得紅眼老闆頻頻閃躲，「垃圾！垃圾！垃圾！」她用拂塵抽動的餘波說，「先掃除了你這個大垃圾才對！」老尼氣沖沖地向南方轉了三圈，又依依不捨地回到古董地攤來，開始撫摸身前一張烏亮的琴几。「老紫檀！細緻內斂，如緞似玉！」她說，幾乎立刻跪下身來，「中國古代木造家具的精品，永遠是家具之神器！」她用冒出火花的眼神說，「用料講究、榫接精實，造型簡練渾然天成，令人百看不厭！」「垃圾！老梗！」紅眼老闆翻著白眼說，「平民百姓永遠買不起的家具，能算是好家具嗎？」老尼望著北方長長嘆了一口粉紅色的氣，「打你只是浪費我力氣！豬頭再打也成不了人頭不是？」她蹦跳起身軀準備朝北方奔去，一身紅袍卻突然被紅眼老闆緊緊拉住了。「這可不成！」紅眼老闆用拉扯的力量說，「今天妳不再打我，就一定不能走！三百年了，我每次固定被妳打一圈四回——這已是規矩了！豬頭也罷、人頭也罷，不照規矩可不成！」孫行家嗅到一種械鬥前的氣氛，連忙卡在兩位三百歲的老人之間調解。「都對！都對！兩位都對！」他用恭喜的姿態說，「東、南、西、北各有所好，上、下、左、右皆有擅場嘛！三百年的好鄰居，莫傷了和氣才好！不是嗎？」「不行！」紅眼老闆將老尼的紅袍抓得更緊了，「她愛她的，我賣我的——這點完全沒問題！問題是她不能沒一點同理心！」「同理心？」老尼拉長了脖子瞪著紅眼老闆光禿禿的圓頭看，「你這禿頭倒是和我的差不多！只是那副嘴臉以及嘴裡吐出的屁話，我不愛！」「愛不愛是妳的自由，就是不愛也不能對別人的心思沒一點同理心不是？」紅眼老闆用拉力來申訴他的委屈，一雙眼睛一下子變成了望遠鏡兼放大鏡！「那你今天是非換不可囉？」老尼橫跨出一步，擺出了應戰的架勢。「嘿嘿！別！別！」孫行家急得東西南北跳腳，突然覺得腦中有點點星火跳動起來，好像自己就快要脫去一層皮殼似的！「從沒見過魔神仔打架，新鮮是新鮮，但若是打壞了這些如假包換的古董精品，那就太可惜啦！」他焦急得瞳孔放大了好幾倍，卻根本抓不住視線所及兩具開始兜轉不停的軀體！「再鬧下去，會出人命的！」孫行家無聲地吶喊起來，瞧著面前的兩雙紅眼睛卻像在對他咧嘴笑。

「你真的考慮清楚了？決定了？對尼姑悲哀的孤寂，有心理準備了嗎？」老尼板著臉再三問紅眼老闆，正眼也不瞧孫行家一下！「我懂！我懂！」紅眼老闆堅決地頻頻點頭，「不過是十年不能再換回來嘛！十年而已！我早已厭倦了看人們貪婪的蠢樣！」他轉身對孫行家偷笑起來，舞蹈似地扭了一下屁股。「我真的越來越糊塗了！這樣的人生好嗎？」孫行家用苦苦哀求的眼神說，「尼姑的苦比我媽還慘！嗚嗚……」他想像自己伏在樟樹根盤上放聲大哭的模樣。「至少十年！」老尼疾風般地嗆起來，「有『人』一換就是幾十年！幾百年以上的也有！」「到底是要換什麼呢？」孫行家心中陡然升起了一個問號，「是換工作嗎？還是角色互換？」他完全沒有想離開的念頭，全神貫注之間耳裡隱約響起了「嘖嘖嘎嘎嘖嘖嘎嘎」的笑聲。「我知道你還是和過去一樣的想法！」老尼嘆了一口氣撣了撣身上的紅袍，「廟裡見的蠢樣可能更多呢？除非你永遠閉上眼睛！」「我懂！我懂！」紅眼老闆一派輕鬆，「我只希望妳被我打的時候風度能像我現在一樣！」

所有爭執瞬間停止了！老尼和紅眼老闆相視而笑，都帶著一種依依不捨的眼神。孫行家腦中浮現從登山口到草寮尖菅芒越來越高的景象，突然覺得有一種想像不到的陰森氣氛正從四面八方合攏過來。「喔——對了！」老尼想起什麼似地回頭望了觀音殿一眼，「山外那些蠢蛋要是來求什麼『寶瓶水』、『死而復生的靈泉』，你就看著辦，隨便應付一下吧！哎呀！那真是件叫人頭痛的事啊！跟他們說沒有，他們不信！跟他們說有，他們又懷疑！其實像他們那種糊里糊塗、爭執不休的人生，『生』和『死』又有多大的差別呢？」「多謝！」紅眼老闆說，「妳能這麼提醒我，就是有『同理心』的意思啦！多謝！」他低頭細細瞧過了地攤上的每一件古董，然後慢慢抬起頭來說：「其實，古董根本就不該買賣，越是真品、精品就越不該當作商品來販售！好的古董是公共財，應該永遠讓每一個有興趣的人欣賞、研究！所以古董生意的最高倫理就是叫人『不要買！統統不要買！』對於贗品或是一般的老東西，就該提醒人量力而為，不要買得家庭失和、買得像三級貧戶一般窘迫！」「難得呀！難得！原來你還有這麼慈悲的心念！」老尼嘆了一口氣說，「講也奇怪——五十年前、一百年前、一百五十年前……說不定三百年前、三千年前也是如此……咱倆在這裡總是爭執不休，雖然結果都是不了了之，但終究也無法像虛幻沒發生過似的！就這樣漸漸的，住這兒再也沒有回家的感覺了！唉……今天咱倆就一次化解了吧？」

孫行家聽見窸窸窣窣的聲音響起來——像呢喃的風貼著他耳邊盤旋不去，帶著一種無怨卻又諧謔的心跳聲，突然感覺眼前的一切越來越逼真——就像已跨越了夢境的界線一般！那是一種令人噴飯多於恐懼的景象——老尼和紅眼老闆終於各自拔下了自己的頭顱，然後一本正經地將自己的頭裝置在對方脖子上的窟窿裡！整個過程窸窸窣窣的聲音一陣接著一陣，而且聽起來越來越清晰、越來越大聲！「你是來尋寶，還是來看戲的？」林老闆變成屍體的臉龐突然間壓在孫行家面前大吼，「不專心尋寶瓶水，我等得不耐煩啦！」他的聲音說得一點不心虛，刃銳的感覺瞬間抹在孫行家的脖子上。「我的媽呀！」孫行家一骨碌地摔下床來，久久無法確定自己原本的頭顱是否仍在脖子上！

故事的尾聲

「到了這二十一世紀，一位老醫師或是任何一個老人家在小鎮走失不見，很可能就是一兩天的地方新聞罷了！」胖護士立在窗前抿著嘴想，透過診療室的窗戶她看見已被建商摧殘得宛如廢墟一般的景象。她突然間咧嘴笑起來，淡淡地有了一種微妙的釋然——「不讓老人家親眼看見『為何療養院』被奸商的怪手鏟平、親如家人的病人被一車車地移置他處，也算是冥冥之中一種比較慈悲的安排了吧？」這幾天，她已隨警消人員在附近山區搜尋了好幾回，聽目擊者說老人家是喃喃自語地往深山裡走去的！「我跟院長打招呼他沒應我，聽他嘴裡一直說著——『要不要再求魔神仔？要不要再求魔神仔……』我聽不懂他在講什麼，因為他是長輩，所以也沒敢再多問什麼……」可能是最後目擊者的採藥人說，有些自責地搖起頭來。「咱倆在一起，說好了不哭的！咱這叫『無可奈何之愛』！差了三十歲，『愛』只是一種感覺罷了！」胖護士咧嘴苦笑，玩味著老院長失蹤前不久還在說的話，心情瞬間又陰晴不定地酸了起來！

「療養院關門歇業，對建商而言，或許只是個小小的投資企劃案吧？」胖護士咬著舌尖想，心頭生離死別般的刺痛像陣陣說來就來的夢魘！幾天前，她曾當面嗆建商：「就算你們有投資賺錢的自由，也大可不必一定要傷害人嘛！除了賺錢，你們都沒別的考量了嗎？除了賺錢，你們有過別的夢想嗎？錢太多，你們不嫌煩嗎？」「我們的夢想就是賺錢！」建商冷冷地回應，「錢太多，放火燒著玩——我們甘願！」

此刻，胖護士依舊咀嚼著建商錐心似的回話，瞧著玻璃窗上凌亂的樹影，突然間對「夢想」的定義起了一種忍不住想笑的疑惑！她極力用醫療人的冷靜抓著心跳，卻無法將自己對院長的思念控制在明確的界線內，總覺得老人家的每一件物品都勾起了心頭一陣人影晃動！「親愛的，您還在看顧著這一切嗎？還在念著我嗎……」她愣愣地問了窗外的老樟樹好幾遍，忍不住斷斷續續、窸窸窣窣地喘起氣來。就在這時候，「奸商定的清理期限就剩兩天了吧？」胖護士望著窗外偏斜的光線心頭一陣緊縮，突然間想起了稍早在院長的電腦檔案裡發現的一份病歷紀錄——那是一份內容紛亂、看來並未完成的報告，寫的是院長和一個叫「孫行家」的病人之間的對話！「有點像『小說』嘛！」她對自己說，「可能是老人家孤單地在診療室裡喃喃自語吧？」「孫行家！孫——行家？本院有這樣的病人嗎？」胖護士盯著螢光幕皺眉頭，腦中浮現老院長失蹤前徹夜伏案敲鍵盤的身影。她隨即按著索引查遍了所有院內病人的人名檔，卻根本找不到有這麼一個叫「孫行家」的病人！胖護士回憶起老人家熬夜時堅持的神情，一門心思暖暖地兜轉起來，突然間覺得與院長相處的日子短暫得就像夜鷺嘎嘎飛越過院牆似的！

胖護士在凌亂的診療桌前讀著笑淚交織的句子，對這份她也參與其中的「報告」起了一種很真誠的「夢想」，也不見得是想從中得到什麼線索了——僅僅是如此簡單、帶著同理心的一絲渴望，就讓她又很真實地在電腦螢光幕前活了過來，感覺到老院長始終還在她身邊、在這間診療室裡，從沒走遠過！

***

後記：胖護士徹夜讀完了老院長的最後一份病歷報告，其間笑得必須停下來擤鼻涕至少十次以上！她第一次領悟到——在短暫、庸俗、紛擾的人世中，只有「夢想」是可能和魔神仔活得一樣久的東西！之後，胖護士不再向建商抗議了，連再怒目相向的興趣都沒了！「請便！請便！你們愛怎麼辦就怎麼辦吧！」她睨著奸商笑出聲來，「派飛機來轟炸最快！」胖護士開始滿心期待著要到榮鎮的「窟仔底」、「老街」、「熊洞山光明頂」去好好瞧瞧，無時不在揣摩著呼吸到「世外桃源」自由空氣的感覺！據說，榮鎮老街的古董商個個活得好好的，從沒有人曾遭受到什麼傷害！據說，現在的窟仔底已像個花園，人們啃著免費卻令人舌尖顫抖不已的滷豬腳暢快地叫喊：「魔神仔來了！魔神仔來了！爽死我啦！」這一切改變據說都因此地兩個年輕人慷慨解囊而來——兩人之中，愛跳舞耍寶的，現在成了個如「印鈔機」一般的「天王偶像」！另一個老實一點的，則成了「資源回收業」大亨和慈善家，他將「撿來的」一批神祕的金磚大部分捐作了公益！

國家圖書館出版品預行編目資料

骨董狂想曲 / 王湘琦作. -- 初版.
-- 臺北市 : 聯合文學, 2015.05
368面 ; 14.8×21公分. -- (聯合文叢 ; 589)

ISBN 978-986-323-108-0 (平裝)

857.7　　　104004191

聯合文叢 589

骨董狂想曲

作　　者／王湘琦
發 行 人／張寶琴
總 編 輯／李進文
主　　編／陳惠珍
封面設計／Bear
資深美編／戴榮芝
校　　對／王湘琦　陳惠珍
業務部總經理／李文吉
行銷企畫／李嘉嘉
財 務 部／趙玉瑩　韋秀英
人事行政組／李懷瑩
版權管理／陳惠珍
法律顧問／理律法律事務所
陳長文律師、蔣大中律師
出 版 者／聯合文學出版社股份有限公司
地　　址／(110)臺北市基隆路一段178號10樓
電　　話／(02)27666759轉5107
傳　　真／(02)27567914
郵撥帳號／17623526 聯合文學出版社股份有限公司
登 記 證／行政院新聞局局版臺業字第6109號
網　　址／http://unitas.udngroup.com.tw
E-mail:unitas@udngroup.com.tw
印 刷 廠／鴻霖印刷傳媒股份有限公司
總 經 銷／聯合發行股份有限公司
地　　址／(231)新北市新店區寶橋路235巷6弄6號2樓
電　　話／(02)29178022

出版日期／2015年5月　初版
定　　價／350元

ISBN 978-986-323-108-0(平裝)　《本書如有缺頁、破損、裝幀錯誤、請寄回調換》

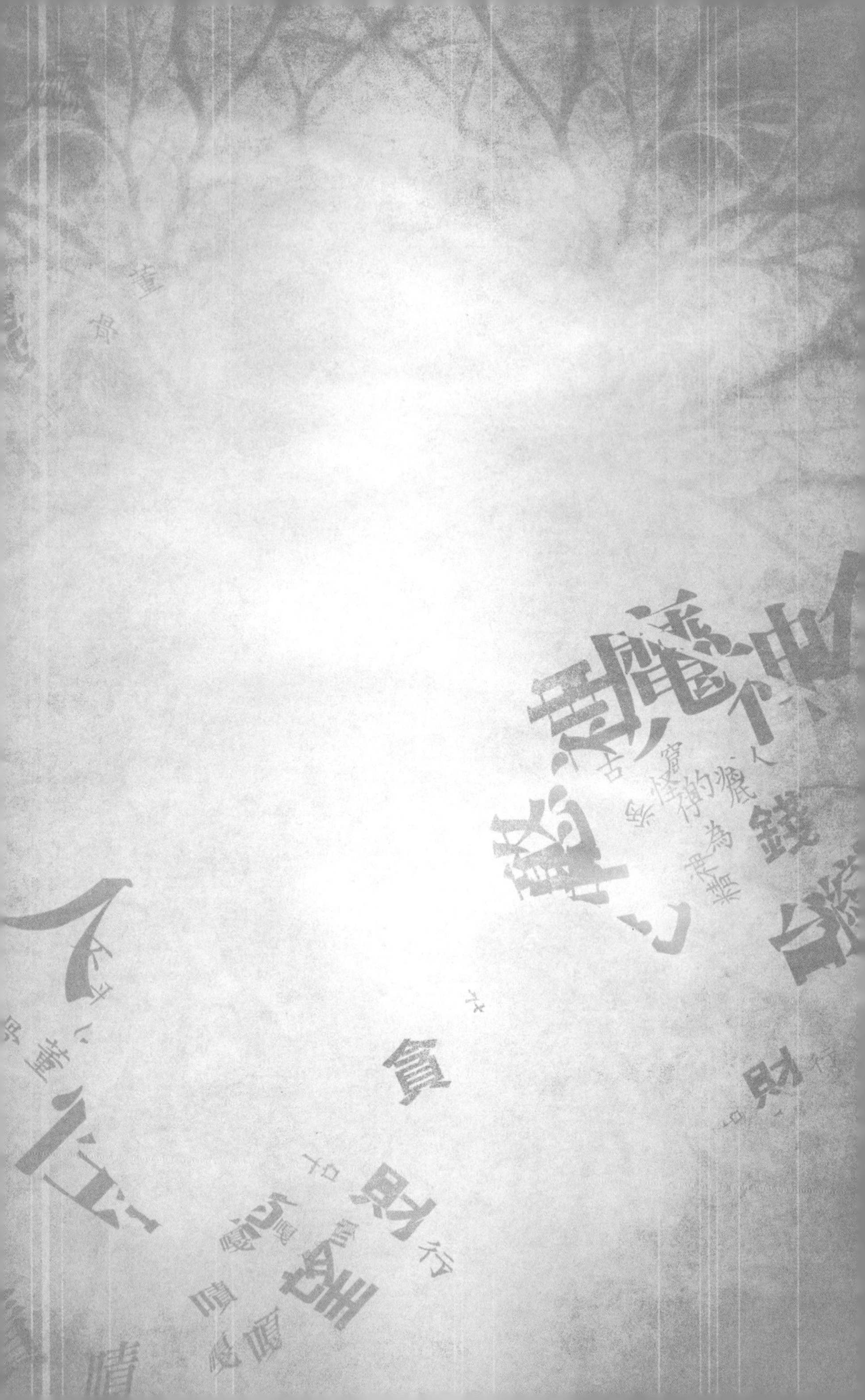